夏天酸溜溜的日子

扎西達娃 著

叢刊⑥ · 黃德偉 主編

夏天傾城的日子

小民 著

扎西達娃近照

扎西達娃近照

「山河叢刊」總序

黃德偉

中國文學到了廿世紀初開始進入一個與社會、政治、思想同步衰竭的階段。一九一九年的「五四運動」標誌一個新文學的誕生；三十年後，這個新文學在大陸的成長受到壓制而致變形；再三十年後，這個新文學經歷了災難、死亡的震撼得到重生——其間中國文化不但面臨「斷層危機」，而且遭逢「人工改造」，以致「山河四塞」。這個從苦難中再度孕育出來的新文學在近十年來得到外來文化的衝擊和滋補成熟得很快——他們學會了用各種語調把眞實的感情意念有效地表達出來，一方面揭露了「政治宣傳面具」下血滲的皺紋和傷痕，以憤怒、平淡、親切或「饑餓」（身心）的聲音述說著他們在極端荒謬、悲觀、殘酷的現實裏「熬過來」的體驗或艱難成長的過程；另一方面展示了現在生活的徬徨和抉擇以及將來的夢想和意義。也許，「文革」這場「中國文化大災難」竟扮演了「鳳凰火浴」的角色——竟提供了一個文化重生、延續傳統的條件和基礎。

爲了新傳這些民族的悲劇感受、呼喚和智慧，爲了呈現千里山河老涸成無邊黃土地的中國命運的啟示，「山河叢刊」在「念禹功」（孫遜）、「風塵未盡」（庚信）、「四望春」（駱賓王）的多重構想中踏出了第一步——出版當代大陸小說代表作。這叢刊本著「委委佗佗如山如河」、「山無不容河無不潤」的態度去聆聽對岸擊槃說夢的細節，傳述那許許多多不斷在對岸繁殖的既親切又陌生，既古老又現代的故事。

「叢刊」的標誌和設計採用「山河」的古字（古鉢 殷契遺珠二五 伊彝 殷墟文字乙編五二二七）表明與中國古代文明、傳統的關係；而這關係更具體地反映在「叢刊」的創刊作白樺的《遠方有個女兒國》裏——作者透過空間和時間的差距與重疊，對照古代母系社會和現代父系社會的生活質素，並探索兩者衝突的內因外由，從而思考、提出「文明進步」定律的辯證意義和「反諷」內涵。此外，古字的山形水態也暗示了「叢刊」的出版意圖——把有份量、有價值的當代大陸著述作妥善的編印介紹，廣爲流傳。

·民國七十七年七月七日於香港·

自序

收入這本集子裏的小說，寫的都是西藏的故事。

西藏很遙遠，這是許多人的感嘆，也是我的感嘆。我的童年和青少年時代都在西藏度過，至今仍生活在這裏。但是世界越來越充滿了誘惑，我們受到困擾，再看看這塊土地，便有了幾分陌生，用一雙懷疑的眼光審視自己的生活，審視身後的歷史，就引出一串奇思異想……

在陽光充足、生活節奏緩慢、人民篤信宗教、在閑暇中將一遍遍喃喃的祈禱和經輪的緩轉將人間的祝福送到天國神祇的西藏，對我來說，最好的生存方式也許就是思索和寫作了。我認爲我們是一個喜歡在寧靜狀態下思索的民族。喇嘛們靜坐於幽暗的佛燈下思索佛陀的教誨；老人坐在門檻曬着太陽思索來世的景象——他們還喜歡回憶過去；襁褓中的嬰兒被農婦置於田間地頭，睜大眼睛凝望藍天和遠山，一定回想起了前世的業果；女人在空閑時眼中總是透出空散無神的目光，你永遠也不知道她們在想什麼，因爲她們似乎永遠也沒找到表達自己思想的方法；男人醉了，經過一番鬧騰後平靜下來，不肯睡去，愣愣望着牆壁，冥想出一個虛幻的世界；學者們盤腿坐在浩如煙海的經典古書面前驚嘆祖先的偉大、延續祖先光榮的夢想。江河沉默，羣山沉默，這是一個沒有喧囂的高原，一切都在寧靜中冥想思索——苦難的終結。

也許我的思索沒有什麼意義，我只是在思索中尋找我的感覺：大街上一隻孤獨的放生羊的眼神，荒原上一縷幽靈般飄舞的旋風，老城區古宅裏漆黑過道散發出的久遠陳腐的氣息，一支悲愴高吭的民歌，黃昏裡拉薩巴廓街頭轉經的人流，一張老人的臉，遠處山脚下輝煌的寺廟金頂，一部詭秘神奇史書裡的隻言片語……，足以引起我莫名其妙的激動，刺激我的靈感和想像力。在這些零星殘缺的生活片斷中隱藏着某種綿延無盡的情緒、神秘莫測的意象和絕望的力量。

於是，我便寫出了關於西藏的小說。

西藏的作家們在今天比以往任何時刻更加關注西藏人在不可征服的大自然和充滿鬼神的

無形世界面前所面臨的困惑，以及古老的傳統在新文明沖擊下日漸衰落中表現出的震驚、痛苦。這片古老的高原在今天是現代小說的實驗基地，它能啟廸每一位有靈性的作家充分自由地發掘小說的隨意性，實驗的方式和可能的結果像這片遼濶的疆域般具有無限的拓展性，只要你能從中去思索和領悟。在拉薩一條不足一公里長的環形巴廓街上，遠古和未來、東方和西方、政治和宗教……便像疊影般緊密地交織在一個平面中。這裏本身就是一個變化着的光怪陸離的世界。當你置身其中，思索文學的意義時，你不由會想起一位作家的話：現代小說的形式變化，遠不如正在變化中的時代。

文學一旦從民族文化的母體中孕育出來，就不應該僅僅只屬於一個民族。

當我看到自己的小說正從世界屋脊的青藏高原走下平原森林，走向海洋，我很高興，也很自信，對我來說世界很大，路很遙遠。

我很高興我的小說能同臺灣讀者見面。這本集子裏的小說除了在大陸文學刊物上零散發表以來，還是頭一次結集成册出版。爲此，我要感謝遠在海外的臺灣三民書局，特別要感謝香港大學教授黃德偉先生。黃先生的熱情好客給我留下難忘的印象，是他不辭辛勞的奔忙，才使這本書得以出版。

對於許多人來說，西藏仍很遙遠，對於我來說，臺灣也很遙遠。遙遠，便有了神往，也便會有得以如願的那一天。

扎西達娃

一九九○年三月十八日·成都

对于许多人来说，西藏仍很遥远，对于我来说，台湾也很遥远。遥远，便有了神往，也便会有得以如愿的那一天。

——作者手跡——

目次

【地脂】

認識索加的人問：「索加，你幹嘛像金剛菩薩一樣老站在這兒？」索加聽了笑笑，照樣靠在門框上。這扇門很古老了，鑲十字形花紋的銅皮捲起了殘邊，門上乾裂粗糙的溝紋像老人的臉。刻着小方塊深凹的菱形圖案的門框邊磨出了烏亮的光澤。從低矮昏暗的通道走過去，裏面是一個居民院，有十幾戶人家。索加在院門前站了很久。他不知道自己在這個位置上站了有多長時間，記得三歲時他就站在這裏，那時父母是一對活寶，常常到晚上撇下他去朋友家喝酒，直到深夜才回來，那時他就站在院門口等他們。天長日久，索加發現腳下這塊古老厚實的花崗岩石塊被他踩出了一個光滑的圓坑。鄰居家的姑娘有時也懶散地在院門口站站，跟索加有一句沒一句地閑聊。他不喜歡她們，也許從小就在一個院裏長大彼此太熟悉，從她們身上再也尋找不出一點激動人心的秘密。她們很善良，也很尊重他，可能是因爲他有一輛嶄新的本田——一四五型摩托車，雖然她們中間還沒有一個人被他帶出去兜過風。

「皈依呀——」這個聲音每隔一陣就在寧靜的院裏響起來，像是一個夢魘者發出的沉重的嘆息。這是住在樓上一位瘋瘋癲癲的老太婆的喊叫，她是一個還俗的尼姑，至今還是一名狂熱的信徒，據說她的瘋癲是因爲對宗教的過分狂熱，每當遇到宗教節日或集會她的病情就會加重。她是一個怪人，索加的朋友桑傑說，他每次來都害怕聽見這聲音，他說他神經受不了，索加細細一想，周圍那些平淡無奇的鄰居中有不少都是怪人。住在樓梯邊的一位小夥子是個暴力狂，無休止地跟人打架，臉都被打歪變了形，不知在醫院急診室和公安局的拘留所裏進出過多少次，這兩個地方的工作人員都成了他的老朋友了。還有形形色色的舞迷、酒鬼、賭徒、預言家，還有一個在糧庫做搬運工的女人，每年的四月十號她的前夫都要來她家住上幾天，據說是互相重溫舊夢，她現在的丈夫便毫無怨言地搬到單位住幾天。還有一個跟索加相好過的姑娘在別人家的婚禮上跳舞，由於過分猖狂，被舞伴摟着從房間裏旋轉出來一直轉到沒有圍欄的過道上，然後雙雙從三樓掉下來，男的被摔成嚴重腦震盪一年多還沒清醒過來。她被捽斷了一條腿，從醫院拄着一根拐杖出來後每過兩天還要到羣藝館的舞會上去，孤零零坐在一邊再也沒人邀請她。還有索加的朋友桑傑是一個寫作狂，像中了魔似的迷上寫小說，卻從來不被發表，他毫不氣餒地向內地幾家有名的青年文學刊物上投稿，收到的退稿箋上除了編輯對他作爲一個少數民族青年能够運用流暢的漢文寫作表示讚賞和欽佩，照例是概不採用。他大概是寫瘋了，連班也不去上，後來因精力不集中在單位上班時出了一個嚴重事故最後被開除了工作，到現在成了窮途潦倒的待業青年。索加跟他一樣雖然也沒工作，但憑着他天生會經商的本事單槍匹馬地一個人做生意，並且常常是神不知鬼不覺做各種危險的交易，他很想在經濟上幫助一下桑傑，但是藝術家通常的一錢不值的清高和自尊使桑傑傲慢地拒絕了朋友的援助。他需要的是被人理解，所以常常揣着被退回的小說在索加面前發一通牢騷：「你猜猜這位老兄提的什麼意見。呵，猜不出來吧。你聽：『……只是，個別細節和詞句寫得太不文雅。』啃他媽的屁，我敢打賭這傢伙生來沒長屁股，所以從來沒見過厠所裏面是什麼樣的。」

「行呵桑傑，哪天我開車帶你去找那夥計，用錐子在他屁股上戳出個眼來。可是，你寫厠所幹什麼？」

「你先聽我讀完再說。」

索加對小說沒有鑑賞能力，不知道桑傑寫得如何，聽起來很難讓人激動，也往往聽不明白，但他每次都豎起耳朵聽他朗讀。爲了表示自己是一位認眞的聽眾，有時還打斷他的朗讀提出一些疑問。桑傑不滿意地瞪他一眼說：「你小子根本不懂得藝術。」索加只好乖乖閉上嘴聽任他胡說八道。

「……跳蚤們手舞足蹈地狂笑，一齊張開了血盆大口……」

「等等！」索加忍不住又打斷他，「你說……跳蚤怎麼能張開血盆大口，是野豬吧？再說，你見過跳蚤先生的笑容嗎？」

「這是美國跳蚤。呵，記住，是美國貨。你剛才沒聽我在讀，前面不是說了嗎，它們全都躲在那位尖下巴的美國佬奧瑞的領子縫裏。」

「哦——」他閉上眼點點頭，「我猜想得用放大鏡才能看清它們是怎麼笑的。」

「是這樣笑的。」桑傑露出一副齜牙咧嘴的獰笑。

「這模樣肯定是跳蚤它爺爺的笑臉。」

「你還打不打算聽我讀下去？」

「當然。向你保證我會管好自己的嘴巴。」索加像個老實的小學生閉上嘴聽桑傑繼續往下讀。

桑傑停住筆，提起桌邊的一隻熱水瓶倒了一杯甜茶。他對自己正進行的這個名叫《巴廓人》系列之一的短篇小說的開頭不太滿意。他煩躁地拍打腦門，沒想到一開頭就稀里糊塗地把自己也寫了進去，並且把自己寫得那麼窩囊，他可不想這樣寫自己，自從最後一次被發電廠開除公職後，日子過得倒也清閑，不必每天一大早起床蹬自行車去上班，當然每月八號鄰居家的年輕人與高采烈地領回一份工資也沒他的份了。只好把自己關在牢房般黑暗的屋裏寫小說。一隻蒼蠅像個窺視者在他頭上盤旋，嗡嗡的聲音像是在讀着他乏味的小說。他趴在低矮的方桌上，用一支很短的鉛筆寫初稿，拇指和食指夾着筆頭看起來就像捏一把鑷子在紙上夾小蟲，這是藏族人傳統的握筆方式。他像用功的小學生全身趴在紙上，歪着腦袋，吐出一團舌尖，鼻子眼裏發出拉風箱般沉重粗濁的聲音，鼻尖上垂懸着一滴汗珠，每當汗珠正要滴落在紙上的一瞬間就被他擡起胳膊無意識地一把抹去。

他擡起眼皮幽幽地盯着索加走進來，就像盯住了一個躡手躡腳的小偸。

「夥計，你知道什麼叫橫向參照嗎？」他仰起脖子粗聲粗氣地問。

「是幹什麼的？」

「想知道嗎？」

「好的，」索加站在他跟前。

「我也不知道。」他直起身子，「別冒充硬漢子的形象站在我面前，坐下，你這小白臉。大概是這麼回事，我看了一本美國黑人作家寫的小說，他寫的是美國有個……等等。」他翻了翻桌旁一個破塑料本，「美國紐約曼哈頓哈萊姆黑人區，就是這個地方，我看出了那兒有我們巴廓的影子，這就叫橫向參照。懂嗎？」

「那兒也有珠拉康一樣的寺廟嗎？也有轉經的人嗎？」索加很感興趣地掏掏耳朵問。

「不是一回事。我說這影子是一種……內在的，一種……本質的，一種……我他媽也說不清，反正是那麼回事。你沒去過美國，你是個傻瓜，我也沒去過美國，可我憑直覺。」

「嘖嘖！」索加露出了驚嘆和欽佩，「你眞——是個智者，是個了不起的超人。」

「我是個被開除過三次的待業青年，是個除了拉薩哪兒也沒去過連火車和輪船也沒見過的笨蛋。」桑傑一想到這點便心煩意亂地嚷嚷起來。

「可你還是個智者。你想呵，你沒去過的地方憑着……憑着，你剛才說的憑什麼？」

「呵，直覺。」
「憑直覺就能去。」
「不是去，是感受。」
「我什麼感受也沒有，只是今天很難受。我感冒了，瞧，鼻頭很紅。」
「你的這種感冒多半是跟姑娘親嘴傳染上的。」
「你也這樣感冒一回吧，值得。」
「你感冒了就跑我這兒來炫耀嗎？你以爲我就嫉妒了嗎？你還在學英語嗎？」
「在學。」
「做生意的，用手伸進別人袖筒裏捏捏指頭（藏族人交易時，互相在袖筒裏捏捏指頭表示講價錢，不讓旁觀者知道。），老一輩就是這麼賺錢的，你學英語還想跟外國人搞什麼合同嗎？」
「我打算，搞一個什麼……」索加吞吞吐吐地說，「我說不清該叫個什麼……」
「地下夜總會。」桑傑尖刻地說。
「那是個作什麼的？」他狐疑地問。
「跳光屁股舞的地方。」

「不！我不喜歡光屁股，我是正派青年。對，我的意思是，支持那些自學成才又沒工作的青年，幫助他們解決生活上的困難……」

「自學成才青年基金會。」桑傑不假思索飛快地替他想出一個名稱。

「那又是個作什麼的？」索加警覺起來。

「這就是你說的意思，給那些青年創造條件。」

「那恐怕就是這個意思。」

「這主意不錯。」桑傑聽了感到興奮起來，摩拳擦掌在屋裏轉來轉去，「這樣，我每月就可以得到一筆補助，我現在連上甜茶館的錢都掏不出來了。基金會搞起來後，我每月能得多少？」他關切地問。

「你要多少你儘管說，我每次一說要給你……」

「你當我是要飯的乞丐嗎？」桑傑氣憤地喊道，「我是問基金會能補助我多少，我絕不接受你的施捨。」

「可是……基金會是我搞的，還不是一回事。」他結結巴巴小聲說。

「這跟你有什麼關係？那是一個組織，你是個人，這他媽是兩回事。」

「是嗎？」他痛苦地搖搖腦袋，他被弄糊塗了。

桑傑又纏住他要讀自己的小說，索加有點不耐煩了，他說：「你幹嘛不寫寫我呢，你寫了這麼多的人也沒把我寫進去。你總寫沒影的事。你可以在我身上大作文章。」

「不是文章，是寫小說。」

「哦小說，賣不出去的小說。」

「是發不出去，不像你賣臭羊毛那麼容易。」

「我剛賣完一批，生意還不錯。」

「想起來了。聽說你最近跟一個外國娘兒們在鬼混。」桑傑低下眉梢盯住他，有點幸災樂禍地說，「投降吧！這可是我的一個鄰居親眼看見的。」

「你是說，我跟丹妮絲？」索加掏掏耳朵天眞地問。

「她當然不會叫卓瑪央宗德吉拉姆（均爲藏族女性名字。）。她是哪國人？」

「美國人。」

「你眞——行呵。」桑傑一聽羡慕得直咂嘴。他在一位文學老師的指導下迷上了美國小說，崇拜起美國作家，「可我就是碰不上一個美國人，外國人長得全是一個模樣。在大街上遇到他們，一問，是英國人，一問，是意大利人，再一問，沒聽說過這個國家。好不容易見一位老兄帽子上寫着USA，上前一問，是他媽的新疆人。」

「你老想找美國人幹什麼？」

「聊聊呀，他們對黑人是怎麼看的，那些醜陋的黑人兄弟？」

「那你問丹妮絲好了。」

「她怎麼樣，漂亮嗎？」

「你只想問這個？」

「我主要想問……她是哪個州的，田納西州？賓夕法尼亞州？密執安州？阿拉斯加州？佛羅里達……」桑傑一口氣炫耀般地說出美國十幾個州名，他是個認不出誰是美國人的美國通。

「她是在拉薩教英語的。」

「我還以為你是在跟從印度回來的一位藏族老先生學英語呢。」

「桑傑，最近我發現，我經常站在我們院的大門口，不知什麼時候把大門地上的那塊石頭站出了一個坑。」索加才想起他來這裏要告訴桑傑的正是這個。

「那又怎麼樣？」桑傑詭秘地眨眨眼問道。

「不怎麼樣，我只是想起來了隨便說說。這是怎麼回事？」

「是呀，我正要問你，你幹別的什麼不行，幹嘛非把那地方站出個坑來。夥計，說明你太空虛了。」

「我是說，」索加試圖解釋，「這也不是件容易的事，我覺得我還有兩下子，還有點功夫。」

「要是我樂意的話，我還可以把你寫成一個傻瓜，成天站在大門口腦袋是空的。」桑傑得意地說。

「那麼，你是打算要寫我了。我還以爲你從來沒把我放在眼裏呢。」他舔舔嘴唇笑起來。

「你本來就是我筆下的主人公，我早就把你創造出來了。你還不明白嗎？要不你怎麼會來我這兒。不明白？我賦予了你的靈魂……和意志，你幹的一切都是我寫出來的。只是……你現在還沒有定型，我不知道該把你寫成一個優秀分子還是墮落的青年……」

「我肯定是優秀的，菩薩可以作證。」索加急忙聲辯。

「這由不得你。」桑傑低下頭沉思道，「當然，人物一旦變得有血有肉，有性格，他就會擺脫作家的控制，作家只好跟隨他的性格發展去完成對他的塑造。寫作教科書上是這麼說的。現在，你還控制在我的手裏，我知道該怎麼寫你。剛才我們之間的對話，我覺得寫得還不錯。想想吧，你爲什麼來到這個世上。」

索加愣愣地望着他暗自想道：這傢伙有點瘋了，一定是有點瘋了。他把我當成了他小說裏的什麼人了，這樣下去連他自己是誰都會認不出來的。

「要是我朝你鼻子揍上一拳你會怎麼樣？」索加忽然問道。

「你……你敢！」桑傑嚇得後退一步，「是我在寫你，你沒權利這樣對待創造你的作家。」

「現在我還不想。」

「你別惹我生氣。」桑傑警告他，「我是什麼恐怖的場面都能寫得出來。要是你哪天把我惹火了，我可能會控制不住自己的筆把你打發到火葬場去。」

「那你現在打算讓我幹什麼？」

「你打算幹什麼？」

「我想我最好回家去。」他看看表，「一會兒該去學英語了。是這樣的吧？」

「跟丹妮絲約會的時間到了。」桑傑怪聲怪氣地說，「演出開始了。」

「你不想跟丹妮絲聊聊美國嗎？」

「請你轉告她。」他一字一句狠狠地說，「桑傑我根本就不想認識她。」

他立刻爲這句話感到後悔。

「好的。」索加想了想，「我轉告她，一個她從沒聽說過的小夥子根本不想認識她。」

「賣國賊，滾！」桑傑氣憤得大叫一聲，從床邊抽出一隻破皮鞋朝他扔去。

「是囉，我滾！」索加飛快地逃出門外。

天空陰沉，下起小雨，空氣中透出新鮮的愁悶感。城市居民屋頂上冒起了淡藍色的炊烟和巷口邊瀰漫的宗教的香火潮濕緩慢升起後又被凝重的空氣壓下來四處飄散。野狗們悶悶不樂地在屋簷和牆根下避雨，小巷兩旁漆着黑色方框的窗戶裏亮起了電燈，從收音機裏播出軟綿綿的印度音樂。這樣的天氣叫人變得像愛打瞌睡的小貓，很想鑽進被窩裏舒舒服服地睡上一覺。索加雙手揷在褲兜裏，叼着一支香煙無精打采地走在泥濘的巷道裏。桑傑這樣下去會像樓上那個不停地怪叫着「皈依呀」的老太婆，變得瘋瘋癲癲起來。他說我是他寫出來的一個人物的時候那口氣一點也不帶開玩笑的，兩人經常開玩笑心裏都明白，他說這話可是十分認眞。索加忽然有一個擺脫不掉的念頭：也許他眞是像桑傑說的是被他創造出來的。「想想吧，你爲什麼來到這個世上。」桑傑十分嚴肅地問他，他從來沒想過這個問題，爸爸媽媽睡在一起就把我弄出來了。如果這也是桑傑編出來的那我可說不清楚我爲什麼來到這個世上了。也許眞是這樣了。可是他又不知道丹妮絲是誰，這可怪了。那麼桑傑又是誰創造出來的，還有這麼多的人這個巴廓……這樣說來……索加墜入一團昏昏沉沉的糊塗之中。

桑傑寫到索加回家路上陷入了深深的迷惘和那副沮喪的樣子，心裏產生一種惡作劇後的滿足感。他走到門口把那隻破皮鞋撿了回來。屋裏光線昏暗，又沒有電，他沒法再寫下去了。翻遍了衣兜找出了幾角錢，去了隔壁一家甜茶館。裏面的人已經不多，有幾個正離開座位匆匆離去。他讓倒茶的姑娘打開錄音機，放起了一盤有關愛情的音樂。望着鉛灰色的天空，伴隨淅淅瀝瀝的雨聲，微涼的風吹過麻木的面頰，陶醉在似睡非睡慵倦的朦朧中，湧現出纏綿不絕的遐想。他後悔不該氣衝衝把索加趕走，他倆好久沒坐在一塊喝茶了。該問問他最近的生意，提醒他別在黑道上走得太深，順便也訴說一點自己的苦衷，當然還得問問他跟那個美國姑娘的事情。他本來只是對索加瞎咋唬，沒想到還眞有這回事，桑傑給自己惹出了痲煩，他無論如何也沒本事寫出一個藏族小夥子和美國姑娘的故事來。他眞後悔不該拒絕索加邀請他一起去見見丹妮絲，他還從來沒跟一個眞正的美國人交談過吶。不過桑傑能想像得出索加在那個美國姑娘面前那副萎靡不振的樣子，他太會裝模作樣了，並且是個搞惡作劇的行家。丹妮絲……桑傑很快想像出她的模樣，她不是三〇年代好萊塢的美人，是一位普通健壯的姑娘，走在大街上也不引人注目。男主人公不是英雄，女主人公不是美人，故事雖然很平淡，但是桑傑還是懷着躍躍欲試的心情提筆寫起他倆的故事來。

跟索加站在院門聊了會兒天的姑娘伸了個懶腰，嘟嚕地抱怨這樣的天氣還不如回家睡覺，她半開玩笑地問索加願意跟她一塊睡覺嗎？索加遺憾地告訴她，兩天前他去色拉寺找一個喇嘛打了一卦，這一個月內他不能搞女人，否則邪氣會侵襲骨髓。姑娘知道他在瞎編，搗搗他的腰，沒趣地離開了。

「兒子，吃餅子嗎？剛烤出爐。」母親朝他喊道。

「不，我不餓。」他頭也沒回。

「你在等誰，等旺堆嗎？」

「沒。」

「我告訴過你，」她看看周圍，院裏沒別的人，「別跟他一塊幹了。周圍鄰居要知道是你造的孽，會用石頭把你腦袋砸成肉餅。」

他走出院門口，在對面牆根下撒完一泡尿，擡頭看見過來一個碧眼金髮的外國女郎。他猜不透她的表情究竟是困惑是尷尬是害臊是蔑視還是一種高傲的冷漠。女郎嘴角努力綻出一絲淺淺的微笑，發出像喚小貓似的聲音，用不純熟的漢語說：「您好！」

「我撒尿的時候不需要有人向我問好。」他用藏語尖刻地回答，也不管她聽懂了沒有。又慢騰騰回到院門口。

他點燃一根香煙，看見外國女郎像喝多了酒身體失重似的踉踉蹌蹌走了過去。她背着高高的一隻帶鋼架的墨綠色旅行背囊，像是永遠在世界各地到處流浪。她所有的財富都裝在這隻大背囊裏，從護照到香煙鴨絨睡袋照像機避孕藥地圖對話手册筆記本，也許還有點毒品。在巴廓那幾家外國人下榻的旅館裏，索加經常看見他們從旅行袋裏掏出的就是這些東西。他想捉弄一下這個外國姑娘，卻總是提不起精神來，兩個語言不通的人在一起很容易被對方捉弄。前不久在街上碰見一個大鬍子的外國人，他湊近索加，臉色緊張神秘地看看四周，掏出厚厚一疊全是面值五十元一張的兌換劵，晃一晃又揣進懷裏，索加估計有五千元。外國人很激動很認眞地對他比劃着嘰哩咕嚕說了有三分鐘，索加一句也聽不懂，急得抓耳搔腮不知對方要跟自己作什麼交易。你要什麼？黃金？古銅佛？不是？是什麼古董文物？想找幾個娘兒們？想搞點情報？你說什麼呀？走私軍火？那到底是什麼？索加跟他說不淸楚。外國人又起腰想了想，彷彿非常遺憾地揚揚手跟他告別了。索加呆若木鷄站在街頭苦思冥想，旣然這傢伙也看得出自己一句也聽不懂，幹嘛還纏住他囉囉嗦嗦半天，還掏出一疊錢晃晃又縮回去。他覺得那傢伙要麼是瘋子，要麼是吃飽了撑的。故意拿他尋開心，他像傻瓜一樣被人捉弄了。他變得憤怒起來，瞪起眼彷彿要找什麼人尋釁鬧事。對面過來一個長着可愛的胖猪臉的外國人，像好兵帥克，他搖頭晃腦面帶微笑正觀看這古老城市的街道。索加隨地撿了一塊刻着經文的破石片走到他跟前，鬼鬼祟祟亮出石片像是在秘密出售一件稀世珍貴的文物，用藏語悄聲地絮叨了一通：「我一看你的模樣比我還傻，只知道傻笑。我剛才被耍弄了，現在也拿你開開心。你好好看看，這是石頭，一錢不值的石頭，你這個醜陋的傢伙你嗅嗅，上面還有狗尿味兒，你懂了是吧。這上面寫的是，啃你媽的屍。對，跟我學一遍，啃你媽——的——屍。」好兵帥克模樣很認眞發音走調地學了一遍，點點頭表示感謝。索加殷勤地堆起笑臉把破石片塞進了他的包裹。OK，OK；好兵帥克連連點頭還跟他握了握手，繼續重複他學的那句話笑瞇瞇離開了。

他在捉弄另一個年輕的外國女人時，被對方不停地搖晃着一罐可口可樂後舉至他臉前拉開了環，射出了一股強大的液體氣流噴得他差點憋過氣去。他才知道這女人是懂藏話的，並且懂得那些猥褻的語言。

她就是丹妮絲，索加半個月以後在她開辦的私人英語速成訓練班上見到她，羞愧得無地自容。丹妮絲抿起嘴，意味深長地朝他點頭微笑，表示她認出了這個搗蛋分子。她個子不高，罩一件寬鬆的圓領短袖衫，穿一條破牛仔短褲，一雙棕色的大腿使她看起來像是一名短跑健將。她一口流利的拉薩話使在座的四十多名年輕男女學生驚訝不已。她舉止隨便，不拘小節，搭起一條腿側坐在課桌上就介紹起自己的名字，說不管你們在座的現在英語水平如何，我還是首先從國際音標開始教起。她保證她的學生半年之內掌握基本的英語會話，如果他們能按時來上課並且不是用肚臍眼聽她講課的話。學生們每人領到一份複印的教材，那上面附有許多幽默畫插圖。接着大家哼哼唧唧跟着她念字母。要是她瞧見哪個學生不專心東張西望，她就會掰下一截粉筆頭像彈玻璃球似地從手中射出去。她這一手幹得很漂亮，顆顆不落空，專門彈在對方的鼻子上，不管他離得有多遠。據說她這一招在美國喬治亞州的一個城市舉行的彈玻璃球比賽中獲得過冠軍。獎金是沒有的。後來她說，在美國什麼花樣的比賽都有。離下課還有十幾分鐘，不知是誰喊了一聲：「哦嘖，今晚電視裏有法國隊和巴西隊的足球賽，馬上開始了！」

不少小夥子一聽站起來撞倒桌椅奪門而出，外面七八輛摩托車一起發動，還有一些人推起自行車一陣掀鈴和喧鬧都跑回家看電視去了。剩下的姑娘們面面相覷，夾起複印的教材怯生生看看丹妮絲，也悄悄溜了。

丹妮絲坐在講臺上，空蕩蕩的教室只有索加老老實實坐在位置上。她聳聳肩，雙手抱在胸前，笑了笑說：「都走了。」

「A——B——C——D——E——F——」索加孤零零一個人有點惡作劇地裝出一副虔誠認眞的模樣念道。

「你爲什麼不去看足球比賽？」丹妮絲問。

「我，曾經是一名出色的中鋒，」他費勁地像是很緊張地回答，「有一次，我的睪丸挨了一球，就……再也不踢足球了。」

「咯……」丹妮絲響亮地大笑。「所以你成了一名好學生，我想坐在教室裏學英語對那玩意是很安全的。」

「我也這樣認爲。」

「男孩子喜歡體育，我很高興。」她說，「以後我安排課程最好先跟電視臺聯繫。」

索加顯出一副百無聊賴、愁眉不展的表情說：「丹妮絲小姐，能向您請教一個問題嗎？」

「當然可以。」

「我想知道，美國的跳蚤，會笑嗎？」

她擡起頭認眞地想了想，回答他：「我想它們是會笑的。」

「是嗎？」他顯得非常困惑，「我想像不出，它們是怎麼笑的。」

「是這樣笑的。」她點點頭，開始扭動面部的肌肉像是在尋找一個恰當的表情，最後衝着他露出一副擠眉弄眼的笑容，看起來要比桑傑所形容的表情迷人得多。

「這模樣肯定像跳蚤它媽媽的笑臉。」索加滿意地點點頭，「看來，的確是這樣。謝謝！」

「你叫什麼名字？」

「索加。」

「哦，索加。」

「我可以送您回家嗎？我是騎摩托來的。」索加慢吞吞地說，「聽說最近拉薩晚上的治安情況不太好。」

「看來，我沒法謝絕你的好意，好吧。」丹妮絲跳下講臺，兩人離開教室。

當丹妮絲騎坐在他身後雙手摟住他腰時，他感到一種焦慮，不管怎麼樣，他一定要讓這個美國姑娘見識一下藏族小伙子高超的車技，要讓她知道不光是美國人或日本人會玩摩托車，他會玩得更漂亮。他加大油門慢慢鬆開離合器，準備一出大門就加足馬力像狂風一樣飛起來。不管街上有多少行人，他一定要讓身後的美國姑娘嚇破膽。他鼓足勇氣開出了大門，這下他要露一手了，他要擰大油門讓前輪懸空飛起來。丹妮絲拍拍他的肩膀說：「謝謝，我到家了。」

索加側過頭一看，大門旁邊是一家叫吉日的旅館，住的都是外國人。

「你住這兒？」他昏頭昏腦地問，他才開出還不到二十米。

「很近，不是嗎？」她跨下車說。

他腦袋一片空白，不知該說什麼。這時走來兩個搖搖擺擺穿羊皮袍的牧人，見一個外國姑娘從他身後剛下車，把他當成了日本人或香港人，撩起皮袍下的一串銀質裝飾物向他兜售：「哈囉！這個的買不買？」

「滾你娘的！」他狠狠地罵道。

牧人一聽他說拉薩話，互相看了一眼，吐吐舌頭悄聲說：「錯了。」

桑傑如行雲流水一般寫完這一節，他覺得整個過程顯得自信和從容不迫，他對此很滿意，他覺得自己完全有能力把後面的故事繼續寫下去。

「皈依呀！」又響起了那個聲音。

索加的母親在院裏朝南臨街的底層開了一間小雜貨店。她對經營雜貨店似乎並不那麼熱心，她蹲在院裏，也不在意長長的黑色裙角邊緣浸在污水裏，賣力地擦着兒子那輛引人注目的摩托車，就像擦拭着家中櫃子上的銅佛像和一盞盞供聖水的銀碗那樣懷着一絲不苟的認眞和虔誠，連車輪上的每一根鋼絲輻條都擦得不沾一點泥星。母親對這輛米黃色的本田——一四五型摩托車懷有很特殊的敬畏，時常看見她躲在一根柱子後面或某個角落裏遠遠地注視這堆被烤漆和電鍍裝飾得十分華麗的鋼鐵，就像遠遠膜拜着一個神聖的偶像。她從來不敢跨上後座讓兒子帶上她出去兜兜風。那一次索加笑嘻嘻把她抱上後座，轟起油門正要緩緩開出院門，母親感到雙腿痲酥酥地顫抖，綳緊了全身的肌肉抓住兒子的頭髮搖晃着喊道：「天哪，我受不了！」索加只好把她抱下來，她已是軟綿綿癱在兒子懷裏。索加每次把車從樓底過道的柱子後面推到院裏要出門，母親都上前來幫他一把。她眼中掩飾不住一股狂熱的神情站在門前長久地目送兒子騎着摩托在轟鳴聲中衝出小巷。

她把一塊污黑的抹布用自來水搓洗後搭在鐵絲上。雙手叉着腰，神氣十足地站在旁邊觀賞着一塵不染嶄新錚亮的摩托車。她抖動肩膀，砸響嘴巴，像是有種說不出的滿足，最後神經質地將她結實飽滿的拳頭往身邊的一只大汽油桶上狠狠砸了一拳，發出像爆炸般震撼的響聲。她的拳頭被砸疼了，捂在胸前來回摩擦。

「兒子，吃餅子嗎？剛烤出爐。」她朝長時間站在院門口的索加喊道。

「不，我不餓。」他頭也沒回。

「你在等誰，等旺堆嗎？」

「沒。」

「我告訴過你。」她看看周圍，院裏沒別的人，「別跟他一塊幹了，周圍鄰居要知道是你造的孽，會用石頭把你腦袋砸成肉餅。」

母親進了屋，過一會兒，拿了塊烤熟的餅子倚在牆邊，把餅子掰成碎塊塞進嘴裏，望着過道盡頭站在大門口的兒子的背影說：「哦，我差點忘了，你早上還在睡覺的時候，那個姑娘來找你。」

「哪個？」索加掉過頭問。

「瞧瞧，」她拍拍額頭，「名字我給忘了，過去還是你同學，就住在巷口，她爸爸是木匠朗傑。」

「梅朵卓嘎。」

「對對，是她，她跟青海回民一起做生意。」

「是的。」

「她幹嘛不跟你一塊幹呢？」

「她來的時候你爲什麼不叫醒我呢？」

「她肯定是來買你的羊毛，你已經沒貨了。」

「我能搞到。」

「她幹嘛不跟你一塊幹，非要跟青海人混在一起。」

「她早上來的時候，你幹嘛不叫醒我呢？」

母親笑了笑，不知該怎樣回答。

「她身上抹了這麼多的香水，呸！」母親擡起手像揮趕一隻蒼蠅似的在鼻子前煽動。

「誰，誰抹香水？」他又掉過頭來。

「難道我又說了一個什麼人嗎？」

「梅朵卓嘎。」

「是她，哪像個藏家姑娘。」

「我感冒了。」索加走進院裏。

「要吃藥嗎？」

「不。」

「那就別吃，明天自己就好了。兒子，你一會兒要出去玩嗎？」

「給我拿盒煙。」

母親進了小店取下一盒煙遞給他：「天天下雨，到處是泥。你去哪兒？」

「你說，隨你。」

「你想去哪兒。」

「去哪兒嘛？」

「星期六晚上沒有我們年輕人可去的地方，這簡直太不文明了。」

「要不，去舞會玩玩。」

「聽起來還有點愉快，可我從不去那地方，全是流氓小偷……」

「阿飛妓女。」

「眞的嗎？」桑傑瞪圓了眼睛。

「我給你找幾個漂亮的舞伴。」

「不。」他想了想說，「我就坐在一邊看看，再隨便喝點什麼。」

「坐在角落裏偷看。」

「是觀察。」

「是觀察。觀察了一肚子回去寫文章。」

「寫小說。」

「哦小說，賣不出去的小說。」

「是發不出去，這不是賣你的臭羊毛。」

「這不，我剛賣出一批，生意還不錯。」

兩人走到一家正要關門的尼泊爾商店門口，索加跟年輕的店主打了個招呼，進去買了一瓶大肚子威士忌酒。他們都是熟人。

「今晚？」店主問。

「老地方。露西她們也都去嗎？」

「當然。」

「很好。一會兒見。」

索加把酒瓶塞在桑傑寬鬆的夾克外罩的腋下，囑咐他藏好，別讓人看見，舞會上不讓喝酒。他倆去了羣藝館，買了兩張舞票走進圓形舞廳，裏面已經有些人了。樂隊的幾個小夥子正在調音。索加看見院裏那個跳舞從樓上摔斷了腿的姑娘坐在另一張桌子邊，一把拐杖藏在桌子底下。他上前打了個招呼。她淡淡一笑，朝第一次來舞廳的桑傑嘮嘮嘴問道：「他是誰？我沒見過。」

「我的哥兒們，是個作家，對女孩絕對溫柔，願意讓他來跟你聊聊嗎？」

「你騙我，他是便衣警察。」

「他有點鬼鬼祟祟，是不是。沒關係，他只是腦子有點緊張，作家都是這樣。」

「是警察，你瞧他身上鼓鼓囊囊的，好像怕別人看不出他帶着手槍。」

「當然，」索加翻起白眼，「那恐怕只是一顆……頂呱呱的手榴彈。」

年輕人陸陸續續走進來，不一會兒，舞廳周圍的一圈座位都坐了人。一些外國人也走進來，他們住在附近的幾家廉價的旅館裏，也來打發周末無聊的晚上。他們一個個穿得破破爛爛彷彿在表明自己是無產者的一員。過一會兒，和索加在生意上常打交道的幾個年輕的尼泊爾混血兒和僑居印度來拉薩作買賣的康巴人也進了舞廳。小夥子們都是蓬鬆的鬈髮長過肩頭，有的額前繫一條黑色束帶，穿緊身皮衣或寬鬆的牛仔衣。幾個姑娘都穿着繃緊的皮褲，米娜和阿麗瑪有尼泊爾血統，皮膚黝黑，鼻樑挺直。露西是個愛笑的大塊頭美人，飽滿的胸脯在笑聲中劇烈抖動。這夥人跟當地的拉薩人不太來往，自己聚在一堆。他們不喜歡跳兩個人摟在一起的交誼舞，只愛跳顯示個人技藝的廸斯可或霹靂舞。樂隊奏出一個長長的標準音，完成了統一的對音。桑傑抱住腦袋望着索加悶聲悶氣地說：「演出開始了。」

桑傑不會跳舞，索加就陪着他。從他腋下掏出酒瓶擰開蓋子悄悄喝了兩口又藏在桌子下面。場內有三個值勤的警察來回巡視，發現有人喝酒就將他趕出去。

「你的腳別把它踢翻了。」索加提醒他。

「我也想來一口。」

「低下頭喝。」

「咂！你買的什麼怪味酒？」

「輕點！」他舉起從小賣部買來的可口可樂，「來，乾杯！你這個鄉下佬。你觀察到什麼了嗎？」

「我不喜歡這個地方。」

「你會喜歡的。」索加朝那羣年輕的商人招招手，他們正眼巴巴等待着放迪斯可的音樂，「喂！露西。」

露西笑吟吟走過來坐在索加身邊。

「好久沒見你了。」索加拍拍她肉乎乎的手背。

「前些日子我去了印度。」

「喝點酒吧。」

「有嗎？」

「我帶了一點。」

「眞棒。」她縮縮脖子輕聲讚嘆。

索加歪過身子擋住站在牆邊的兩個警察的視線，露西迅速灌了兩口。

「這是我的朋友桑傑，這是著名的霹靂舞女郎露西，一會兒你會看到她的精彩表演。」

「得了吧，」她笑着揮揮手，「待會兒完了他們幾個要去阿麗瑪家搞家庭舞會。來吧索加，還有你，哥哥桑傑。」

桑傑轉過頭看看索加。

「我聽你讀過你寫的什麼貼面舞，」她湊過來低聲對桑傑說，「根本不是那麼回事，你應該親眼見識見識。」

「不……這怎麼行？」桑傑漲紅了臉。

「他怎麼了？」她困惑不解。

「我的朋友他剛從監獄裏出來。」索加說，「你知道，在裏面憋了好幾年，現在恐怕…

……有點不行了。」

「啊——」她點點頭，「他犯了什麼罪？」

「強姦罪。」桑傑悶聲悶氣地回答。

露西忍不住笑出聲來，胸脯劇烈地抖動。

「當時，他只是喝醉了酒，進錯了廁所。」索加板着臉說。

桑傑兇惡地將五指攥成一團伸到他鼻子底下，警告他閉嘴。

「好了，我什麼也不說了。」索加舉起雙手像投降一樣轉過臉對她說，「提起這些，他很難過。」

「是的。」露西輕翕着嘴唇，眼中飽含溫柔和憐憫望着桑傑，「沒關係，哥哥，你出來就好了。待會兒你跟索加一塊來，你會玩得很開心的，來啊。」

她起身離開了他們。

「多好的姑娘。」索加望着她那大塊頭的背影嘟嚕道，「絕對富有同情心和犧牲精神。」

「有意思。」桑傑扭動身子說，「但我絕不跟你去跳那種舞。我是個規矩人，呵，規矩人哪。我從來沒跟警察打過交道，倒是我爺爺他跟警察打了一輩子交道。他已經替我打完了。」

「你爺爺肯定比你偉大。」

「什麼？」

「沒說什麼。對不起，我屁股開始發癢了，我得活動一下。」

「去吧去吧，我需要一個人冷靜觀察一下。」

桑傑看見角落坐着兩個士兵，一直在東張西望，臉上露出欣喜和膽怯的神色，看樣子是剛從沒有人煙的邊防線出差來拉薩的，其中一個是藏族，黝黑的臉上印着鄉下人的憨傻和純樸，他倆忸忸怩怩在角落坐了很久。這時場內氣氛很熱烈，人們誰也不會注意誰，都陶醉在良好的自我感覺中。連桑傑也有些坐不住了，忍不住想混在人羣中扭擺幾下。他看見兩個士兵站起來脫去軍裝，漢族士兵大概是個班長，穿一件難看的綠毛衣，脖子露出一對皺巴巴的衣領，軍皮帶上翻着一團灰色的毛褲腰圍，半個身子就像是從肥大的軍褲裏冒出來似的。藏族士兵跟班長的打扮差不多。他倆離開座位，弓着腰像尖兵在搜尋目標東張西望。大兵們開

他倆又縮回到角落，氣沖沖互相指着對方的鼻子像是在吵架。

始行動了，桑傑想。他倆直奔離桑傑不遠的索加的鄰居姑娘身邊。藏族士兵緊張地搭上了話。

「阿姐，我們是從邊防來的，這裏一個人也不認識。這是我們班長，他想請你跳個舞。」

班長點頭哈腰。

姑娘似笑非笑地搖搖頭。

「莫得啥子關係哕，跳一個嘛。」班長晃着一條腿說。

姑娘皺起眉頭看看藏族士兵。

索加氣喘吁吁回到座位，提起酒瓶灌了幾口又悄悄藏好。桑傑拍拍他肩膀指指那邊。

姑娘從桌子下面抽出拐杖說：「那麼，請你扶我起來吧。」

兩個士兵愣住了，搔搔短髮圓頭尷尬地說：「對不起！對不起！」「我們不知道。」

「向你道歉。」

「向你學習，解放軍叔叔！」姑娘尖刻地說。

「他們是故意來欺負你的嗎？」索加走過去問她。

「不，我想他們只是有點慭得慌。」她輕鬆地說。

這姑娘是殘廢。桑傑覺得驚訝。

「應該讓大兵解解饞。」索加像是自言自語從桑傑身邊經過朝正在活蹦亂跳的露西她們走去。他跟幾個姑娘低聲嘀咕幾句，她們搖頭晃腦尖聲大笑。他像趕母馬似的在她們屁股上拍了一下便走了回來。她們說說笑笑扭着腰身朝角落的兩個士兵走去。班長急忙起身相迎，可能太緊張了，他還朝她們行了個軍禮。她們面面相覷互相作鬼臉。阿麗瑪親熱地摟住了藏族士兵，他靦腆地咧出一排雪白的牙齒，滿臉飛紅。班長帶着嚴肅和冷峻的表情摟住足足高出他一個頭的露西跟她跳起來。露西儼然如同居高臨下的侵略者開心地笑個不停。班長跳得很彆腳，被露西放肆花哨的舞步弄得昏頭轉向。露西揪住班長領子背後飛快地旋轉，班長像條掛在她胸前的圍裙雙腳懸空離開地面，矮小的身體被高高地拋起來。

幾個外國人瘋瘋癲癲地朝他們鼓掌，並且邊喝着罐裝啤酒邊笨拙地扭着身體。

「你這個混蛋！」桑傑指着索加的鼻子罵道。

「嘖嘖，這些姑娘們心腸多好，總是給人留下難忘的記憶。」他彷彿沒聽見似的歪着頭望着她們發出由衷的讚美，「我敢說解放軍叔叔回到邊防後會天天想她們的。」

班長受不了啦，他拼命想從露西的懷裏掙脫，他驚慌地叫喊：「這跳的是啥子舞喲，放開我！」

哈哈大笑的露西一把捧住班長的腦袋將它死死捂在自己豐滿柔軟的胸脯裏面，班長差點被悶死，發出嗚嗚的呻吟，他拼足力氣推開露西，漲紅了臉結結巴巴地喊道：「鬧鬼囉！想要我犯錯誤呀，這是搞啥子名堂嘛。」

他氣急敗壞地跑到角落抱起桌上的衣服和帽子罵罵咧咧地逃出舞廳，他的同伴也從阿麗瑪的肆意蹂躪中掙脫出來去追趕班長。

「解放軍叔叔，再見！」姑娘們甜甜地揮手喊道。

舞會開始進入最後的高潮，桑傑也趁機混進了狂熱的人羣中跟着爆發出野牛般的嚎叫，像隻青蛙上竄下跳。年輕的商人和那幾個姑娘展露起他們的絕技，頭頂倒立在地上旋轉，作起各種花稍的動作，場內口哨聲尖叫聲大作，警察分開人羣衝進來制止他們這種有失體統的動作。姑娘們不聽，繼續躺在地上像蛇一樣扭動肚皮。警察們不得不動武，像踢耍賴的母狗似的踢她們的屁股，那部位肉多不會踢傷，踢起來也挺過癮，把她們一個個都從地上踢了起來。她們一點也不在乎，不斷在地上翻跟頭並尖聲怪叫。索加在興奮的怪叫中離一個老警察太近，警察聞出了他呼出的酒氣，把他拉到一邊。

「哪有什麼酒？我身上什麼也沒有。」他眨眨眼皮。

「你的酒全藏進你的肚子裏去了。聽着，酗酒者不得入場。」

「你見我喝了嗎？」

「你噴出的全是酒味，是六十度的烈酒，我聞得出來。」

「那是……我吃的糧食與許在肚子裏醱酵了，我有胃病，消化不良。」

「我叫你嚐嚐這個，與許能幫你治治消化不良。」老警察將黑乎乎的電棍指在他鼻子尖前面。

「向你道歉，先生！」他嚐過這玩意的厲害，後退兩步。又指着那幾個外國人，「可是那幾位先生搖着啤酒晃來晃去你怎麼不去治治他們？」

「人家是外國人，我要管的是你。」

「要是……要是他醉了鬧事怎麼辦，聽說他們的拳擊很厲害。」

「有我在，誰也不敢在這兒舉行拳擊比賽。你怎麼樣，還不打算滾出去？」

「我早就打算滾了，請允許我把我的舞伴一起帶走，留下她一人回去不安全。」

「早點回家，別帶着她深夜在外面鬼混。」

「是囉，先生。」

索加擠進人羣把正在興頭上說什麼也不肯離開的桑傑拉了出來：「走吧走吧，馬上就要結束了。」

「這裏能產生出很多靈感吶。」桑傑兩眼愣神地說。

「是的是的。再見，先生！」索加摟着桑傑的肩膀從警察身邊走過。

「你這個……狗娘養的！」警察氣得低聲罵道。

外面夜深人靜，林蔭道沒有路燈，借着朦朧的月光走在大街上。

桑傑氣喘吁吁顯得很激動，他告訴索加又構思出了一篇小說。

「那麼，你不再寫我了。」索加聽了鬆口氣，「這下我就自由了。」

「你想溜是溜不掉的。你本來就是我筆下的人物，包括我們剛才在舞會上，還有現在我們走在大街上。」

「那你幹嘛還老罵我。」

「因爲你太缺德，拿當兵的尋開心。」

「我眞糊塗了。」索加心裏又蒙上一層憂鬱的陰影。

這時，從黑暗中飛來一塊石頭，把桑傑的一邊臉給打歪了。遠處響起一個聲音：「給你吃！你這個絕我們藏族人升天的傢伙！」

一陣腳步聲咚咚咚跑遠了。

桑傑捂着鮮血淋漓的半邊臉，嘴裏吐出黑色的血沫，睜圓了驚恐萬狀的眼睛，發出口齒不清的尖聲怪叫：「這他媽……簡直是慘無人道！」

「你怎麼啦？」索加還沒明白過來，驚訝地望着他痛苦的慘狀。

「莫名其妙！莫名其妙！」他一屁股坐在地上嚎叫。

「這也是……你正在寫的嗎？」他蹲下身小心翼翼地問。

「怎麼會呢？我……不知道。」他捂着臉傷心地嗚咽起來。

桑傑從醫院回來後臉上被縫了七針，腦袋被繃帶裹得嚴嚴實實。他不明白這是怎麼回事，但是他從偷襲者的話中捕捉到了可疑之處。首先他肯定是這次襲擊中無辜的受害者，那塊石頭看來是衝着索加下來的。他隱隱感到索加幹了一件見不得人的事情。絕我們藏族人升天的傢伙——這可不是件鬧着玩的事。他覺得一定是那種事了。他無法忍受這白挨一石頭的奇恥大辱，於是抑制不住自己的想像力爲這次襲擊找到合乎情理的依據，他想起在北京東路那家住滿了外國人的吉日旅館，院裏的牆壁貼滿了張貼物，那上面用各國文字寫成的各種內容的字條使這裏如同一個繁榮的交易所：「本人出售一雙八成新的耐克牌旅遊鞋。」「我的錢包丟了，願意廉價出售五卷從新疆到西藏沿途拍攝的各種風光及風俗的彩色菲林，技巧高超，質量可靠。請來三〇五房找黃頭髮的戴維。」「我將徒步從拉薩到日喀則入境尼泊爾，願有一位夥伴同行，女士謝絕。七〇八哈雷。」「這個地方眞髒野狗太多。」「誰偷了我的一頂狐皮帽子」？「您想以一百美元的代價換取一次親眼目睹西藏喇嘛教最隱秘的密宗儀式嗎？雪域旅館一〇五房的露易絲·安妮願爲您效勞。」「本人出售親手釀造的蘋果酒，請來三一五房。」「你想延長在此地的簽證日期嗎？我有辦法……」丹妮絲坐在貼着各種字條的牆下一條長椅上補褲子。她穿一件蘋果綠的短背心，皮膚曬成了棕色。中午的時候，這座院落式的旅館裡沒什麼人，只有二樓走廊上坐着一對老人捧着書在看，一個瑞典人在院中間的自來水管邊洗衣服。索加給丹妮絲送來一小瓶酥油茶，坐在長椅上陪着她閒聊。他能够結結巴巴講一點日常的英語了。丹妮絲認爲他是一名聰明的學生，雖然不够用功，所以他的鼻子沒少挨丹妮絲彈來的粉筆頭。有些學生學了不到兩個月就溜了。有時在上課時他們又忽然闖進教室問丹妮絲：「老師，請問：這件東西是稀世珍寶，這句用英語該怎麼講？」丹妮絲一字一句告訴了他，他一字一句重複後，說聲謝謝便關上門又溜了，到下課後見那人還蹲在門口捧着腦袋沒走，一問，說他一出門這句話又給忘了。

「老師。」索加悶悶不樂地說。

「請叫我丹妮絲，你總是忘記。」

「是，丹妮絲，」他慢吞吞地說，「你爲什麼……總是用粉筆頭彈在我鼻子上呢？」

「如果你在上課時不去跟你身邊的姑娘調情的話。」

「我是說，這樣下去，我會被你彈出個大鼻子來。你瞧，它都紅腫了，並且有點歪了。」

他捏起自己的鼻子湊給她看。

「哦，對不起，也許我很喜歡你的鼻子。」

「是嗎？但是完全可以彈在我鼻子上面的什麼地方。比方說額頭。」他拍拍腦門，「我這裏長得很平，不在乎被彈出一個大疤來。」

「好的，我就往這兒彈。」

「謝謝。」

他又問起丹妮絲這一口標準流利的藏語是怎麼學來的。丹妮絲告訴他是在尼泊爾學的。當初，她是爲了尋找她姐姐去了尼泊爾。

桑傑寫到這裏停住了筆頭，不耐煩地敲了敲桌子，自言自語地說：「眞見鬼，她怎麼又冒出一個姐姐來？」

「她是誰？」桑傑後來把索加揪進一家甜茶館裏，先聊了一些國際國內和拉薩街頭的新聞，立刻把話題轉了過來。

「你說誰？」索加沒頭沒腦地問。

「丹妮絲的姐姐呀。她是個什麼樣的人物？」

「你——怎麼會知道的！」索加跳起身惶惑地看着他。

桑傑笑眯眯友好地拉過他重新坐下，告訴了他是怎麼回事。

「什麼，又是從你小說蹦出來的！」索加聽了痛苦得要揪自己的頭髮，「既然丹妮絲也是你編出來的幹嘛還來問我？天哪！我眞不該把她的名字和她的什麼事告訴你，我一分錢也沒賺到。」

「可我就是不明白她怎麼還會有一個姐姐，她們幹嘛去尼泊爾。想想你索加，你得講良心，我和我女朋友所幹的每一個細節都向你坦白過。你想想吧，我可從沒問起你和她睡過覺沒有，我也不會問，只求你說說她姐姐是怎麼回事。」

「你太關心她姐姐了。你是想咱哥兒倆跟她姐倆兒好是嗎？」索加撅撅嘴問。

「你看這事有希望嗎？」桑傑興奮起來了。

索加低下頭像發牢騷一般把丹妮絲的經歷告訴了桑傑：丹妮絲可能是一位富翁的女兒，這只是他的猜測。因爲她聊起三歲時乘父親駕駛的私人飛機在空中差點墜落的事情。她姐姐當年是一名嬉皮士，十六歲時跟一羣嬉皮士離開了美國來到喜瑪拉雅山麓下的國家尼泊爾，去尋找東方的神秘主義，幸虧那時西藏還沒開放，他們被擋住了沒有進來。這些人迷上了印度瑜伽，西藏的密宗以及各種邪門歪道的巫術。丹妮絲曾經是她姐姐的崇拜者，三年前在美國收到姐姐寄來的一封長信，像是瘋癲者的夢囈，談到了她同伴受到的摧殘和精神的昇華，談到佛陀和世間的輪迴，不生不死。丹妮絲知道這是她臨終前的遺言了。她趕到尼泊爾四處打聽，在國境線一個小鎮上才找到姐姐的下落，她已經死了，聽說死得很慘。她的同伴有的因海洛因中毒而死，有的成爲走私犯被終生監禁，有的瘋了。她姐姐到後來淪爲娼妓，染上重病，躺在路旁一張破蓆上全身潰爛，靠來往的行人丟下的幾個錢維持着最後的生命。丹妮絲後來就在當地一座寺廟裏跟西藏一位老喇嘛學習藏文的教義，兩年後又來到西藏，從當局那裏獲得逗留兩年的居住權。她在拉薩開辦私人英語速成訓練班，同時研究西藏的佛教和文化。她還告訴索加，在美國上大學時因狂熱地崇拜過托洛斯基和列寧而加入了美國共產黨。

「同志，可找到你了！」索加聽到這裏，模仿電影中常見的主人公在苦難中找到了黨的那副激動的樣子，抓起丹妮絲的手緊緊握了起來。

這回丹妮絲跟不上他的幽默，困惑地看着索加不知這是什麼意思。

「要是桑傑見到你，會這樣激動起來的。」

「他是誰？」她問。

一位像法國喜劇電影中的矮胖的男人雙手拈着一張紙條站在他倆跟前，彬彬有禮地作了個請讓一下的動作。他倆給他讓出一個空位，他勾起身子把紙條端端正正貼在牆壁的一個空隙處；然後提起兩只沉重的行李包放在雇來的一輛平板手推車上，乾瘦的車主不聲不響把車推出院，男人若有所思地跟在平板車後面，他顯然是離開拉薩去民航。

「那紙條上寫的是什麼？」索加問。

「我很遺憾沒能看到西藏的天葬儀式。」丹妮絲翻譯出來。

「他是個笨蛋。」他說，忽然揪住自己頭髮自言自語說，「我也是個笨蛋。」

他起身告辭。丹妮絲對他送來的一瓶酥油茶表示感謝。

「這是我母親為你打的茶，她說昨天的事情眞不好意思。」

「嗽，沒什麼。」她揮揮手笑起來，「我很喜歡她。」

母親的想像力既豐富又古怪，見丹妮絲的第一面，她就固執地認為丹妮絲看上了她手腕上的錶。這是一塊年代已久的英納格牌手錶，錶盤早已發黃，玻璃膜被磨出許多劃痕。這是她爺爺留下的遺物。她爺爺曾經是一名軍官，在一九〇四年那場抵抗英國遠征軍入侵西藏的戰爭中陣亡。在江孜戰役中，一天晚上，她爺爺率部偷襲了英軍上校佛朗西斯科·榮赫鵬的使團營地。在戰鬪中，她爺爺在使團營地附近的沙地上撿到這塊不知是哪位英國軍官在倉皇撤離中遺失的手錶。只有一支小小衛隊的英軍成功地抵御了大約八百名西藏士兵的夜襲，西藏軍隊以死傷二百五十多名官兵的代價只換取了四名英軍的受傷。她爺爺頭一次見這種新奇的玩意，以為是英國人身上佩帶的護身符，他相信這種護身符一定很靈驗，便用一根紅布條把手錶掛在胸前。兩個月後，在西藏近代戰爭史上最悲壯的江孜炮臺戰役中，她爺爺站在被炮彈炸成廢墟的城牆垜上指揮殘部頑強抵抗攻城的英軍，被一名衝得很近的英國軍官手中的大號左輪手槍擊中頭部，一顆子彈掀掉了半個腦袋。

母親對異族人總懷着敵視的態度。原以爲兒子又帶回的是一個風騷的姑娘隨便跟她玩兩天。母親對兒子這點很寬容，前不久還帶來一位漂亮的漢族姑娘，給她介紹說是從內地來拍電影的演員。母親撇撇嘴根本不相信兒子編的鬼話，但還是盡心招待了姑娘，並抱出一床乾淨的被子放在兒子床上。她看見丹妮絲和兒子說說笑笑進了屋，叉起腰拒絕給丹妮絲倒茶，雙眼朝着屋頂拖長了腔調說：「兒子呀，我還以爲你帶回來的是一位將來掌管鑰匙的好媳婦。瞧瞧，她的皮膚那麼白就知道她躲在地獄裏從來沒見過太陽。」

索加抓起一顆水果糖跳起身衝過去捂住母親的嘴，像拖俘虜似地把她抱到外屋的廚房。

「嗚嗚哇哇。」她扭動身體掙扎道：「狗小子，你想親手害死你媽媽嗎？」

「求求你，媽媽，她聽得懂藏話。」

「是嗎？」她驚訝得張開嘴，口中的糖塊掉在他手上粘膩膩的。

丹妮絲樂滋滋地聽着母親和兒子在隔壁廚房裏小聲激烈地爭辯。

「說不定我爺爺就是被她爺爺的爸爸親手打死的。」

「丹妮絲是美國人，不是英國人。」

「你不就是在跟她學英國語嗎？」

「是呀，美國人也講英語，只不過美國的英語……」

「是呀，這樣說來你怎麼能肯定這娘兒們就是美國人而不是英國人呢，難道她額頭上刻着美國兩個字嗎？」

「你認識美國字嗎？」

「我不認識。你就沒有從她臉上瞧出點什麼來嗎？說不定她來西藏就是爲了找她家祖宗當年丢失的錶呢，你沒見她一進門眼睛就直盯着我手上的錶嗎？」

「丹妮絲。」索加只好轉過身問她，「你到西藏來是找你祖宗丢失的什麼東西嗎？」

「是的。」她回答，「我已經找到了，不過不是這塊錶。」

「聽見了嗎？」他對母親說，「她已經找到了，不是這塊錶。」

「聽見了嗎？」母親對他說，「我沒弄錯吧，她總是來找什麼東西的。」

「你找到什麼了。」他好奇地問。

「古希臘人的一句名言：惟有在閒適和寧靜之中才有尊貴和光榮。」

「她身上抹了這麼多的香水，呸！」母親的手像趕一隻蒼蠅似的鼻子在前搧動。

「誰，誰抹香水？」他又掉過頭來。

「難道我又說了一個什麼人嗎？」

「梅朵卓嘎。」

「是她，哪像個藏家姑娘。」

「我感冒了。」索加走進院裏。

「要吃藥嗎？」

「不。」

「那就別吃，明天自己就好了。兒子，你一會兒要出去玩嗎？」

「給我拿盒煙。」

母親進了小店取下一盒煙遞給他：「天天下雨，到處是泥。你去哪兒？」

索加撕開煙盒頂上的錫箔紙，彈出一支香煙點燃後叼在嘴上。他覺得很冷，身上在顫抖。在桑傑看來，這個動作表現出了索加內心的恐懼，他爲自己所做的事情感到害怕和後悔。他一開始就感到事情有些不太妙，外國人一聽臉上就露出了貪婪的神色，他們每個人臉上都露出貪婪的神色，接着一張張鈔票塞進了他手中幾乎全是兌換劵，他忙碌得都來不及清點。他們來西藏不就是爲了看這個嗎。先生、女士您想看天葬嗎？索加站在吉日、巴朗雪、雪域亞旅館（設在拉薩城內專門招待外國遊客的低檔旅館。）的登記室旁湊近那些剛下飛機登記住宿的外國人用英語低聲問道。他們一聽臉上就露出了貪婪的神色，從嗓子眼裏擠出嘞的一聲怪叫，簡直不相信剛到拉薩就能遇見這樣好的運氣。請明天一早五點鐘在大門等候，每人收五十元的交通費和導遊費。這當然不貴。他們激動地問個不停：天葬從什麼時候開始？到多久結束？能跟死者的家屬和天葬師交談嗎？旺堆的車還沒來，外國人在門前等候。天還是黑沉沉的，街上的路燈冷清地亮着，遠處有沙沙的聲音，那是早起的清潔工在掃大街。轉經的老人也起得很早，帶着小狗手搖經筒圍繞城市開始一天的宗教活動。有個大胖子說他是奧地利人。你知道維也納嗎？索加搖搖頭，心想奧地利人也沒見比別人更豪爽地多付幾塊錢。大胖子身上掛了三架照像機，胸前那只黑乎乎的變焦長鏡頭像一件新式武器，跟索加說話時伸直的長鏡頭總是對着他，他不得不一次次用手小心地把它推擋開，總擔心隨時會從裏面射出一發炮彈來。還有一個穿戴花花綠綠的瘸腿老太太提一架小型錄像機，像指揮官大模大樣走來走去，操着不知哪國的語言像是在發號施令，卻沒人理會她，她只好朝唯一好奇地注視她的索加頻頻擠出多皺的笑容。這支由照像機錄像機還有錄音機武裝起來的花花綠綠的外國人的隊伍實在太龐大太顯眼了，裝了滿滿一車廂。索加急忙鑽進了旺堆的駕駛室裏，旺堆是個愛錢如命卻又不會算帳的傢伙，索加給他分三成，也就是每跑一趟給他六百五十元，他高與得哼哼叫喚。他的綽號叫「麝香」。因爲無數次把汽車四輪朝天地開翻進溝裏，司機們稱翻車叫「曬麝香」。索加最擔心他如果把一車的外國人倒扔進溝裏可不是鬧着玩的。幸好去天葬臺的路只有八、九公里，坐落在拉薩北郊山腳下的色拉寺旁邊，路面寬暢平坦。當東方露出白色的晨曦，外國人像一羣偷襲的士兵紛紛跳下車廂行動詭秘地從四面八方各個角度悄悄包圍了天葬臺。那塊巨大平坦的岩石下面燃起煙火，附近停着一輛拖拉機，看得見一些模糊的人影在晃動。索加和旺堆躲在車裏不敢去看，彼此心事重重地吸着煙，他們明白自己作的什麼孽，但是金錢總是那麼誘惑人，這是一筆輕易到手的大買賣，幾乎不費什麼事，一個星期內索加就賺到上萬元。但是，鬼鬼祟祟越來越多的外國人包圍着天葬臺使威嚴的天葬師和死者的家屬大爲不滿，他們手中鎂光燈的頻頻閃爍和不顧種種古老禁忌的行爲使得這件莊嚴神聖的儀式越來越難以完成。天葬師不得不齜牙咧嘴晃動手中血淋淋的刀警告這些靠上前來的侵略者。山頂上，在藏族人心目中早已成爲神鷹的禿鷲們感覺到了某種不尋常，在空中盤旋遲遲不肯飛下來。天葬師終於發怒了，高聲罵道：外國佬，難道你們也是一羣禿鷲想來嚐嚐人肉的滋味嗎？呀！送你們一塊。天葬師搶起一條被肢解的人腿朝跟前的外國人扔去，他們被這意想不到的行爲嚇得哇哇亂叫全趴在地上。也有那些大概在世界各地跟魔鬼打過無數次交道的冒險家們毫不躲避，眼疾手快地拍下這一鏡頭，然後滿不在乎地抹去濺灑在臉上的血水。禿鷲躁亂地在山頂跳躍盤旋，發出一片抗議般的聒噪，牠們的眼睛比任何動物都敏銳，牠們從山腳下的外國人臉上發現跟自己有某些相像之處，他們的鷹鈎鼻和凹眼睛使得禿鷲們把他們誤認爲是同類，山下的同類正用一種黑色的圓筒朝上對準牠們，牠們從遠處微小的玻璃鏡頭的反射中看見了自己的形象，也許牠們正聞到了山下同類身上的香水味，這對牠們來說是一種陌生的凶兆和臭不可聞的邪氣，這氣味敗壞了牠們的胃口，各自張開翅膀遠遠飛到荒僻的山溝裏尋找其它動物的屍體。這是一個危險的信號，藏族人正面臨着一個死後難以升天的災難，這種現象越來越嚴重。就像發現臭肉的蒼蠅，外國人成羣結隊地湧去，搭拖拉機的、騎自行車的、步行的。幸好有關當局及時採取了措施，頒布了嚴禁外國人和其他遊客去天葬臺進行參觀和拍照的法令。但是索加早已在這樁生意上獲得了相當可觀的一大筆數目。

桑傑衝進他家時，他正在點錢，桑傑從來沒見過這麼多的錢。從桌上櫃子上床上到地上全堆着成捆的和零散的錢。索加坐在錢堆裏滿頭大汗一疊一疊正在清點。桑傑不相信他幹這件罪孽的事僅此一項就得來這麼多錢。

「你……你是不是剛剛搶劫了一家銀行？」他緊張得喘不過氣來，軟綿綿靠在門框上。

「老兄，你把話說顚倒了，我正準備把這些錢存進銀行。」索加點錢的技法嫻熟老練，把一疊錢散碼成一排扇形，五根指頭飛快地彈動，看起來就像是在單手彈鋼琴，每彈一下手腕就翻帶起五張鈔票，眨眼工夫就數完一疊。

「我這雙手天生適合跟錢打交道。」他頭也不擡地說。

桑傑看呆了。

「頭上的傷好點了嗎？」索加數完一疊，手指痲利地用根橡皮筋捆扎好後扔在一邊。

「醫生說，過兩天可以拆線了。」桑傑感到已經癒合的傷口像要重新裂開一般劇烈地疼痛，他再也無法忍受心中的怒火，作爲一個遵紀守法的城市公民和一個藏族人，他無法容忍有人對天葬這一神聖的儀式進行褻瀆和破壞，他把索加罵得狗血淋頭，比魔鬼還可惡。他越罵越激動，暴跳如雷地揮舞雙手，把那些錢扇舞得滿屋子亂飛，索加愣愣地坐着不動，任憑飄在空中的錢像秋天的落葉紛紛落在他的身上。他悲哀地想道：這傢伙有些瘋了，的確有些瘋了。他什麼都編得出來，他的腦子裏怎麼塞滿了這麼多古怪的念頭。居然把自己想像成將外國人騙到天葬臺賺他們的錢。要是桑傑有一天異想天開地去警察局告他殺了人那可還一時說不清。

等到桑傑精疲力竭地停止了號叫，索加只好向他指天發誓：向最神聖的意西羅布佛起誓，索加我絕沒有幹這樣的事情。桑傑被他的起誓鎮住了。索加還拿出他跟青海人作羊毛生意的合同書給他看，那上面的金額數目相當大。索加只是中間的倒手人，只能提取一小部分，其餘的都要交給賣主一方。

桑傑半信半疑，指着自己裹滿白綳帶的腦袋問：「這又該怎麼解釋。那傢伙說——你這個絕我們藏族人升天的傢伙，指的不就是我剛才說的那件事嗎？」

「這不都還是從你小說裏寫出來的嗎？這樣瞎編，當心哪天還會編出你挨槍子兒。」索加皺起眉頭說。

桑傑渾身一震，挺起胸膛說：「你別想用死來威脅我。」忽然又捧起腦袋呻吟道，「我腦袋受了刺激，你還用這樣的話來嚇唬我，我受不了。」

「別裝模作樣，怎麼樣，出去玩玩。」索加提議道。

「你說去哪兒？」

「你說，隨你。」

「你想去哪兒。」

「去哪兒嘛？」

「星期六晚上沒有我們年輕人可去的地方，這簡直太不文明了。」

「要不，去舞會玩。」

「聽起來還有點愉快，可我從不去那地方，全是流氓小偷……」

「阿飛妓女。」

「眞的嗎？」桑傑瞪圓了眼睛。

「我給你找幾個漂亮的舞伴。」

「不。」他想了想說，「我就坐在一邊看看，再隨便喝點什麼。」

「坐在角落裏偷看。」

「是觀察。」

「是觀察。觀察了一肚子回去寫文章。」

「寫小說。」

「哦小說，賣不出去的小說。」

「是發不出去，這不是賣你的臭羊毛。」

「這不，我剛賣出一批，生意還不錯。」

時間還早，他倆竄進一家甜茶館裏，裏面人很多，吵吵嚷嚷烏烟瘴氣，兩人在靠門的地方找了個空位，桑傑又從屁股兜裏摸出一篇剛被退回的小說，他說這篇小說索加沒聽過，一定給他讀讀。

「你猜這位老兄提的什麼意見。呵，猜不出來吧。你聽：『……只是，個別細節和詞句寫得太不文雅。』啃他媽的屁，我敢打賭這傢伙生來沒長屁眼，所以從來沒見過厠所裏面是什麼樣的。」

「行呵桑傑，哪天我開車帶你去找那夥計，用錐子在他屁股上戳出個眼來。可是，你寫厠所幹什麼？」

「你先聽我讀完再說。」桑傑讀了起來：「他望着電子錶晶液顯示屏上的數字，時與分的數字中間極有規律地閃出兩個黑色，代表秒針一閃一滅一閃一滅，他感受到了世界的脈搏，生命的節奏，人類心臟的跳動，老牛捲起一把麥草在嘴裏緊緊嚼動，一個潑皮無賴低頭用肩膀一下下撞擊對方想挑起事端——一系列極其準確的節奏——潑皮沒意識到對方早已遠遠躲開了他走出很遠，他一下一下的空撞就像個瘋子在大街上扭股擺肩的神經質舞蹈，像一只上足了發條的機械玩具……」

從索加的眼前望去，大門外是一條冷清的馬路，直通巴廓環形轉經路，來往的行人和車輛像影子一樣從門前閃過去。他聽見一個唰唰響的聲音越來越近，心裏一陣痙攣，他眞害怕那聲音從大門進來到他跟前。那人出現在大門外的馬路上，並沒有朝甜茶館裏望上一眼。他筆直地站立，又匍匐在地。是他！這個職業磕長頭的漢子有一副鐵塔般實敦敦的身體，光着圓腦袋，額頭中間凸出一團鷄蛋大的肉瘤——那是額頭無數次在堅硬的地上磕出來的。一雙大大的招風耳威風地張開。他臉上所有突出的部分——額頭、鼻尖、顴骨、嘴唇和下巴都沾印着灰色的塵土。一雙眼睛永遠在狠狠地遙望遠方，似乎能看見天國的一隅。他赤裸上身，露出壯實的肌肉。繫一塊厚實的灰綠色帆布圍裙，圍裙中間有一個大口袋，裝滿了善男信女們施捨的各種面鈔的錢鈔，像斜掛着功勛帶似的紅布條上繫一只銀色的護身符背在腰後，據說這護身符裏藏有一綹五世達賴喇嘛的頭髮，這是一件稀罕的聖物。現在只有他一個人了，他曾經率領的一羣徒子徒孫們不知現在何處流浪，那個晚上他們被嚇壞了，簡直嚇得魂飛膽喪。

桑傑念道：「於是，他朝那頭身體龐大的牦牛走去，在它黑色的肋骨上寫下了自己的思想……」

索加騎着摩托車，綠色小燈照耀下的里程表上的指針已升到時速八十公里。他參加完一家婚禮的慶賀儀式，不顧朋友們的勸阻，一把搶過自己的車鑰匙。我沒醉，你們滾開！姑娘們死死抱住他，哥哥索加，危險哪！今晚住這兒吧，求求你。他把一個攔腰抱住他怎麼也不鬆手的姑娘的辮子繫在了窗戶的鐵條上，她腦袋被扯住了才鬆開手。她們全都那麼善良，善良得簡直有些多管閑事了。他加大油門，在夜深人靜的巴廓狹窄拐彎的街道風馳，它喚起一個人要與世界共同毀滅的瘋狂的衝動和極度的快感。唰——唰——唰——一片亘古的摩擦在寂靜的巴廓環形路上響起來了，這是人的身體和大地接觸的聲音，是人對大地的膜拜和頑強敲叩着來世天堂大門的響聲，冥冥之中，神明以它的沉默喚起苦難者在人世間解脫苦難掙扎聲。慘白的水銀燈下，一排黑色的人影按個頭高低依次排列。他們共有九個，排在最後的孩子大約只有七八歲，他們全都跟鐵塔漢子師傅一個模樣：清一色光圓的腦袋，滿臉的塵土，赤裸的上身，厚實的帆布圍裙，高高舉起的木板護套，紅布條斜掛在腰後的護身符。他們並肩排列，朝右邊橫跨半米舉起雙手，合在胸前，身體匍匐在地，一排手臂向前筆直地伸出，一齊爬起來後再向左橫跨半步。

桑傑念道：「『你爲什麼要讓這頭牛身上帶着看不懂的咒語呢？』『我只是把我的思想灌輸給它。』『可是，有思想的牛肉一定不好吃。』」

索加像騎在一匹脫韁的馬背上，已經無法控制摩托車速，眼睜睜看着前方一排黑影正撲在地上，形成一團可怕的障礙物鋪天蓋地飛快朝他衝來，他擰着油門的手僵硬得無法鬆開，全身死一般的恐怖和緊張使他的眼珠暴凸了出來，他張開大嘴，迎面撲來血腥和腐臭的空氣封住了他的喉嚨，窒息得他喊不出聲，他低趴在車身上，聽天由命地閉上眼迎接着毀滅來臨的那一瞬間，在高速的衝擊中摩托車向上升騰了起來，把他身體飄飄悠悠帶向空中，那一排扭成團的黑影從他眼皮底下一掠而過，他聽見一個撕裂心肺的童聲在慘叫：「媽媽——」

桑傑念道：「他勇敢地摸了一下她的光頭，尼姑的光頭除了佛爺是不能隨便讓人摸的。摸着她發青的頭皮就像摸自己剛刮了鬍子的下巴麻酥酥的細嫩，手感非常好。」

當他迷迷糊糊清醒過來時，摔在地上的摩托車在水銀燈的斜照下拉長了一片變形的投影，像個神秘的怪物，前輪高高仰抬起還在轉動，彷彿已經緩緩轉動了好幾個世紀。他吐出一口夾着沙粒和鐵銹鹹味的黑色唾沫。當摩托車從空中墜落在地的猛烈震動，他的下巴像是被重重的挨了一拳，牙齒咬破了舌頭，嘴巴痲木得什麼也感覺不到。他癱軟地坐在地上，像在夢中看見了幾個不眞實的瘦小的影子四處逃散躲進了黑暗中，只有爲首的這位鐵塔般的漢子站在他身邊，一雙眼睛死死盯住他。他在慌忙中爬起身，艱難地扶起摩托車跨上去狠狠踩了一腳馬達，居然發動起來了。路燈的水泥桿下，一位密探似的老太太伸出個頭，幽幽望着他。半晌，才惡狠狠小聲地說：「你不得好死！」

桑傑發現索加心不在焉，根本就沒聽他在讀自己的小說。索加淸醒過來，看見桑傑眼中飽藏着哀怨正無言地望着他，他很尷尬地咧嘴一笑。兩人半天沒話可說。

「求求你，再堅持幾分鐘，馬上就讀完了。」桑傑朝他豎起一對拇指低三下四地哀求道。

索加用手在臉上抹了幾把強打起精神，誠懇地點點頭鼓勵他繼續讀下去。桑傑淒切地瞟了他一眼，又讀了起來：「……奧瑞，想起明天就能抵達黃金一般的聖城拉薩，他還將走街串巷尋找他的女友，想起幾個月來孤獨的流浪生涯，從邊防站那間小屋死裏逃生，在草原上與充滿敵意的當地牧人巧妙的周旋，在斷糧的日子裏烤地老鼠爲生。他雙眼流下熱淚，最後瞥一眼滿天繁星，很快進入了睡夢。不一會兒就感到身體奇癢難受，小動物們開始搗亂了。跳蚤們手舞足蹈地狂笑，一齊張開了血盆大口……」

「等等！」索加聽得認眞，忍不住打斷他，「你說……跳蚤怎麼能張開血盆大口，是野豬吧。再說，你見過跳蚤先生的笑容嗎？」

「這是美國跳蚤。呵，記住，是美國貨。你剛才沒聽我在讀，前面不是說了嗎，它們全都得在那位尖下巴的美國佬奧瑞的領子縫裏。」

「哦——」他閉上眼點點頭，「我猜想得用放大鏡才能看清它們是怎麼笑的。」

「是這樣笑的。」桑傑露出一副齜牙咧嘴的獰笑。

「這模樣肯定像跳蚤它爺爺的笑臉。」

「你還打不打算讓我讀下去？」

「當然，向你保證我會管好自己的嘴巴。」索加像個老實的小學生閉上嘴聽桑傑繼續往下讀，越往下聽越覺得不對勁，原來桑傑所描寫的這位叫奧瑞的美國冒險家穿越了整個藏北無人區，來到拉薩是爲了找他的女友丹妮絲。但是索加從來就不知道丹妮絲有個男朋友來拉薩找過她。

「但是我知道。」桑傑得意地說，「我什麼都知道。」

「可你還沒見過她是什麼模樣吶。」索加提議讓桑傑見見她。

桑傑有些激動了。

「她可是一個眞正的美國人，」索加站起身說，「走吧。」

「美國人！」桑傑神經質地反復念道。

以後的事，索加證實了桑傑對於丹妮絲的描寫有一部分預見得很準確。桑傑曾經形容丹妮絲是一位「小偸」。他倆一起走進丹妮絲的房間裏，索加才明白這其中的含義。房間的牆壁和桌子櫃子上展示着許多丹妮絲從西藏各地收藏的經幡，破舊珍貴的捲軸畫，頭骨蓋，鑲銀皮的人腿骨法號，用骨頭刻成的一顆顆小骷髏的佛珠，刻有菩薩浮雕的石板，古銅佛像，刻有六字眞言的碩大的牛角頭。還有牆上貼的許多彩色照片，都是丹妮絲在西藏各地拍攝的人物風光照，數量最多的還是喇嘛們的照片，其中還有幾幅天葬的照片令人毛骨悚然，全是一堆血淋淋的肉和連着頭髮的人頭。索加伸手把那幾幅天葬的照片撕得粉碎，他這一舉動使得正交談得非常投機的桑傑和丹妮絲爲之愕然，索加嘴角浮現出一絲獰笑對丹妮絲說：「沒什麼，咱們是哥兒們，不是嗎？」丹妮絲惶惑地點頭又搖頭，不知索加爲什麼要這樣。索加不想再打擾他們，讓他倆興高采烈地交談。見丹妮絲的第一眼，桑傑就驚奇地發現她跟自己所想像的一模一樣，不到一分鐘他倆就談得很愉快了，丹妮絲坐在床上半靠着被子做出一幅徹夜長談的姿勢，桑傑坐在椅子上也像是有一肚子說不完的話。他或許是過於激動，在丹妮絲面前既嚴肅又做作，不斷的滑稽地模仿外國人聳肩攤手的動作。他們談起美國黑人問題，從林肯的解放黑奴運動到馬丁·路德·金的〈我有一個夢〉，索加對此一竅不通。他唯一所能幹的就是撕毀了丹妮絲拍攝的天葬的照片，然後一下對丹妮絲感到陌生和疏遠。他覺得他根本不認識丹妮絲這個人。相比之下，桑傑才最熟悉她。桑傑說得對，丹妮絲的確是個「小偷」，她偷走了藏族人頂禮膜拜而不敢靠近的東西。但桑傑後來的種種行為也證實了他是一個賣國賊！

天空又下起了小雨，城市在雨幕中變得憂鬱和沉靜。下班的鄰居推着自行車進了院子，石板地上淌流下一道道濕漉漉細長的車輪胎印，他們對終日無所事事站在院門口的索加淡淡地打了個招呼，院裏響起黃昏時忙碌的喧鬧。誰家打開了收音機在調臺，響起一串干擾的噪音。高壓鍋在冒氣，有誰往牆上釘東西，自來水管不停地嘩嘩響。孩子在啼哭，哪家的錄音機響起一個男人悲涼而激昂的歌聲……可你卻總是笑我一無所有……索加想離開這嘈雜的時刻出去走走，又不知該去什麼地方。他從褲兜裏掏出煙盒，裏面空癟一支不剩。總是從母親的雜貨架上拿煙他眞不好意思，但他實在沒錢買煙，他高中沒畢業就退了學，起初在一家建築公司當搬運工，又在一家鐵木合作社敲了幾天鐵皮，他發現幹什麼都沒意思，便什麼也不想幹，成天心灰意冷無所事事，靠母親養活他。母親辛勞地操持着小小的雜貨鋪僅够母子倆的生活，她天生樂觀，兒子沒有工作不交往任何朋友成天站在院門前不知想些什麼她一概不責怪，只是開開玩笑地說：「兒子，你那條腿像不安分的馬蹄總是在地下刨什麼，想刨出個坑來嗎？」索加低頭一看，他腳下的一塊古老厚實的花崗岩石塊不知什麼時候被他踩出了一個光滑的圓坑，他感到驚奇和沮喪，又有了一點小小的自慰和得意。這個光滑的圓坑記載了他空耗的歲月，同時也因他長年累月站在這裏望着藍天白雲，望着城市的房屋上空飄揚的藍白紅綠黃五彩經幡族布爲自己編織了一個又一個並不離奇的夢想，他沉湎在這些幻覺之中經歷了自己的生活，只是無人知曉他在幻覺中所經歷的是些什麼樣的生活。現在，他口袋裏只有三元錢。關鍵的是，他幹什麼工作都覺得沒意思，他發現自己唯一幹得漂亮的就是在院門前的石頭上踩出了一個光滑的圓坑。

母親站在院裏跟他搭訕幾句話，他無精打采地回答，掏出手帕擤了擤鼻子。

「我感冒了。」索加走進院裏。

「要吃藥嗎？」

「不。」

「那就別吃，明天自己就好了。兒子，你一會兒要出去玩嗎？」

「給我拿煙盒。」

母親進了小店取下一盒煙遞給他：「天天下雨，到處是泥。你去哪兒？」

他沒有回答。豎起單薄的衣領，埋下頭走出院門。

「皈依呀——」樓上的聲音又在回響。

天色早早地暗了，小巷和街道上行人稀少，汽車從濕淋淋的街上駛過，車輪帶起地面的雨水發出沾粘的沙沙聲，從屁股後面的排氣管冒出一團團白煙。索加又拐進一條小巷，他眞想在這個雨濛濛的城市中結識一個好朋友，他叫米瑪、扎西、邊巴或者桑傑（均爲藏族男性名字。）都沒關係，重要的是，他希望從友誼中感受到生活的意義。

天空晴朗的時候，桑傑帶着丹妮絲在巴廓的小巷裏轉來轉去。他是一名出色的導遊，對巴廓的每一個角落都很熟悉，因爲他祖祖輩輩都生活在巴廓，他能說出每幢房子的舊名稱和它們的來歷以及各種軼聞趣事。他帶領丹妮絲來到門牌上寫着吉賽巷三十六號的一處院門前介紹道：「這座院過去叫德達色，是一家商人住的，它有六百年的歷史。」院門前有一塊石頭，那上面有一個光滑的圓坑，旁邊站着一位俊俏的拄拐杖的姑娘好奇地打量他們。他指着石頭上的圓坑繼續給丹妮絲介紹，「這個圓坑有幾種傳說，一種說法是這個商人很吝嗇很貪婪，他收藏了世界上各種珍貴的寶石，但是還不滿足，成天向菩薩祈禱希望能得到一顆天上的星星，菩薩答應了他的要求，說這星星很重，問他用什麼東西來接，他擺了一口銅鍋放在門前接，那星星掉下來後把鍋砸漏了底，把門前的石頭也砸出個坑。還有的傳說是有一天來了個乞丐到這裏想討點吃的，商人見乞丐樣子很醜陋就把他趕了出去，關上大門。乞丐便坐在門口長嘆一聲，一屁股就把這石頭坐出一個坑，把院裏的房子都震塌了幾間，原來這個乞丐是一位得道的高僧。」

「在前一種傳說的基礎上，我想有可能是天空中隕石落下來造成的。」丹妮絲說。

這時，一直倚在門旁的拄拐杖的姑娘開口了：「還有一個傳說：從前，這裏有個年輕人，他很窮，又沒本事，每天都站在這裏幻想着自己變得很富有，還娶了一位國王的女兒，結果除了把這兒站出一個坑來他什麼也沒得到，後來，他出家去寺廟當了喇嘛。我奶奶告訴我們。」

桑傑笑了，拉拉丹妮絲衣角說：「咱們走吧。」走出幾步，他低聲說，「這肯定是她隨口瞎編的，聽起來一點意思也沒有。」

「不過，我認爲這姑娘講的更美妙。」丹妮絲毫不客氣地說。

「爲什麼呢？」

「聽起來讓人產生許多聯想。」

桑傑一字一句地提醒她：「我講的可是地地道道的傳說，沒摻半點假。」

「所以你可能永遠也不會成爲一個好作家。」丹妮絲說完哈哈大笑起來。

「爲什麼？」桑傑傻乎乎而又固執地追問下去。

拄拐杖的姑娘望着這兩個人走在小巷裏。也許是陽光強烈、耀眼。她眼睜睜看見這兩個人在一片耀眼的白色中像施了魔法般慢慢地溶化、消失了。

「這也是一個傳說。」姑娘喃喃地說。

望着天空一只在拉鋸戰中被割斷了線的風箏搖搖晃晃向遠方的山峰後面飄墜而去，桑傑心中添了幾分惆悵。它如同未知的命運不知最終飄零到何方，也許在遠山的鄉閭裏一位孤獨的牧羊人會撿到它，也許落進一條小溪裡，正好有一位舀水的農家姑娘會用銅勺把它撈起來。他並不知道這只畫着一對黑眼睛的風箏在後來一個異乎尋常的時刻又回到了他的身邊。他飛快地轉動手中的木軲轆線軸把長長的線頭往回收拔。風箏被擊落了，他無心再安上一只新的風箏繼續放飛。

失落的風箏飄墜遠去，勾起了桑傑對遙遠的家鄉的一絲緬懷，家鄉是一個躲在大山谷裏的小村子，山上有兩座建造在巨形圓石上的白色瑪尼佛塔。他的叔叔總是背起雙手提着一根皮繩漫步在綠草茵茵的水渠邊，像是要去地裏牽牲畜，卻總是徜徉在水渠邊眼睛望着前面的水磨坊愣愣地出神，彷彿那裏面隱藏着有關他自已的秘密；還有黃昏時行走在荒涼的土道上進村的馬車發出刺耳單調的嘎吱聲。如今他在城裏的一家醫院裏工作，結識了不少的朋友，他那英俊的面孔和瀟灑的舉止使熟悉他的人早已忘記他曾是一個鄉村孩子，他現在只是這座城市的公民，將會和一位漂亮的城市姑娘結婚，單位將分給他一套舒適的住房，然後生兒育女，和城裏人一樣逐漸適應並喜歡上日益多姿的現代化生活。

這是一個節假日頻繁的季節，他玩得很痛快，除了去林卡玩耍外，還參加了許多朋友家的喬遷新居，新生嬰兒清除污穢和年輕人的新婚等各種熱鬧的儀式。他的好朋友加央班丹也給他送來一張結婚請柬，能結識加央班丹這樣一位大學歷史講師做朋友使桑傑感到滿意，首先他從來不跟桑傑談歷史，其次是他終日顯得憂鬱沮喪，如今在拉薩城顯出憂鬱沮喪神情的年輕人實在不多見，他們要麼臉上露出的是無憂無慮盲目而自負的樂觀神情，要麼就是滿臉殺氣，要麼木呆呆的什麼表情也沒有。請柬裏附了幾句話：「一定要來啊，別忘了把脖子洗乾淨，一雙手至少要抹兩遍香皂，最好把你的臭腳丫也洗洗再換上一雙乾淨襪子。」看得出他的朋友加央班丹是那種缺乏幽默感的人，這幾句故作輕鬆的語言顯然是拚命擠出來的，並且在這些話的後面隱藏着某種難言的苦衷和一種對自己不幸的命運進行無可奈何消極的妥協。桑傑只見過加央班丹的未婚妻一面，給他印象不算好，打扮得花枝招展，自以爲懂幾句英語成天陪外國人在拉薩各名勝古蹟悠轉，到晚上還常常坐在豪華的拉薩飯店酒吧間裏喝點咖啡或威士忌什麼的。加央班丹曾憂心忡忡地說她家是貴族世家，在這樣的家庭裏從談吐到舉止都有一套嚴格的講究，他可受不了。現在他們要結婚了，很好，桑傑想道。他自己卻不急於結婚，還想再過幾年對姑娘們不承擔責任的獨身生活。但是通常去慶賀朋友的婚禮是很美妙的事，在那地方總有喝不完的一杯杯溢出白泡沫的啤酒和各種美味佳肴，最重要的是那裏聚集着許多喜歡賣弄風情的漂亮的姑娘們，她們願意跟你跳舞，主動向你敬酒，等大夥都酩酊大醉時，她們什麼都願意了。他照朋友的話把自己打扮得乾淨整潔，對着牆上的鏡子前後左右上上下下仔細端詳了五分鐘，發現無可挑剔，然後揣上禮物——寫着一句吉祥祝福頌詞下面落上自己名字的紙包裹裹好的五十元錢和幾條優質哈達——吹起口哨滿意地出門去參加朋友加央班丹的婚禮。

婚禮在新娘家舉行，桑傑沒去過，但要找到那地方通常比找一個厠所容易得多，只要找到大概區域，看見一家打掃得乾乾淨淨，灑過水的院門前用白石灰撒出的醒目的吉祥圖案，大門上方懸掛着雪白的哈達，門口通常站着一兩個面帶殷勤微笑的迎賓員，還有院裏停放的一大堆橫七豎八的自行車和摩托車，進進出出像過節一樣神氣的男男女女以及隔着很遠就能聽見從院裏傳來的喜氣洋洋的音樂，種種跡象表明這裏就是舉行婚禮的地方。

桑傑邁着輕快的腳步穿過大街小巷，一個鄰居哥兒們騎着摩托車到他身邊停住彬彬有禮地邀他去吃烤羊肉串，他說他要出席一個重要的婚禮，鄰居聽了饞得喉嚨咕嚕一聲，鄭重地提醒他別吃多了拉肚子；又碰到幾個哥兒們拉他去坐甜茶館，他說他要出席一個重要的婚禮，他們嚴肅地告誡他別一去就醉倒了空失良宵，要是沒有什麼艷遇他們會替他惋惜和難過的，他聽了抽抽鼻子非常感動；又遇到一位曾經相好過的姑娘，她不忘舊情，隔着汽車穿梭的馬路就大喊大叫地邀他去藝術館跳舞，他怕她跑過來纏個沒完，裝着沒聽見縮起腦袋混在人羣中快步溜掉了。他發現要去的地方很遠，走了半天還沒到，後悔沒騎車來，原來他擔心在那地方醉了以後騎車回家會摔跟斗。不管怎麼說，兩個輪子的轉動比兩條腿的交叉移動要快得多。記得加央班丹總是在苦苦思索一個問題：西藏人早在一千多年前就將生命的過程與輪子的運動相聯繫，認為它是一種無限循環和輪廻的形式，但是祖先千百年來卻從不知道將輪子作爲交通工具來使用。直到一九〇七年，一輛八馬力發動機的克萊門特牌小汽車翻越喜瑪拉雅山口進入西藏，人們第一次見到驅動這堆鋼鐵向前飛奔的是四只由鋼圈、輻條和橡皮組成的圓形輪子感到大爲震驚。這是爲什麼？爲什麼？加央班丹憂鬱的眼睛盯着桑傑，他結結巴巴張張開嘴，什麼也回答不出來。加央班丹從來不跟桑傑談歷史，只是偶爾給他講一些過去的軼聞趣事，但是常常忍不住向他提出些爲什麼，他自然永遠也回答不了，因爲這些提問都沒涉及到醫學。他憑着本能的方位感急急匆匆朝前奔走，心裏還想着那只飄逝在遠方的風箏。他覺得眼前的花園路，來回奔馳的小轎車，背負行囊邁着毛茸茸大腿的外國遊客，臥在路旁樹蔭下的野狗，城市的大廈，打着尼龍花傘的喇嘛等等一切如同從鏡子裏印出來的幻象，有一種不眞實的幻覺感。記得一位朋友講過，兩面鏡子相對時，從中可以看到無限。現在他才體會到置身於兩面鏡子中間這種趨於無限的迷失感。於是城市在他身後消失了，郊外的田野在他身後消失了，如同從一團混沌迷濛的狀態中走出來，前面是望不到盡頭的綿延羣山，一片空曠，太陽高懸在明淨蔚藍的天空上把白晝延續得永無止息的漫長。荒原上有一隻鳥像流星般從他頭頂飛過落到遠處山崗的亂石縫裏，腳下依然延伸出一條路，印着幾只深深淺淺的蹄印通向前面的山彎。

死一般荒涼的大自然，連一絲生靈的嘆息也聽不見。

桑傑想逃離這片蠻荒的大地，幾乎是奔跑着向山腳走去，繞過山彎，遠處山崗半坡上有一個孤零零的小村莊，它十分貧瘠，布滿碎石的路旁有一些被分割成許多小塊的莊稼地，路旁有一座瑪尼堆，褪了色的破舊經幡旗在無風的陽光下毫無生氣地垂懸。村莊裏沒有幾棵樹，用石頭疊成的低矮的農舍像躺在半坡上懶洋洋曬着太陽的一堆旱獺，這一切似曾相見又遙遠陌生，但可以肯定這絕不是他的家鄉，因爲村子後面的山上沒有兩座白色耀眼的瑪尼佛塔。一羣面目醜陋的村民站在村頭。從疊着乾牛糞的牆頭和屋頂上也冒出一些好奇的腦袋。站在最前面的是一羣女人。她們捧着哈達，端着如意麥穗斗，抱着古老的陶罐茶壺和酒壺。人們似乎長時間地在等待着一位貴人的到來，女人手中酒壺嘴上沾着的酥油花在陽光的烤曬下已經融化，一滴滴落在她們腳下把乾涸的土地浸染得一片油黑，她們用粗糙的手指重新摳來一塊酥油捏成花形再沾到壺嘴上。

「請問，」一位大鼻子老翁從人羣中走出試探性地問道。「你是桑堆·加央班丹少爺嗎？」

「不，不是。」桑傑嚇了一跳，他從沒聽說過他的朋友竟然還是一位少爺，而且名字前面還有桑堆的封號。「我是來參加他婚禮的，是這嗎？」

「婚禮？」老翁惶惑地搖搖頭，眼睛像兩顆鬆動的珠子也隨着轉動起來。

幾個模樣憨傻卻惹人喜愛的鄉村姑娘聚在一起悄悄議論着這位陌生的年輕人。桑傑注意到其中一位下巴長顆黑痣的姑娘的神情跟其他人不一樣，她顯得有些焦慮和不安。愛用眼睛盯姑娘成了桑傑的臭毛病，他沒法改掉。

「這是什麼地方？」他問老翁。

「這就是桑堆莊園。您一路上沒見有什麼人往這邊來嗎？」

「你們的書記在哪裏？」他結結巴巴地說。

老翁疑惑地盯着他。

「我是說，鄉長在哪裏？不明白。那麼治保主任，民兵隊長在不？」

「我不知道您說的什麼。」許久，老翁慢吞吞地回答，「如果您要找什麼頭兒，這裏只有村長。沒有再大的官啦，可是他不在，去前面的驛站迎少爺去了。」

桑傑用古怪的眼光打量老翁，打量周圍的一切。他又問村長去了多久？多久，記不清啦，也許是昨天或者前些日子，也許是幾年前的事了。不管怎樣，您也看見啦，我們都在耐心地等待他們，老翁說。隨後朝桑傑擠擠眼睛，討好似地湊到他耳邊，噴出的口臭散發着死亡腐朽的酸臭氣味，十分熱心地介紹起這裏的情況：不錯，這裏就是桑堆莊園，是大老爺桑堆家的莊園。桑堆是聖城拉薩一家赫赫有名的大貴族，您在拉薩難道就沒聽說過他家的名字嗎？眞是怪了。據說他在西藏各地有二十七座莊園，這裏的莊園當然很小了，又處在荒僻的山溝裏，可桑堆家的祖先就出生在這裏。大老爺去世幾年了。現在當家的是桑堆·加央班丹少爺。前不久聽說他和一羣年輕的貴族們組成了一個秘密同盟組織，準備行刺攝政王，奪取布達拉宮和夏宮，由於告密者的出賣他們都遭到逮捕，最高政府宣布桑堆家子子孫孫將永遠不許在任何一級的地方政府中擔任官職，並且沒收了少爺家的全部財產和土地，少爺被判處終身流放。見桑傑驚訝得瞪大了眼睛，老翁拉起他的手去參觀了設在村外亂石灘上一座剛建成的囚室，那是接到縣長官老爺的命令村裏人突擊建造的。室內面積只有一抱見方，非常低矮。犯人關在裏面只能坐着，牆壁用大塊石頭築得既厚實又牢固，一扇小窗口安裝了幾根粗鐵條，這是唯一的通風口。桑堆·加央班丹將終身監禁在裏面，直到某一天攝政王發了慈悲之心才有可能被赦免出來。聽說他還有一個漂亮的妻子，他們新婚不久……

「可我就是去參加他的婚禮的。」桑傑激動地說。

「也許吧。」老翁並不感到驚奇地說。「我們只是聽說……」

「這他媽是哪個年代的事了？」他漲紅了脖子叫道。

「您就會看到少爺是怎麼被押送來的，眞的。」

「現在是哪一年？」他低聲問。

「哪一年。」老翁想了想，「我們鄉下從不關心現在是哪一年，只要能數淸養了多少隻羊，每年能打下多少糧食，這才是最重要的。」

「眞是糟透了。」他一屁股坐在地上用雙手捧着腦袋像一條受傷的狗嗷嗷亂叫。桑傑屬於這樣一種人，當面臨着突如其來的事情，情緒就立刻激動不安，但很快就能被動地順應（而不是對付）眼前的一切事。有一次接到一份電報，從小跟他一起非常要好的表妹途中翻車喪生，他接過來看完後立刻痛不欲生地蹲在地上抱頭大哭，過來一個頑皮的小夥子以爲他又在犯什麼毛病，從他身後用雙手胳肢他，癢得他滿臉鼻涕眼淚咯咯笑起來。小夥子看見攤在地上的電報條，嚇得臉色發白，連連抽氣嚷着對不起，像兔子一樣逃走，他接着又哭嚎一陣然後一抹臉就沒事了。他抱着腦袋叫喚幾聲後，心裏平靜多了，平靜得連一些懊惱也沒有，他什麼也不再問，不再想，再說無論如何也想不出個名堂來。他平靜而默默地接受了眼前的事實，聳聳肩膀彷彿在鼓起勇氣，顯得超脫自然地走向村頭，擠進一羣女人的行列中與村裏人一起等待遠方來客。女人們很快就不再去好奇地注意他，彷彿忘了這位穿紅色尖領衫衣和牛仔褲手拿一卷哈達的年輕人在她們中間的存在，她們只關心那個從沒見過面曾經是這個莊園至高無上的主人如今又淪爲囚徒的桑堆・加央班丹少爺的到來，對於村裏人來說，主子不管犯了天大的罪永遠是他們敬畏的主子。酷暑下，女人們臉上被曬得通紅，額頭被烤得油亮，她們並不在意壺裏的酒和茶在烈日和她們烘燙的身體的偎抱中已變得發酸，只是不厭其煩地一遍遍修補好酒壺嘴上被曬化的酥油花。

烈日當空，永恒般凝固在沒有一絲白雲的藍天上，起伏的羣山也死氣沉沉地在白晝下凝固了。

在百無聊賴的期待中，桑傑的眼光再次變得不老實，往女人堆裏東張西望。他悄悄挪動雙腳挨近了那個下巴長顆黑痣的姑娘，她像抱兒子似的懷裏緊緊摟着一只茶壺。他用十分柔情的聲音低問：「姑娘您不累嗎？」

「不，不累。」

「姑娘您叫什麼名字？」

「央金。」

「多好的名字。」他扭動身體輕聲跟她攀談起來，她卻再也不吱聲，甚至連頭也不回一下。桑傑有些失望，他用手指輕輕搗了搗她柔軟的腰部，又輕輕捏了捏她肩膀。沒有任何反應，看見她背上的粉紅色內衫一塊補丁綻了線，他惡作劇地用手指扯下補丁，看見了她裏面白嫩的皮膚上面赫然紋了一行黑字：「請別碰我。」他捂起眼睛縮回脖子一下感到羞愧不已，再也不敢對她動手動腳。他才發現這個叫央金的女子身上透出的一種異乎尋常的美麗和端莊原來深藏在她破舊的衣裙和滿面污垢裏。

就這樣，村裏人沒有絲毫怨言地耐心等待，這是一個漫長的可怕的等待，這個過程無法用時間來計算。於是桑傑發現這些等待的人們開始衰老了，他回頭望去，身後那些曾經聚在一起竊竊私語議論他的姑娘們都成了老太婆，兩眼無光漠然地看着他。他摸摸自己的臉，吸一口氣，自己也蒼老了，嘴上長滿鬍子，揪下幾根頭髮已是白如銀絲，他每活動一下手腳就聽見身體裏面的每一根骨頭都在發出嘎嘎的聲響，猶如一扇老朽的木門，曾經潤滑門軸的油脂已成了風乾的硬塊，每轉動一下就發出枯澀遲滯的聲音。他這才閃過一絲後悔的念頭。後悔沒有跟那位像聖者般騎着毛驢的瘋癲老頭一同離去，這是村裏人在漫漫的期待中繼他之後又一位遠道而來的陌生人，可是老頭已經走了。

首先是遠處山峯上一位像黑點般渺小的牧羊人的身影在微微晃動，他似乎在朝這邊拿起胳膊揮舞圓圈。過一會兒，從透明的空氣裏劃過一聲長長悠揚而微弱的唿哨，牧羊人如同前沿哨兵向村裏人發出了消息。

「來啦！」村裏人一陣激動的騷亂，桑傑也情不自禁地激動起來，跟着大家一起踮起腳後跟梗長了脖子朝空曠山腳的蜿蜒小路眺望。漸漸看清一個黑影從山彎後面出現，那影子移動的速度很快，後面揚起一縷淡淡的塵土。等大家看清後，每人臉上都露出了失望的神色，來人是一位白頭髮白鬍子的乾瘦老頭，騎在一隻灰毛驢的屁股上一顛一擺地衝來。人們很驚訝那毛驢居然跑得跟馬一樣快，那老頭居然能經受得住毛驢劇烈的顛簸。他身背一包簡單的行囊，從他那副形骸放浪的打扮看，有人猜他是一位游吟歌手，有人說他是一位瘋癲浪漫詩人，也有人說他像位遊方僧人；還有人認定他是個鄉村魔術師。老人的確有些瘋瘋癲癲，自稱是浪跡天涯的桑貝頓珠，他說自己在西藏各地城鎮鄉村到處游說是爲了讓這些無知的百姓們開開眼界。村裏人以爲他的行囊裏藏着什麼稀世珍寶或新奇玩意，他卻沒有去動行囊，而是用百姓們都能聽懂的一種說「折嘎」的形式講述起雪域之外的大千世界來。首先照例是一套陳詞濫調的開場白，上對天空的諸神行祈禱祝頌之祀，下對村民百姓表吉祥祝福之意，然後眉飛色舞比手劃腳扯起蒼老沙啞的嗓子滔滔不絕起來：他曾經在大西洋一艘海盜船上當過水手；在水果飄香的哈瓦那城的棕梠樹下與漂亮的混血兒姑娘調過情；在沙特阿拉伯的麥加目睹過成千上萬名伊斯蘭教徒朝拜的盛況；在芬蘭多天白樺林中一個鐵路扳道工的家裏喝過熱巧克力茶；在非洲森林裏患了一場猩紅熱病差點沒送命；在底特律城混入汽車工人的罷工隊伍中跟警察發生過衝突；在聖城拉薩的哲蚌寺裏說了一句德國的科隆大教堂也不差，就被憤怒的人羣打斷兩根肋骨。爲了讓村民百姓能理解他的話，桑貝頓珠邊說邊脫了衣服赤條條地蹦來蹦去，用身體的各個部位來比喻世界上的各個地方，如同一幅形像生動的世界地圖。「這裏（他劃過背後的脊梁骨）是密西西比河，順便說一句它是世界上最長的河流。這裏（他拍拍乾癟平坦的棕色腹部）是黑非洲平原。這裏（他摸摸耳朶）是阿拉伯半島。這裏（他扒開眼皮）是貝加爾湖。你們瞧它多麼深沉。這裏（他指向屁股溝）是美國著名的亞利桑那州大峽谷。這裏（他摸摸背部）是撒哈拉大沙漠。這裏（他指着大腿中間的黑毛）是南美洲熱帶叢林。」村裏人表情痳木，神色癡鈍地看着他。他口乾舌燥地講完後累得氣喘吁吁，既沒人給他敬酒也沒人給他獻茶。他搖搖頭嘴裏不知在咕嚕什麼，大概在暗自咒駡他所到之處人們都是這樣愚昧不開化，一點不懂得外部世界是什麼樣的。他悻悻地穿好衣服，垂頭喪氣騎上毛驢，臨走之前還扯起嗓子富有煽動性地喊道：「走哇！有誰願意跟我走哇，去看看呀，周遊世界我這毛驢只能載兩個人，再多了坐不下。」

「不去，我們不去。」村裏人搖頭紛紛嚷道。桑傑挺起胸脯，彷彿他也是村裏人中的一員，同他們一樣鄙視地望着瘋癲的桑貝頓珠老頭自討沒趣地離開了，那毛驢也不像來時那般神氣地活蹦亂跳，而是無精打采慢騰騰地朝前走去。

然而到後來，桑堆·加央班丹一行的出現並不那麼激動人心，走在前面的是兩名押送犯人的政府軍士兵，背着沉重的土槍騎在馬背上東搖西晃，後腦勺伸出的長辮像條黑繩繞在脖上。還有一名隨同的信差，一臉橫肉，神氣十足，頭戴趕騾幫人常戴的卷邊寬沿禮帽，一邊耳垂下挂着一枚名貴的長條九眼石，身背一捆用黃緞扎好的公文信件包。瘦高個的村長穿着官服，頭戴一頂圓碗似的小紅帽，米灰色長袍的袖筒裏露出半截象徵村長小小權力的皮鞭。還有一匹馬上馱着兩只牛皮袋，看來是被流放的少爺隨身携帶的一點東西，後面一匹馬卻空着沒有坐人。人們很納悶怎麼沒見盼望已久的少爺，這一行人下馬後有人才發現愁眉不展的村長手中抱着一個光溜溜的嬰兒，他十分難堪地彷彿自語道：「嘖嘖，眞是糟透了，我可不喜歡有這樣的事。」

神氣的信差一下馬就嚷着要酒喝。他是政府任命的公職人員，享有某種特權，每到一處，當地的村民就得爲他免費提供馬匹、住宿和伙食，不得怠慢。他接過女人們敬上的酒，剛沾一口就「噗」的一下吐了出來，噴得人們一臉一身。他高聲罵道這酒又臭又酸，你們把我當乞丐打發呀，拿好酒來！女人們又換上一碗，他喝了一半就潑掉又罵道：呸！這酒淡得跟水一樣，拿好酒來！直到換上第三碗他一飲而盡才眯起笑眼滿意地哼哼，又立刻瞪起眼罵道：姑娘們呢？你們這些醜老太婆圍着我幹什麼，難道你們這裏連個漂亮年輕點的姑娘都沒有嗎？快找幾個來陪陪我。女人們面面相覷，看不出誰比誰更年輕一點。

「請問，有我的信嗎？」桑傑壯起膽子問信差。

「什麼信？」信差驚訝得眨眨眼皮。「這裏窮得像餓鬼之鄉，有誰會往這兒投信。要不是來押送犯人，我一輩子也不會來這兒。喂，你不像本地人。」

「是的，我走迷了路。」桑傑絕望了。

人們沒見着少爺，圍着村長卑下地詢問。他抱着嬰兒，結結巴巴將信差的話重複了一遍。自離開聖城踏上漫漫的流放路上，少爺桑堆・加央班丹一路上長吁短嘆，常常暗自流淚，自言自語嘆息着人世無常，如果當初沒有降臨到這個人世上該多好；如果眼前發生的一切只是場夢該多好。後來他形容憔悴，先是身體出現了某些變化，慢慢地在往小裏縮，臉上呈現出稚氣，由穩健持重變得調皮淘氣起來，像個十幾歲的孩子，路上一會兒嚷着餓了，一會兒喊道成天騎馬屁股痛，一會兒哭着想家。就這樣他一路上越走越小成了兒童，再往後走又成了剛會走路的孩子，直到最後成爲嬰兒再也沒法騎在馬上，信差只好將他揣進自己懷裏，這孩子把三個負責押送的人折騰得叫苦連天。據信差的觀察和推斷，這小傢伙還會繼續往小裏縮，直到縮成一個胎兒最後有可能鑽進一個女人的肚子裏再也不出來了。這一來嚇得村裏所有的女人們個個打顫，紛紛夾緊了大腿生怕會鑽進自己的肚子裏。

「像石頭一樣沉。」村長端着嬰兒，又看看村外那座孤零零的囚室感到十分爲難，現在，誰也不肯伸手去接這個小東西。

「呀，這傢伙拉屎了！」有人喊道。村長低頭一看，胸前已染出一片黃澄澄的稠液。他厭惡地再也不想抱他，隨即把他放在馬廄的飼料槽裏。

嬰兒躺在盛着麥桿和豌豆的木槽裏不哭也不鬧，睜着烏亮的眼望着遠遠好奇地圍在一起的村民。村民們不敢上前靠近，他們懷着十分複雜的心情——這中間包含着敬畏與失望，憐憫中又帶着遏制不住的滑稽感——默默地注視這位變成嬰兒的少爺。

桑傑知道老朋友到了，硬着頭皮走上前去，蹲在木槽旁仔細觀察這小傢伙，將他縮在一堆的五官在心中加以放大。不錯，是他的老朋友加央班丹。此刻一個是老人一個是嬰兒，他倆還像過去一樣在一起沉默不語，這是男人之間的友情特有的默契。

「眞對不起，桑傑，我不該給你送請柬。」好一會，加央班丹說話了，聲音還跟過去一樣。

「我走迷了路，沒找到你舉行婚禮的地方。」

「誰也找不到，她跟一個外國人去加拿大定居了。」

「哦。」他頓了一下，「我才知道你是一位被流放的貴族少爺。」

加央班丹粉嫩的臉蛋上出現了深沉痛苦的表情。「那是我前世發生的事了，可人們總記得，我不知道這是不是好事。我們西藏貴族的流放跟俄國十二月黨人一樣悲壯，只是沒多少人知道這些事。」

「你幹嗎要這樣，」桑傑說。「你幹嗎要把自己變小呢？」

「我只想生活在一個沒有貴族的時代，我只想五十年後再降生到這個世上。也許，那時世界會變得美麗一些。」

「不錯，你變小了，我卻變老了。」桑傑感嘆萬分，他想責備他，想安慰他，想同情他，但一切都是多餘的。他只想同以往那樣拍拍老朋友的臂膀來表示自己的感嘆，才發現對方實在太小了，找不到可拍的地方，他還是在加央班丹印着青紫色斑塊的粉嫩的屁股蛋上輕輕拍了一下。然後靜靜地守護着他，眼睜睜看着加央班丹除腦袋之外身體各個部位繼續收縮，手腳蜷縮成一團緊緊抱在一起，身上佈滿了可愛的皺紋，眼睛像被什麼東西粘住了再也睜不開，躺在木槽裏的加央班丹此刻已經完完全全形成了胎兒的狀態。桑傑知道，他的朋友要離開這個世上了。

胎兒在依依呀呀地呻吟。

桑傑起身離開，走到村民跟前，憂鬱地說：「他要進去，明白嗎？有誰幫幫他？」

女人們臉色陰沉，她們又老又醜，誰也不敢走出來。

桑傑幾乎不敢相信自己的眼睛，那位下巴長顆黑痣的姑娘居然沒有老，她也許是村裏唯一的少女了。在人們各種眼光的交織中，她一聲不吭站出來走進馬廄，低頭看看她腳下一團小小的生命，然後勇敢地撩起裙角又開一條腿蹲下，將胎兒遮進裙袍裏。桑傑調開腦袋望着遠方永遠冷漠的羣山，望着羣山後面在藍天的映襯下潔白耀眼的晶瑩雪峰。那個叫央金的姑娘準是加央班丹母親的化身了，可是，他沒有臍帶怎麼能跟母體連接呀，桑傑昏昏沉沉地想道。在他身後響起一聲長長痛苦的哀號之後，周圍變得異常寧靜。

姑娘十分虛弱地從馬廄走出來，那裏什麼也沒有了。人們唯唯喏喏低下頭給她閃出一條道路，有人給她運來一根棍子，有人塞來一只木碗，還有人扔過幾件破衣服。就這樣，把她當着度母也罷，當作妖女也行，總之，人們再也不能碰她身體了，她將離開這個村莊去遠方流浪。

當一羣人緊緊架住桑傑的雙臂將他拖向那座囚室，他才感到自己的處境不妙了。毫無疑問，少爺加央班丹從這個世上消失後，讓那座囚室空着誰也擔當不起，作爲少爺朋友的桑傑自然地被人們指定爲他的替身被囚禁在裏面。

「你們這是……侵犯人權，我抗議！我要上訴！」他掙扎着喊道。但是無論如何人們聽不懂他在喊什麼，只當是他在瘋言瘋語地狂號。

桑傑被關了進去。

外面有幾個老太婆輪流看守，將負責每天給他提供食物和茶水。

幸虧我還沒結婚，沒妻子和兒女，桑傑在黑暗中安慰自己。他又想起那個下巴長黑痣的姑娘，記得她是沿着瘋癲老頭離去的方向走的，眞希望那老頭還在前面等她，他說過他的毛驢可以坐兩個人。有一天她還會回來，那時她永不衰老的年輕的身體將再次爲村裏人展現出一幅更加美麗的世界地圖，到那時村裏人或許能理解並看懂了，桑傑對此很自信。

他透過窗口擡眼望去，外面正飄落下來一只畫着黑眼睛的風箏。不錯，這正是他在拉薩上空放飛後被擊落的那一只，這是他親手做的。它落在坡地上的一瞬間掠過草葉尖又朝前飄揚起來，然後無聲無息地滑翔在草叢中。

有幾個孩子朝風箏跑來。

「快！求求你們，請幫我把那只風箏撿來，快一點！」他焦急地對看守他的老太婆喊道。

兩個老太婆像接到衝鋒的命令，撩起裙角飛也似地衝去。桑傑閉了眼，他不忍目睹那風箏在老人與孩子的爭搶中被撕得粉碎。

「少爺，還是被我，搶到了。」一個老太婆氣喘吁吁的聲音在窗外說。

【夏天酸溜溜的日子】

伊蘇和院裏幾個十來歲的孩子在彈玻璃球。他擔心地望着灰濛濛的天空，就像有時擔心地望着屋裏的頂棚，似乎隨時會從木棍隔檔的縫隙中間落下石塊來。孩子們玩得很認眞，並且極其討厭他。見他贏了幾顆，他們就急紅了眼，凶相畢露，齜牙咧嘴想咬他的肉，連在一旁觀戰的小妹妹也咿咿呀呀圍攻上來用野獸般的細爪抓他的肉。他疼痛難忍，只好佯裝輸掉幾顆，他們便紛紛掀起屁股把他擠拱到一邊不讓他繼續玩了。

伊蘇像一根瘦長的電線桿立在旁邊，注意觀察孩子們一雙雙長睫毛烏亮的大眼睛，他眞想把他們的黑眼珠摳出來當玻璃球彈。於是他憋着嗓子嚎叫一聲，伸出一雙指甲縫裏全是油畫顏料的手指像魔爪一般在每個孩子面前嚇唬，他們瞪着烏亮的大眼看着在眼前晃動的爪子一點也不驚駭，輕蔑地皺起鼻子，根本不打算理睬他，埋頭玩自己的遊戲。

「嘿！」伊蘇指着一個男孩說。「你耳朵裏有條蟲！」

「什麼？」

「蟲。啊呀呀，正往裏面鑽哪。」他大聲說。

男孩捅捅自己耳朵，有些慌神，伊蘇揪住他那隻張開的迎風耳說幫他捉蟲，一根指頭像鋼鑽似地塞進他耳朵裏。他懷着一種報復和極大的滿足一陣亂攪亂鑽，痛得男孩跳起來哇哇大叫，他揪住肉乎乎開始發燙的耳朵不放，發出呼哧呼哧的喘氣聲繼續搗鼓，最後孩子們一起向他發起攻擊，他才撒了手，心滿意足地逃上樓回到自己屋裏。

一到下雨天，伊蘇就站在窗前，看見下面街道有人打着雨傘，他有些發懵，腦子裏很快構思出一幅幅古怪抽象的圖案，他知道這些構圖極妙，卻懶得動筆畫出來，這些色調強烈的畫面刺激得他渾身顫慄發冷。他離開窗戶，推上電閘，團坐在一只破電爐前烤火。電爐像一輪紅色的小太陽，他眞想雙手像捧聖物似的把它捧在胸前，同時他很清楚這只電爐極不安全，光裸的爐絲與爐盤鐵架只有幾毫米的間隔，稍碰一下就有觸電的危險。再說，它很燙。

爐絲彎曲地圍繞在殘缺的爐盤溝裏，多處斷裂，揑成條狀的香煙錫箔紙像一條長長短短的毛毛蟲連接斷裂的爐絲，它接觸不良，常常得用畫筆的梢端四處刮刮或捅幾下。現在，電爐上面蒙了一層伊蘇彈落下來的煙灰，他用力一吹，白色的灰燼雪花般滿屋飛揚。

屋裏極髒，四壁掛滿了他作的畫。地上扔着擠空的顏料錫管、煙頭、擦筆紙、空煙盒、乾饅頭、骨頭、空酒瓶、廢膠卷、速寫稿。屋裏有一股發餿的酸味，屋角的矮床鋪一塊年代久遠的羊毛墊，骯髒的被子塊積成一團，看起來像一座現代派雕塑像。伊蘇被電爐烤得口乾舌燥，他拉過水瓶，輕飄飄的，早上鄰居帕珠老太太送來的一瓶酥油茶早喝乾了。他爬起身去門背後的鐵皮桶裏舀了一勺涼水，就跟喝啤酒一樣痛快。他從牆上的一塊大鏡子裏看見了自己，鏡子裏的自己如同一位陌生人，他覺得這人長得怪模怪樣，污垢的長頭髮結成了一綹一綹的條狀，一副萎靡不振的臉，狹長的眼皮底下透出兩道遲鈍的目光。他個頭不算高，大約一米七三，細長的牛仔褲緊裹着瘦小的屁股，褲腿磨出兩片光澤的油污，到處沾着斑斑點點的油畫顏色。他仔細端詳好一陣，忽然發現自己的鼻子居然很長，鼻梁骨稍稍有些偏歪，鼻尖快拉到嘴唇下，他爲自己的這一發現感到驚奇，摸摸鼻子。噢，怪不得，以前曾對着鏡子從各種角度作過自畫像，總是畫不好，問題就出在鼻子上，怎麼沒發現它長得如此長，長得有些不成比例了。

「鼻子呀，鼻子，你他媽原來是這樣的鼻子。」他沮喪地哼哼道。

外面有小孩敲門：「哥哥伊蘇，你敢不敢出來再贏一盤。」

他開了門，探出頭來。是剛才耳朵被鑽過的小男孩。他說：「小子，你先告訴我，鼻子是什麼。」

「鼻子，」小男孩說。「鼻子就是鼻子。」

伊蘇望望天空，雨濛濛一片，還沒想好這個回答是否令人滿意。

「鼻子是呼吸的，是聞氣味的，還有就是擤鼻涕的。」小男孩又補充道。

「不對，你懂個屁，鼻子是最容易被忽略的部位，因爲它最突出。不信你回去照照鏡子，你的狗鼻子醜陋得叫人噁心。」他惡聲惡氣地說完便關了門。他發現這孩子的鼻子其實長得非常漂亮神氣，雙翼張開，鼻尖朝上翹起。他忍不住想再看上一眼，悄悄開了條縫，見小男孩站在一邊摸着自己的鼻子開始犯傻了。

他很想自得其樂一個人在屋裏手舞足蹈一番，忽然感到頭昏眼花，饑腸轆轆，從早上喝了一瓶茶後，到下午連口飯還沒吃，立刻就覺得支撐不住了。他老老實實躺在像狗窩一樣的舖上，蒙起被子。等待他的學生和女朋友央金娜牡，她說好下課後就來。

他聽見自己的肚子裏發出像空谷裏的野獸一聲長長的毛骨悚然的哀嚎，這聲音隨卽又變成一串溫泉裏咕咕沸騰的氣泡聲。他想起他朋友貝拉在一次尷尬的場合中嚴肅引用了某個大作家的一句名言：「誰不挨餓就算不得藝術家。」

他摸摸空癟的肚皮。朝牆上望去，那上面有一幅貝拉的肖像畫，這是他的一件得意之作，當初他纏着伊蘇說：老兄，給我畫個肖像吧。伊蘇說你的臉平扁得像盤子，不值得畫。可是難道你就沒從我這張平凡的臉上發現出什麼氣質嗎？貝拉委屈地說。伊蘇當然到最後也沒從中捕捉到一點了不起的氣質。但他一邊咕嚕一邊還是答應了。畫完之後貝拉看了十分氣憤，說看不出人模狗樣，說他的臉爲什麼被塗了斑斑點點各種顏色，說伊蘇侮辱了他的形象。伊蘇解釋說這是印象派技法，堅持認爲是一幅成功的肖像畫。貝拉要求他賠禮道歉，並立卽毀掉這畫，爲此兩人打了一架，結果貝拉摀住流血的鼻子被舉着油畫刮刀的伊蘇趕跑了，他那陰沉沉的形象完好無損地掛在了伊蘇的牆上。

貝拉是劇團裏編戲寫詞的，他從來沒有一齣戲一首歌上演過。這幾年開始寫小說，一下就紅了起來，連連發表作品，在內地甚至幾家有名的刊物也有他的大名。他一發不可阻擋，用評論家的話說：勢頭很猛。被譽爲正在升起的一顆文學新星，他四處找故事，聽見某人講了一段有趣的事立刻說：我買了，稿費分你一半，你得答應這故事不再講給別人。伊蘇爲了彌補肖像畫那件事，主動去找他，免費賣給他一個故事。正好那一陣貝拉有點寫空了的感覺，加上刊物要稿催得急，他答應那幅畫的事就此了結。

「我想了想，那幅肖像還是不錯。就是你把我打得重了些。」貝拉坐在自己的書桌上，滿屋子都是書籍雜誌，其中有不少庸俗刊物。

「不重點那畫就毀了。」

「我還想再欣賞一下。」

「你隨時來看好了。」伊蘇說，「想不想聽我的故事。」

「我知道你最近又勾上一個，可我不是那種人。對別人幹那事的細節不想刨根問底。沒關係，你用不着講得很細。」

「不，我跟央金娜牡的事我會緊緊的閉住嘴巴，我說的是我叔叔的事。」

「你叔叔，」貝拉有些失望，「他很老了吧？」

「老。哦，差不多有五、六十歲了。」

「嘖嘖，眞是老得連性別都沒有了，這樣的小說誰要看呢。」貝拉撇起嘴說。

伊蘇說他叔叔在瑞士，前不久給家裏來信，聽說伊蘇在搞美術，便決定很快要把這個侄兒接到瑞士去上大學，如有機會還可能送到巴黎去深造。這樣一來，伊蘇想起了他叔叔的經歷。

伊蘇的家在日喀則一個偏僻的農村裏，他十一歲就被下鄉招生的劇團的人看中，從此一個人來到拉薩，雖然他的形體條件都不錯，但他很怕在空中翻跟頭，學了三年，改行去舞美隊搞繪景了。他家過去很苦很窮，叔叔年輕時是個手藝蹩腳的木匠，給一家有錢人蓋房子，落成後不久，他負責裝修的一扇門的門框散架子，門倒下差點把一個僕人砸死，爲了逃避賠償，他跑到拉薩，不久加入了藏軍。

聽到藏軍，貝拉眼睛有些發亮，還沒多少人寫西藏藏軍的生活，這個題材肯定受歡迎，他鼓勵伊蘇繼續說下去。

老人們都知道，那時的藏軍裝備簡陋，紀律鬆散，整座兵營像是難民營，到處搭起破爛的帳篷，下級軍官和士兵都隨軍帶着家屬。高級軍官在拉薩河北岸一帶風景幽雅的樹林中都有自己的別墅官邸，他們大多數都在英國軍事教官開辦的軍官教練團裏受過訓，每天早上騎着馬帶着衛兵來到軍營對士兵進行一陣簡單的軍事訓練，操練時的口令夾雜着英語、印地語和藏語，他們的軍歌曲子用的是英國國歌〈上帝保佑我女王〉。除了上午的一點操練外，士兵們終日無所事事，向軍官請個假就去附近的人家打短工，劈柴禾、修房子、做裁縫。有一年，部隊開拔到氣候惡劣的西部草原，那裏的一些部落頭人公然與政府機構作對，殺了幾個政府高級官員。派去進行圍剿的小部隊遭到他們強大的武裝力量的抵抗，政府軍受到重創，於是，大部隊開赴西部，打了幾場惡戰。部落的隊伍都是由當地牧人和強盜組成的一羣烏合之眾，雖然不懂軍事戰術，但仗着人多勢眾，熟悉地理環境，加上這些人槍法都十分準。藏兵們暴露在空曠的草原上，找不到任何東西作掩體，被占領制高點的對方像打雪猪似的一個個點中，指揮官久攻不下，在戰場上就被撤了職。伊蘇的叔叔是個炮手。他觀察了周圍的環境，跟他的伙伴推着一架山炮，扛着炮彈在草原上兜了一個大圈，繞到敵方後側，在一個隱蔽的窪地上架起炮，瞄着部落頭人的制高點連發幾炮，彈彈命中，部落隊伍一下子漫山遍野四處逃竄。這次戰鬪，同伴被一顆流彈打死了。在以後的幾次同樣的戰鬪中，叔叔都表現出超人的勇敢，立下奇功，這樣，他由一名普通士兵一步步爬到了少校的官階。在這一官階上，軍官們幾乎都是清一色的貴族子弟，像他這樣一個農民的兒子躋身這個階層裏，差不多是個極其例外。後來，也許這位年輕的軍官過於得意忘形了，他常常去上校家作客和匯報軍務時，與上校的小老婆，一個年輕風流的女子有了外遇，開始兩人眉來眼去，後來在野外撮合。有一次，在上校家舉行的一個盛大宴會上，客人們狂飲縱欲，開始胡鬧起來。趁着怎麼也醉不倒的上校在客廳裏摟着兩個女人飲酒作樂時，年輕的少校大膽妄爲地爬到樓上，鑽進早已約好等候多時的女人的房間。所有人中此刻頭腦最清醒的是上校的管家，這老頭精於察顏觀色，對這位年輕軍官平時的一言一行心中早有數，他不動聲色地悄悄告訴了主人。就在兩人正縱情摟在一起時，上校帶人破門而入，將兩人當場抓獲。由於叔叔立過奇功，受過總司令的親自嘉獎，所以屁股上挨了一百五十下牛皮掌後，被重新貶爲一個普通的小兵，幸好沒遭到更嚴厲的懲罰。在一九五九年的那場戰爭的前夜，上校發現新任命的司令官與自己家有世仇，他感到處境不妙，司令官很可能用正當的藉口調他去前線送死，上校清醒地認識到這場戰爭他們將是輸定了，便毫不遲疑地遞上一份辭職書。戰爭一開始，軍隊立刻被打得一敗塗地，已經成爲老兵的叔叔在一片混亂的戰局中帶走了上校的小老婆和一堆細軟珠寶，跟隨南撤的殘部和大批難民離開西藏，去了印度，有情人終成眷屬，幾年後又一同到瑞士定居下來。

「這故事，不會是你編出來的吧？」貝拉狐疑地問道。他聽了覺得有幾分耳熟。

「不賣了，他媽的這故事我誰也不賣了！」伊蘇喊道。「可惜你沒一個這樣的叔叔，你永遠也別想出國，除非你有本事跟街上的外國娘兒們生出一個雜種來！」

「貝拉我絕不跟那些外國娘兒們生出一個雜種來。」貝拉很有把握地說。

伊蘇早先跟貝拉在一個劇團，三年前爲一個偶然的小事他離開了那兒。從上海戲劇學院舞美系學習團來後，他曾夢想做一名舞臺美術設計大師。可是團裏那個年輕時曾作過喇嘛繪畫的老設計師總是不肯讓位，他很長時間才磨出一場景的氣氛圖，並且畫得既陳舊又浮華，整座舞臺充滿了景片，大部分還設計成立體的，說是要體現生活眞實和民族特色，並且總是被劇團裏的那幫藝術家和頭兒們所賞識。這樣一來，伊蘇設計的氣氛圖沒人欣賞，都說看不懂。

「門呢，這房子沒扇門我的演員怎麼出出進進。」導演看了不屑一顧。

「這道活動立柱既可以當門，下一場也可以當棵樹，你做個開門關門的動作就表示進出。」伊蘇解釋半天。

「得了吧，舞臺上空空蕩蕩算啥。」導演還是看不起他。

「爲了讓你有更多發揮的餘地呀。」他試圖說服導演，可怎麼說也沒用。團裏有人說，他在上海的幾年算是白學了，可能成天除了喝啤酒就是跟上海小妞去調情。

燈光師多羅很賞識伊蘇的氣氛圖，他倆都在一起上過學，知道伊蘇不僅跟上海小妞調過情，而且在學習上也是很刻苦的。他認爲伊蘇的氣氛圖高度寫意，舞臺簡練乾淨，空間感處理得很好，不搞那些花花綠綠既費工時又花錢的布景來迷惑觀眾。最使他滿意的是，伊蘇的氣氛圖給燈光的藝術處理留有很大的餘地。

伊蘇只好幹繪景，把老設計師的一大疊沉甸甸的氣氛圖抱進繪景棚，心裏叫苦連天。一道硬景房片沒十個八個人休想從側幕搬上舞臺，還有一道道數不清的橫貫舞臺的大軟景把天幕都快遮嚴了。老設計師倒好，把圖紙扔給他就不管了，這麼大的工作量全由伊蘇一個人搞。他一面揮動長桿畫筆精疲力盡地在巨大的景片上繪出岩石、森林、房屋、花園，一面咒罵不停。硬景繪完了，偌大的繪景棚已堆放不下，繪軟景只得把顏料盒、膠水和各種繪景工具搬進新落成的排練廳，高高的四壁滿是用滑輪鐵桿繩索掛起的整壁牆大的白布。他爬上晃晃悠悠的工作架，腳下是一堆十幾個大大小小的顏料盆和調色盤，時常碰翻幾只扣在地板上，排練廳滿地被顏料塗得不像樣子。他想，繪完了景還得用水沖洗地板，舞蹈隊的演員們都是極其挑剔的，他們要求地板永遠保持上臘一般的光亮，這回無論如何也沖洗不乾淨了。他舉起長桿筆在繃緊的白布上揮舞一陣就跳下來跑到遠處歪起頭眯上眼縱觀整體。畫完一道軟景，等布上的顏料稍乾後，鬆開繩子，放下長鐵桿，取下布景抓起來放在一邊，又重新掛起一道，累得他昏頭脹腦。有時畫完一幕後才發現原先已經畫過一道，重複了。領出的白布有限，不允許他浪費一塊，只能乾了後反過來畫。後來在畫一片原始森林時，起初感到這塊布繃得非常緊，畫起來很順手。畫完後，他鬆開滑輪繩子，光溜溜的一根鐵桿直通通落下，那道景卻紋絲不動，他用手摸去，冰涼，再用拳頭一砸，發出咚咚結實的響聲。他搗着砸疼的手掌直叫喚，知道闖了大禍，忘了掛白布，把顏色直接塗到白牆壁上了。

他半天才起身，乾脆一橫心在另一牆上用紅顏色排筆大大地寫下：「我不幹了！」

當伊蘇把自己簡單的行李物品和一只破箱從宿舍裏抱出來放在一輛借來的架子車上時，他雙腿打哆嗦，團長和一幫頭兒們站在辦公室門口冷冷地看着他，他幾次差點忍不住跪下來表示懺悔。原來他以為自己把退職報告遞給團長後，會得到團長一番苦口婆心的勸阻，會聽到「年輕人，可不要感情衝動。」「有什麼要求可以提出來嘛，何必要走呢」之類的話，然後他就趁機提出搞舞美設計之類的小要求。沒想團長接過來以後什麼也沒說，就像他去上厠所別人遞給他一張手紙。幾天後，告訴他說，經局裏批准，同意他的請求。他感到一陣昏天黑地，踉蹌轉了一圈，不知是在哭還是在笑地說：「太好，這他媽太好了。」

他堅決不讓貝拉、多羅和旦朗一幫哥兒們來送他，把他們趕開，自己推着架子車，在衆人的目送下，挺起胸膛走出了劇團大門！在拉薩城裏轉悠了一個下午，到晚上趁着沒人，他推着車又悄悄回到劇團。他無處可去，只好暫時隱匿在哥兒們的宿舍裏。起先他跟燈光師多羅擠在一起睡。多羅身體肥胖，鼾聲震耳。伊蘇常常在半夜被他從床上擠翻在地，他爬起來睜着一雙驚恐的眼，只好坐在椅子上，聽着他的鼾聲眼巴巴坐到天亮。幾天以後他實在熬不過去了，又搬進貝拉的宿舍，他住單間，又是每夜通宵看書寫作。伊蘇每晚十二點翻牆過來，舒舒服服睡上一覺，第二天天不亮又悄悄溜走。

他成了失業的流浪漢，在朋友們的幫助下，替別人畫畫櫃子（西藏人家裏的櫃子大都精美華麗，做工昂貴，專門請畫工在櫃門上畫山水花卉。）。好在畫一對櫃子能掙不少錢。他很快畫出了名。每月收入居然比在劇團時還多。

一個冬天的晚上，他跟爵士鼓手旦朗去參加一個朋友的婚禮，到半夜時喝得東搖西晃離開主人家，旦朗早不知竄哪兒去了。他來到劇團的圍牆下，頭重腳輕爬上去幾次都摔下來，又不敢叫喊。他抱起雙臂，走在冷冷清清的大街上，不知該去何處投宿。看見水銀燈下一個老太太趴在馬路沿上，他走過去坐在她身邊，扳起她肩頭，口齒不清地詢問她是不是病了。

老太太睜開一對矇矓細眼，想了半天，也同樣口齒不清地說：「你，爲什麼奪掉我的酒杯，爲什麼不讓我喝。」

他想，她跟他一樣，剛喝了別人家的喜酒。

「我，沒有呀，在旺堆的婚禮上，沒奪你的杯子。」

「什麼旺堆婚禮，是卓瑪家的喬遷新房的賀禮上。你比我，還糊塗。」

老太太見了人開始訴說起來，她說在那裏見了她的老情人，他當了官，坐小汽車來的，一下車就被主人迎進了貴賓間，她一下認出他來。多少年沒見了，她想過去跟他握個手，他卻裝出一副不認識的樣子，別人以爲她喝多了，在領導同志面前撒酒瘋。

「你想呵，孩子，我當時只喝了三碗，三碗能把人喝醉嗎？嘿！你說呀。」

「當然，當然不能，三……碗算什麼。」伊蘇含糊不清地回答。

「三十多年沒見……面了，到今天見了裝着不認識。那當然，我已經老……啦，老得像多……天的狼，牙齒沒剩下幾顆，皮肉像牛肚一樣全……是皺紋。他年紀還不算太大，可以找比他還年輕的，女人。但是，我只是想問候他一……下，他的身……體，分別以後他日子過得好……不好，難道我錯了嗎？」

「這個混蛋，你當時應該在他臉上啐唾沫，撒一把灶灰（表示驅邪，趕鬼。）！」伊蘇聽着聽着，始憤怒起來。

兩人坐在寒冷冬夜的馬路沿上聊天，凍得牙齒胡亂打抖，誰也聽不淸誰在說些什麼。後來老太太告訴了她家的住址，伊蘇費力地攙扶起她，像拖一根頭重腳輕的木樁在街上走着S形的弧線。他拖着她在漆黑的小巷裏瞎遊蕩，她睜開眼看看四周，說走錯了，兩人又竄進另一條小巷。不知轉悠了多長時間，在一家院門前，老太太點頭說：到了。伊蘇揮拳砸門，半響，院裏的鄰居開了大門，他扶着她上了二樓。進了屋裏，伊蘇像卸包袱似地把老太太放在床上，他累得幾乎站不穩。

「謝謝啦，孩子，你早點回去吧。」她說。

「這會兒，我沒地方去了。」

「噢，原來你是個流浪漢。」老太太說着背過身，傳來嘟嘟咕咕的聲音，「那就住一夜吧，可別把我家的電視機偷走。」

伊蘇看看屋裏，除了櫃子上一臺大彩電，其餘的東西的確沒什麼值得好偷的。屋裏又沒有第二張床，他便賴着擠在她身邊，拉過被子一角蓋在身上。老太太在夢中不時地發出咬牙切齒的嘎嘎聲，嚇得伊蘇起了一身鷄皮疙瘩。她的身體硬得像塊銅板，一夜翻來覆去，硌着他腰酸背疼。第二天醒來，他頭痛得像炸了似的，抱着腦袋打滾。老太太酒醒得快，爬起來弄了一杯青稞酒，說酒醉後醒來再喝上一杯就能治頭痛，他厭惡地喝下去，果然不一會兒腦袋不痛了，開始清醒過來。但是老太太經過一夜寒氣和酒精的侵襲，馬上就病倒了，發高燒說胡話，在伊蘇和鄰居的幫助下送進了醫院，住了一個星期的院。伊蘇時常抽空去看她，她十分感激，老太太名叫帕珠，孤身一人，知道他是個畫家，卻沒個投宿的地方，病好後把二樓過道盡頭平時堆放雜物的一間小屋騰出來，讓伊蘇長期住了下來，並且不收他一分錢。

這樣一來，伊蘇在拉薩終於有了一個立足之點。

不久，藝術館招聘搞美術的合同工，伊蘇立刻前去應試，結果在十八個應試者中他被錄取。

到了夏天，館裏工作不忙時，伊蘇喜歡獨自一人外出作畫。他背起畫具，借來貝拉那架快門老出毛病的照像機，搭車去牧場，或者去農區。也順便去家鄉住上幾天，他無法確切地告訴他的學生央金娜牡哪天回來，因爲在下面總是常常搭不上回拉薩的車。

他走後，央金娜牡有時去他的小屋看看。央金娜牡不到二十歲，是哲學系二年級的大學生。她總愛穿一件鬆鬆垮垮的男式茄克衫，發白的牛仔褲緊繃着她渾圓的臀部。她渾身透着運動員臨上場前那種躍躍欲試的朝氣。她跟伊蘇學畫沒有耐性，靜不下來，卻十分酷愛聽音樂，隨身挎着一只磨毛了邊的破書包，隨時從裏面掏出一架精緻的夏普小型放聲機和一副耳機，裏面還有半書包音樂磁帶。她喜歡把音量調得最大，強烈的節奏震得她耳膜嗡嗡響，震得她全身興奮，高頻率的最大音量有時達到一三〇分貝以上，這聲音能與噴氣式大型客機的呼嘯聲相匹敵。所以她平時說話總是嚷着嗓門，開始伊蘇很不習慣，以爲她是個性情暴戾的女孩。

央金娜牡進來後，往他從不整理的矮床上一躺，閉上眼，不去看雜亂無章的室內，戴上耳機聽一陣音樂，常常聽完一盤磁帶起身就走。鄰居帕珠老太太走進來，見門開着，以爲是伊蘇回來了，見央金娜牡一人在屋，有些失望。她倚在門口，從懷裏摸出一顆毛桃乾扔進嘴裏，她永遠不停地在吃零食，像兒童一樣，什麼都吃，乾奶酪、糖果、杏乾、口香糖，誰也不明白她只剩下一顆門牙的嘴怎麼能咬動那些堅硬的乾果。

她給央金娜牡遞過一塊膠姆口香糖，她知道央金娜牡也同所有的女孩一樣，愛嚼口香糖。

「昨天。樓下在旅遊局開車的單巴加措拿回幾罐喝的東西送給我。」帕珠說。「他說是外國人喜歡喝的，我喝了一罐，過一陣腰就開始哆嗦，嘴巴咕咕冒臭氣，冒得我不好意思，還打了一晚上的屁。他都當爸爸了，還老拿我開心，他什麼都能喝，酥油茶、甜茶、咖啡、清茶、白開水，他就是不喝酒，怪了。我昨天喝的就是這東西，你嘗嘗，喝了保準你老打屁。」

她說着從懷裏摸出一罐紅色的美國可口可樂。

「昨晚電視裏的足球比賽沒意思，誰也沒踢進球，看門的人倒被擡下去了。」帕珠說。

她是一個電視迷，最喜歡體育節目。她有一個怪癖，總要跟伊蘇在體育比賽節目中打賭，她什麼都賭：跳水、花樣滑冰看誰的積分多，籃球、排球看誰進得多；短跑、汽車賽看誰的速度快，她最喜歡的是足球。眼下正是舉世矚目的第十三屆世界杯足球賽，常常在半夜爬起來打開電視機。她跟伊蘇提出打賭，伊蘇輸了給她買一盒尼泊爾鼻煙，她輸了給伊蘇一盒過濾嘴雙喜煙，賭來賭去，伊蘇總是輸，已經送給她幾十盒尼泊爾鼻煙，她這下半輩子也吸不完了。

「是的，零比零，他們踢得一點也不認眞。」說起足球，央金娜牡也來神了，她對足球的各種規則和戰術配合的了解一點不亞於一個自稱是足球迷的小伙子。原來她爺爺曾經是西藏貴族子弟足球俱樂部的成員。「過幾天，進入半決賽就精彩了。」

「半——決——賽。」帕珠生硬地咬着這個詞，畢竟對這些術語一竅不通，但並不影響她每次跟伊蘇的打賭中獲勝。

每次伊蘇從下面寫生回來，都碰上央金娜牡在屋裏。

「嗨，歡迎老師，我一猜你今天準回來。」央金娜牡響亮地說。

塵土滿面的伊蘇扔下畫具，迫不急待地撲上前要抱住他的學生，她機敏地一彎腰從他胳肢窩下面鑽了出去，伊蘇便一頭撞在屋中間的木柱上。「咚！」的一聲，身體被反彈回來，震得屋頂夾在木棍縫裏的泥土嘩嘩落下。

「嗨！想跟我親嘴，最好先去把你的臉洗乾淨。」央金娜牡笑着說。

伊蘇也不答話，晃晃昏脹的腦袋，再一次衝上前，腦門上又遭到她狠狠一擊，打得他眼冒金花，踉踉蹌蹌站不穩。

「啊！啊！啊！」他哇哇大叫。「有你這樣歡迎老師的嗎？你這個……你手上舉的是什麼？」

「手榴彈，你再不老實我就拉環了。」

「那你就拉環好了。」他耍賴地靠上前去。

於是，央金娜牡「嗞」的一聲拉響了環，把一罐可口可樂塞到心驚肉跳的伊蘇旁邊。

央金娜牡不會做飯，她去外面一家飯館端來兩大碗牛肉麵條，買了兩瓶啤酒。伊蘇三兩下吃完後，點燃一支香煙，呼出一大口煙霧，又講起在外面的所見所聞。

「去了好幾座帳篷，都沒見男人，他們在附近放牧。那些女人就是不肯讓我給小孩們照像，我剛要按下快門，她們衝出來把站在外面的小孩像端鍋一樣飛快地端走了，結果我拍下來的盡是帳篷前的石頭，一堆牛糞，要麼是幾根繩子。那些女人倒願意讓我畫像，她們從箱子裏把貴重的新衣服都穿上，把所有的寶貝裝飾都掛上，還洗了臉，像出嫁的新娘，規規矩矩坐好。她們總是笑個不停。我剛勾完輪廓，粗粗分了幾個塊面，還沒來得及調色，旁邊圍觀的女人就罵起來：『你眞不害臊，怎麼在姑娘的臉上畫起鬍子來了，人家還沒出嫁呢。』我說：『這不是鬍子，是……太陽，知道嗎？太陽從這面照過來，那一面是暗的，就有了陰影。我畫的不是鬍子，是陰影，是暗部，』我怎麼說也沒用。那姑娘捂着臉傷心地跑了，其他人勸我快逃吧，她去牧場找她情人去了，那小夥子誰也惹不起，他會來跟你拼命的。這麼大草原往哪兒逃，我又沒馬，跑不出幾步遠讓那傢伙像老鷹抓小雞似的提回來呀，我只好拼命上色，什麼衣服頭飾先不管了，先把鬍子處理掉，剛畫完，那傢伙趕來了，他跳下馬，邁着羅圈腿向我衝來。他奪過我的畫翻過來倒過去看了半天，問我：『鬍子呢，鬍子在哪裏？』『沒鬍子，她怎麼會有鬍子呢。』他又看了看說：『對，是沒鬍子，她不應該有。』又問我爲什麼沒把她一身漂亮的衣服和珠寶銀飾畫出來，我說她跑掉了，他把他情人按在我跟前要我把她衣服畫出來。然後把那些女人罵了一通，然後請我進帳篷，然後我們成了好朋友，然後我腦子裏忽然構思出一個題材，這東西畫出來可了不得，然後……你怎麼還沒吃完？」

「我聽你編故事哪。」央金娜牡端着碗說。

「那麼，你也編個故事叫我聽聽。比方說，我不在的時候，你編一個。」

「我編不出來。」

「沒關係，就像我這樣，瞎編，反正我不在。」

「你沒編故事。」央金娜牡糾正道。

「啊，你以為這些事是戴着耳機舒舒服服躺在床上聽聽音樂，就能編出來的嗎？不去下面轉轉就能產生什麼靈感嗎？」

「你知道我躺在床上聽音樂產生的是什麼靈感嗎？」央金娜牡詭秘地笑道。

「又想搬出你那套哲學什麼的來唬弄我嗎？」伊蘇感到有些不妙，想堵住她嘴。

「想知道有關哲學的奧秘嗎？」

「你以為那玩意兒能嚇住我們老百姓嗎？」

「難道沒什麼東西能嚇住你嗎？」

「你知道我最怕的是什麼嗎？」

「告訴我好嗎？」她急切地湊過來問。

「能替我保密嗎？」他看看四周，壓低嗓子問。

「能，向佛法僧三寶起誓。」

「我比你還能。」他得意地嘎嘎大笑。這場反問式的對話他占了便宜。他最怕央金娜牡神不知鬼不覺將他帶進什麼哲學什麼邏輯什麼思辯的漩渦裏，這樣一來，她的詭辯術大顯身手。一想起她是哲學系二年級的大學生，他就感到頭痛。

央金娜牡輸了。她躺在床上，戴起耳機，一聲不吭地聽起音樂。

「我說過嘛，你這樣老躺着產生不了什麼靈感，也產生不了什麼偉大的思想。」伊蘇看着她一副輸了以後的可憐樣，愉快極了。

「你說什麼？」她沒聽清，摘下耳機問。

他又大聲重複一遍。

過了一會兒，央金娜牡不緊不慢地問，「你想知道現在我腦子裏想了個什麼嗎？」

「不不，我不想知道。」伊蘇非常知趣地回答。

我的寶貝：

你聽說過「美國夢想」嗎？你應該知道一點。

每個人都有過自己光榮的夢想，每個民族也有過自己光榮的夢想。聽說常常在甜茶館裏，有不少年輕人大談祖先的歷史，他們對歷史知道的實在是太少，他們只好終日躺在祖先輝煌的功績上做着光榮的夢想。於是他們有一天居然也學會尊重那些戴金絲眼鏡雖然頭髮像海螺般花白仍然細皮嫩肉容光煥發厚古博今溫文爾雅彬彬有禮滿口敬語的老先生們，於是他們開始有些瞧不起自己皮肉粗陋沒有文化對以上那些老先生多少懷有幾分不恭的老爸爸，於是他們惶惶不安急不可耐地想知道自己並無家譜可查的祖先一代代遺傳給現在的自己身上究竟曾經是高貴的血統還是黑色的賤骨頭偶爾自以爲欣喜地發現自己的血液屬於前者便責問老爸爸當年顯赫一時的名門望族的財富和榮耀是怎麼在上一代手中淪喪到如今失去了私人別墅失去了汽車失去了官方宴會舞會失去了政協委員身份與平民百姓爲伍使他再也沒機會娶到貴族千金。老爸爸該作何回答呢？他經過痛苦的思索後，大聲朝他的不孝兒子發起脾氣：怪我嗎怪你爺爺怪你爺爺的爺爺，我當年也曾經這樣問過你爺爺，你爺爺也像這樣發過火說他也這樣曾經問過他爸就這樣爸爸爺爺爺爺爸爸一代問一代也沒追溯出什麼名堂來。你小子有本事現在努力也去掙個什麼委員的身份回來讓我開開眼。老爸爸說出了這個至理名言。於是兒子們又重新去發現那些戴金絲眼鏡的老先生們，他們還是沒弄明白這些老先生如今顯赫的身份是怎麼掙來的，只好認定，這是前世因緣，命中注定。

雍西

伊蘇又收到一封莫名其妙的來信，這大概是第八封了。他看得昏頭轉向，往地上連連啐了三口唾沫，表示驅邪。這個雍西，這個可惡的雍西，這個像幽靈一樣無處不在又無處可查的雍西，這個寶貝雍西，伊蘇惡狠狠咒罵道。信封上連個發信人的地址也沒有，只落個內詳，貼了四分郵票，寄到藝術館伊蘇收。

他竭力回想他認識的女孩中有沒有一個叫雍西的。他發現自己能生動地想起許多女孩的音容笑貌，就是記不起她們的名字。再說，女孩寫情書可不是這樣的內容，看得出寫得很有水平，就是大學二年級的央金娜牡趕她也差遠了。他把信塞到屋頂牆角的壁縫裏。那裏面藏了雍西寄來的所有的信。要是有一天央金娜牡發現這些信，可眞沒法解釋淸楚。

央金娜牡不管是在校內還是校外照例都是一個不安分的調皮的學生。她跟伊蘇學畫有些日子了，就是不見長進。弄得伊蘇不知道該把她當成學生還是當成情人對待。最使他傷心和惱火的是她一點也認識不到他的價值和前途，對什麼事顯得痲木不仁，說起話來眞眞假假，揷科打渾，眞不知道她心裏想的是什麼。

「別光埋頭畫，多看看實物。」伊蘇背着手，對正在作素描練習的央金娜牡進行指導。

「都快兩個月了，總畫這些臭鷄蛋，我都膩了！」她扔了鉛筆，十分不滿地叫道。

「瞧呀，你以爲幹這一行像學哲學那麼簡單，讀上幾本書，再來個什麼邏輯推理就能把雞蛋推到紙上去嗎？你知道達・芬奇光練習畫雞蛋就練了多久？」

「多久？」

「我也記不清啦。你這暗部怎麼塗得漆黑一團？」他伸出手戳戳點點道。「你得用眼睛好好觀察。邊緣部分並不那麼暗，因為底部有反光映在最邊緣，再說這雞蛋……天哪！你畫的是雞蛋還是鵝卵石呀。」

「我看沒什麼兩樣，都是呈不規則圖形。」

「那麼我呢？你對我是什麼看法？」伊蘇突然冒火了。「我很快就要去瑞士了，瑞士，我叔叔就在那兒，他要我出國深造，說不定還要我去巴黎留學。」

「天哪！」她裝腔作勢叫了一聲，聽起來一點也不激動，仍然漫不經心嚼着口香糖。

「瑞士，你知道它是世界上最富的國家，它的首都……首都……」他一時想不起來。

「伯爾尼。」她飛快地接上。

「我知道，當然是伯爾尼。那地方……怎麼樣？聽說挺不錯的。」

「問你瑞士叔叔好了。」

「我會問他的。你可以想像將來我深造出來以後的情景，到那時你還是那麼一副隨隨便便便的樣子，兩眼一翻，東張西望，身子像蛇一樣扭來扭去。」

「怎麼？我是你老婆嗎？」她擡起頭問。

「你不願意做我的老婆嗎？」

「我不知道。」她說。接着把口香糖嚼得叭叭響。

「你別再嚼個不停，我煩死了！」

她把口香糖吐出來。

「這就對了，你決定去嗎？」他問。

「去哪？」

「瑞士，說了半天你又走神了。」

她想了想。說：「不，現在我決定睡一會兒。」

伊蘇才發現窗外天色黯淡，又下起了小雨，一股股濕潤的風吹進來拂動窗帘。於是他倆一起躺在床上默默無言，背靠背昏昏沉沉睡上一覺，這也許是他倆一個共同的默契，一到雨天都變得心煩意亂，無精打采。要麼兩人各自站在一扇窗前，痴痴望着迷濛的雨景，一站就是一個多小時；要麼兩人都躺在床上。他倆有時晚上去一家叫「黑玫瑰」的酒吧裏坐坐，儘管裏面進進出出的都是些無法無天的歹徒，感覺不出一絲浪漫的情調，儘管咖啡的味道像洗藥罐水似的糟糕。兩人在一起還喜歡談論足球。伊蘇在上海學習時，曾經是一名出色的後衞。他們各自崇拜着一個世界球星。他倆還喜歡晚秋時節漫步在金燦燦的樹林中，伊蘇爲她拍了不少金黃色調子的彩色照片，他倆手牽手，彼此感到一種繾綣的柔情，耳邊響起一首優美的旋律〈愛情的故事〉。

有一天，央金娜牡跟全班同學去逛林卡，玩了一天，到晚上來找伊蘇。她喝多了一點，滿臉通紅，眼睛放射出迷人的光亮，顯得很溫柔，她說她喝了點酒，在林子裏特別想他，擔心他一人在屋裏感到寂寞，便來陪陪他。伊蘇深爲感動，把她摟在懷裏，覺得她身體異常柔軟，摸不出哪是骨頭哪是肉。那晚，她在伊蘇懷裏靜靜的依偎，她帶來了一本日記本，說那上面記載着他倆最初相識的情景。伊蘇翻開一看，寫得好長，他滿有興趣地讀了下去：

×月×日　天很冷，下課以後沒地方玩，想起覺綠康公園可以滑冰。幸好有一雙冰鞋，是去年表叔阿旺仁欽去意大利訪問買了一雙送我的生日禮物。回到家去取了冰鞋，爺爺聽說我去滑冰，吃晚飯的時候，又賣弄起他淵博的學識。他說大約在一九〇四年，一支由三千名裝備精良的英國遠征軍開進了拉薩，西藏人頭一回看見酷愛體育運動的英國士兵穿上滑冰鞋，走上結了冰的拉薩河畔，雙腳踩着刀刃在冰上快如飛燕，把站在岸邊的拉薩人看得目瞪口呆。直到一九四八年，又有兩個流亡的德國人來到拉薩，由於他倆對土壤學、測量、機械等許多方面都很精通，很快得到貴族們和地方當局的賞識，稱他倆爲萬事通。我爺爺跟他倆成了好朋友，其中有一個叫海因利希·哈雷的是一位德國著名的奧林匹克滑雪冠軍，他不僅成立了西藏第一個網球俱樂部，還成立了第一個滑冰俱樂部，這就是西藏滑冰運動的歷史。

我問爺爺當年參加了這個俱樂部沒有，他說沒有，他只喜歡足球。

晚上，去覺綠康公園，已經有很多人。今年冰場上的冰結得不平，突起很多冰疙瘩，於是很多人在上面摔起跟頭來。

冰場很簡陋，用帶刺的鐵絲網圍着，外面有很多看熱鬧的人。架在樹上的喇叭放出的〈冰上圓舞曲〉一片雜音。有不少面熟的小夥子，都是在舞會上認識的。我滑得不好，他們想過來教我，獻獻殷勤。我謝絕了。

滑到後來，成了一場鬧劇，一有人摔跟頭，所有的人都大笑，我不想被人笑話，只好在一小塊沒有冰疙瘩的地方游來游去，玩得一點不帶勁。

忽然聽見叭的一聲，就像一堆牛肉甩在案板上的那種實墩墩黏乎乎的聲音。接着我被撞了一下，差點摔倒，周圍又響起一片哄堂大笑。一個小影子仰面朝天躺在我腳下，他怪模怪樣聲嘶力竭地大喊：「我不是來滑冰的！是來找人的！多羅！多羅！你在哪兒？」他剛撐起身子，雙腿一軟，噗通一下又跪在我面前，居然還伸出手來抱我的腿，氣得我眞想罵他一頓。

「你走開呀！」

他還在喊，好像在告訴全世界的人，「我不是來滑冰的，眞的。」

「我站不起來。」

「你要把我弄倒了，滾開！」我沒法用腳踢他。

「你不怕摔嗎？很疼哪。」他仰起頭沒頭沒腦地對我說。

我聽了差點笑起來。這一來麻煩了。他一下瞇起眼，死死盯着我，像個無賴。

「你再不滾，我叫我的哥兒們了。」我說。

「你是藝術學校的？」他問。

「不是。」

「是話劇團的。」

「我是西藏大學的。」

「藝術系？」

「哲學系。」

他一聽，掏掏耳朵，什麼也沒說灰溜溜走了。他腳上沒穿冰鞋，大概他的皮鞋底子釘滿了鐵釘，剛走兩步又摔了一個跟頭，氣得他坐在冰上脫了鞋提在手上，光着一雙露出腳趾的破毛線襪，哆哆嗦嗦一步一步走出了冰場。

又衝過來一個小夥子到我跟前，身體一個旋轉急刹，動作很優美。原來是扎西，他指着剛才那位說：「你們談妥了？」

「談什麼？」

「你們家不是做了一對櫃子嗎？」

「我又不認識他，他是木匠嗎？」

「他是一個畫家，別看他傻裏傻氣，將來他絕對會成爲大藝術家，他畫的櫃子，棒極了，拉薩第一流。」

「他叫什麼？」

「好像叫……對，單增次仁。」

「你怎麼不早過來介紹一下。」吃晚飯的時候，媽媽還指着那對做完好幾天的櫃子抱怨說找不到一個合適的畫匠。

「沒關係，你去找他，就說是扎西我介紹來的。」扎西拍拍胸膛，很有把握地說。

我趕緊滑到邊上，脫了冰鞋去找他。剛走出冰場，這傢伙不知從哪兒冒了出來，走到我身邊。我覺得這傢伙不像個好東西，想重新溜回冰場。

「咱們談談。」他說，「就一句話。」

「什麼？」

「你願不願給我作個模特。」

我鬆了一口氣，他果然是個畫家，說起話來口氣滿大。

「咱們提個條件。」我說，「你得幫我家畫一對櫃子。」

「那沒問題。我在藝術館，你要是對繪畫感興趣，我可以教你。」

「是我來找你還是你來找我？」

「你來吧，到藝術館，找伊蘇。」

扎西這傢伙胡說八道，連人家的名字都沒弄清。

「畫什麼模特兒？」我問。

「如果……全裸不行，半裸也行。」

我一聽，朝他臉上啐了一口，騎上車就逃了。這個混蛋。

「那……什麼也不脫，行了吧。」他還在後面亂喊。

說眞的，我聽了一點也不生氣，但是女孩聽這話總得有所表示，我心裏有些興奮，有些激動，唉，我不是一個媽媽的好孩子。可我眞的很激動。

伊蘇沒心思接着看第二篇了，他神志有些恍惚。首先，他發現央金娜牡很有寫作才能，說不定貝拉那天發現後搶去做了他的學生，這使他心神不定。

其次，他在想：怎麼會是這樣的呢？這一切跟他所記憶的最初的相識完全是兩碼事。哪來的什麼滑冰場什麼模特什麼裸體，通通都是沒影的事。可是，看得出央金娜牡並沒搞什麼惡作劇拿他開心。他一連狠狠吸了三支煙，辣得嘴裏苦澀發痲，苦苦思索，想不出個頭緒，央金娜牡躺在一邊，恬靜的臉上彷彿還殘留着對覺綠康冰場美好的回憶。

他越想越覺得問題變得十分嚴重了。

「不對！不是那麼回事。」伊蘇拼命地把她從睡夢中搖醒。「根本就沒有什麼滑冰場，我多天從來不去那兒，你跟貝拉一樣，憑想像在胡編。你忘了嗎？在藝術館的舞會上，舞會，還有你的胳膊。」

「什麼呀什麼呀！什麼舞會，你鬆開，你把我胳膊揪疼了。」央金娜牡掙脫胳膊，懵懵懂懂睜開眼嚷叫道。

「你記的是日記還是小說？」

她低頭看了看：「我從沒寫過小說。」

「你是說我們在滑冰場上認識的嗎？」

「難道在地獄裏認識的？」

「你醒過來沒有？」

「醒了。」

「八加五等於多少？」

「十三。」

「那當初我在舞會上認識的又是誰呀。」

「什麼！」她像觸電般竄起來，腦袋差點碰到屋頂。

「那天你跳廸斯科跳得過分了。」

「天哪！」她十分激動地叫了一聲。

伊蘇慢慢挪到他對面，與她保持一定距離，在他滔滔不絕的敍述過程中提防她突如其來的拳頭是很有必要的。

下面是伊蘇的回憶，央金娜牡坐在他對面，聚精會神地聽着他們最初相識的另一番情景：

記得剛到藝術館幹合同工，伊蘇幹得十分賣力任何人都可以隨意支配他，讓他去拉糧食，讓他清理倉庫，讓他幫伙房殺豬，他都老老實實去幹。藝術館並不是每星期舉辦畫展，倒是每星期六舉辦營業性舞會。於是他又被指派去收門票。

爲舞會伴奏的是旦朗的小樂隊，這些學西洋樂的小伙子在今日西藏特別強調一切都要最大限度地充分體現民族特色的時代，他們受到冷落，幾乎成天無事可幹。在伊蘇的推薦下，只好屈尊在這裏爲舞會伴奏，倒也能混點外快。用旦朗的話說：是來陪這幫流氓阿飛們解解悶的。來這裏的舞迷們多數是附近的男女青年，一個個奇裝異服，野性十足，常常爲一點小事大打出手。還有一些長得相當玲瓏漂亮的跟隨老板從內地來作生意開商店的漢族女孩，她們常常是一場血戰的導火索。伊蘇站在門廳外面，時刻注意舞廳裏面的動靜，一旦聽見裏面傳來一片混亂的摔椅子、砸桌子、拳打腳踢、男人的吼罵和女人的尖叫，他飛快地逃離崗位，躲進臺階下面的水泥柱後面。只看見姑娘們穿高跟舞鞋的長腿像跳芭蕾似的衝下臺階，又看見小樂隊的伙計們個個把樂器護在胸前四下亂竄，旦朗揮舞一對敲鼓的小棍神經質大喊大叫：「殺人啦！鮮血流成河啦！」伊蘇壓低了聲音招呼他們到這塊安全的角落來避難。又看見手持電棍的警察衝了上去，發出急促的喝斥聲尋找鬧事者。過一會兒又恢復了正常，舞迷們整整衣服，邁着優雅的舞步重新邁上臺階，小樂隊的伙計們也都從水泥柱後面鑽出來，拂去頭髮上的塵土，理理脖子上的蝴蝶領結，抱着樂器進入舞廳，舞會照常進行。又剩下伊蘇一個人無聊地叼着煙在門廳外長長的過道上來回踱步。

裏面響起了震撼腦門的迪斯科音樂，音箱裏的共鳴聲把外面的玻璃窗都快震裂了，傳來舞迷們興奮的狂嘯和口哨聲。裏面的人大概全都在發瘋，他想像得出裏面的人個個變成了抖動不停的機器人的模樣。

從舞廳裏衝出一個女孩，她抱着胳膊，一副哭喪的臉，她本來是很漂亮的，常來這裏跳舞，現在這模樣看起來不禁令人產生幾分憐憫。

「你慢走呵。」伊蘇一個鞠躬，筆直地抬起一隻手努力做出一副高級夜總會門前侍者風度優雅的派頭。

「啊喲。」女孩蹲在他面前，不走了。

他明白，又是一個機器人的部件扭出了毛病。想了想，彎下身說：「是扭脫臼了。我可以幫你揉揉。」

「你不怕我喊警察把你當流氓抓起來嗎？」她笑着說。

「然後讓警察把我的胳膊也扭脫臼嗎？」

「知道我是怎麼扭傷的嗎？」

「你以爲吊着胳膊捂住屁股溜出來的你是第一個？我見得多了。」

「所以你就幸災樂禍了?」

「我只不過是個看門的。」

「所以你自以爲了不起，是嗎?」

伊蘇閉上嘴，知道自己辯不過她。

「你不是畫畫的嗎?」她忽然認出他來。

「我認識你嗎?」他想不起來。

「你認識扎西嗎?他介紹過我來找你。」

「哪個扎西?」他認識無數個叫扎西的男人和女人。

「呀!」她揚起眉毛。「他不常說你是最有才華有前途的畫家嗎?」

伊蘇開始苦思冥想。

「你還沒明白?」她那條脫臼的胳膊發號施令地舞起圈來。

「明白了。」他認識的每一個叫扎西的當然都這樣一致公認他是最有才華有前途的。他認識的每一位領導都沒有發現他這一點，原因大概是他們都不叫扎西。

「那麼，單增次仁，你什麼時候幫我家也畫一對櫃子。」

伊蘇轉過身，沒見還有別的人，他問：「你在叫誰呀。」

「你不是單增次仁嗎？」

「我叫伊蘇。」

「天哪。怪事，這是怎麼回事？」她上下打量起他來。「你怎麼會叫伊蘇呢？」

「我爸爸給我取的名字。」

「是嗎？這事眞糟糕。」她懊惱地說。低下頭想了想，說，「你不也是畫家嗎，管他什麼單增次仁還是什麼……你叫什麼？」

「伊蘇。剛說你又忘了。」

「哦伊蘇，你明天中午來吧，到政協院裏五號樓找央金娜牡，就是我。」

伊蘇在滔滔不絕又提心吊膽的敍述中，總算沒有挨什麼拳頭。央金娜牡像一位十分用功的小學生，胳膊抱着蜷立的雙腿，下巴頂在膝蓋上，表情認眞地聽完了他的講述。

「完了？」半晌，她直起腰說。

「向神聖的釋迦牟尼佛發誓，我講的全是眞話。」伊蘇表情虔誠而嚴肅地說。

「我信，我當然信。」

「哎！這不是信不信的事，我說的這些你一點也記不得了嗎？」

「我日記裏寫的你也記不得了嗎？」

「他媽的，那根本都是沒影的事。」

「你怎麼證明你說的是眞的我寫的是假的呢？」她咄咄逼人，「我沒否認你說的是假的你幹嘛偏不信我寫的是眞的呢？」

「這……這……」他瞠目結舌，不知該怎麼說清楚。「這他媽怪事。」

「不是怪事。」她說，「從哲學上講，這叫怪圈。」

「你們搞哲學的都會搞陰謀詭計，你別想唬弄我，我懂。」

「咯……哈……」央金娜牡開心地大笑起來，笑得又甜蜜又迷人，笑得直不起腰來，一頭拱進伊蘇懷裏。

「嘿……哈……」伊蘇被她弄得莫名其妙，也跟着大笑起來。

「噓！」她掩住他嘴，戳戳自己手腕的錶，一看，已經是午夜兩點了。

劇團裏的舞臺美術隊深夜裏在劇場裝臺是件辛苦又愜意的事。劇場觀眾席裏空空蕩蕩，一片幽靜黑暗，舞臺上燈光明亮，一些人拖着景片上上下下。舞臺中間堆放着箱子、燈具、繩索、鐵絲，五顏六色的燈光色片紙，形形色色的工具，軟景歪歪斜斜掛起一半，站在舞臺上的人對天橋上面的人大聲吆喝指揮。

總有一兩個偷懶的傢伙瞌睡來了，便躲進幽暗空蕩的觀眾席裏，或者一頭扎進臺邊的大幕堆裏呼呼睡去。

搞音響的毛頭小夥子是個新手，折騰了大半夜還沒把麥克風調試好，一會兒竄上前臺對着麥克風低喚幾聲，沒聲音。一會順着喇叭線麥克風線檢查，一會又鑽進音響室撥弄機器，然後突然從音箱裏發出叫人聽了要發瘋的尖嘯巨大的回聲，惹得大家一陣破口大罵。

燈光師多羅負責裝臺，且朗把小樂隊的哥兒們拉來幫忙，貝拉也來湊熱鬧，他反正晚上從來不睡覺。劇團原來那個老的舞臺美術設計師年邁多病，住進了醫院，另外一個年輕一點的又去內地進修學習，沒人搞設計。多羅在舞美隊有點小權，當即向劇團的頭兒們提出把他的老朋友、三年前離開這個劇團的伊蘇從藝術館借來兩個月負責這臺晚會的舞臺設計，好在這幾年搞改革，劇團的頭兒們重新換了一批，事情就這麼簡單。在多羅的請求下，伊蘇穿了一件花哩胡哨的大方格舊西裝重新走進闊別三年的劇團大門。

舞臺工作前期的設計、製作階段已經完畢，順利通過了初審。開始進入後期的裝臺排光排景的階段，是最熱鬧也是最繁忙的階段，所有部門的工作都一齊擠在舞臺上，並且都是在深夜進行。多羅很高興，給他幫忙的人都是在上海一同學習過的。劇團的舞美隊，管弦樂隊，舞蹈隊，形成了一個不大不小的「上海幫」，而民樂隊和歌隊又是一伙「北京幫」。

「把臺上收拾一下，不用的東西都放到側臺。把第三場景擺一下。上面的，軟景怎麼還沒拉起來。天幕燈還沒對好嗎？二道幕靠邊條太近了，出來點。」多羅像個指揮官似的站在中央指手劃腳。他是一個行動遲緩的傢伙，有一隻非常突出的鷹鈎大鼻子和一張飽滿的小嘴巴，他體重已經增加到一百八十斤，時常憂憂忡忡地捧起自己孕婦般滾圓的肚皮拍打幾下。走起路來像南極企鵝一樣，一對粗而短的手臂在身體兩邊晃蕩。有兩個剛從舞蹈隊淘汰出來的男孩作他的助手，雖然兩個男孩攀高走險跟猴兒一樣靈活，但碰到複雜一點的燈光技術活就蹲在天橋上面大叫老師。他只好親自上陣，爬行在高高的天橋上調燈，排除故障，笨重的身體隨時可能壓斷一根木板。一想到自己肥猪一樣一堆肉從十多米高的上空掉下來的那一聲悶響，他就覺得既可笑又可怕。

到半夜，炊事員送來夜餐，夜餐糟透了，沒人想吃，只喝甜茶和啤酒。大家歇了活，都圍坐在舞臺上邊休息邊聊天。

搞音響的毛頭小子還沒查出故障，鼻尖冒着汗珠，從音響室裏跑出跑進。不意又弄出一個刺耳的怪音。

「你把音量調小點，我耳朵受不了！」旦朗揮起拳頭喊道。

「貝拉呢？」多羅問。

「他在上面固定滑輪，一直找不到固定位置。」有人說。

「貝拉，下來喝點。」伊蘇喊道，上面黑洞洞看不清，沒回答。

旦朗抓住牆壁的垂直鐵架梯一級級爬了上去，剛冒出個頭，發現貝拉躲在一隻亮着的燈箱後面，借助燈箱散熱槽的微光正寫着什麼，鼻尖幾乎抵着手中的小本，鬼鬼祟祟像個告密者。

「嘿！你太過份了。」旦朗從洞孔裏探出個頭。

「別過來打擾我。」貝拉頭也不抬，向他揮趕着手。

「幹什麼哪。」旦朗好奇地要爬上來。

「走開，我在寫歌詞。」

「嘅！」旦朗趕快把頭縮了下去，這孩子終於想通要寫歌詞了。他十分激動，這下他可有事幹了。溜下兩級，又竄上來探出頭說，「我給你譜曲，咱沒說的。」

「他還不下來？」多羅問。

「他幹得很認眞，別管他。」旦朗走到他們中間坐下，自己開了一瓶啤酒。

「早上七點半的電視裏還有一場足球賽。」有人說。

「誰跟誰？」

「不知道。」

「這覺也睡不成了。」

「多羅老師，把電視櫃的鑰匙交我保管行嗎？」

「不行。」

「你又不懂足球。」

「胡說，當年我在上海是著名的守門員，」他氣沖沖地說。「不信你問他們。」

「是的，是這樣，雖說有不少球從他褲襠下溜進了球門。」旦朗說。

「你知道，我只是接不好滾地球，所有守門員都知道這種球最難接。」他分辯道。

第十三屆世界杯足球賽在拉薩也掀起了一股不小的足球熱。早晨只要坐進甜茶館裏，總能聽見小夥子們談論起昨天電視裏比賽的戰況。並且進一步猜測某某隊是否能進入半決賽或下一階段四分之一半決賽。他們大都動口不動腳，悠閒地喝着茶，儼然以權威評論家自居。到晚上，家家戶戶守在電視機前收看比賽的實況轉播。

拉薩有許多酷愛足球的年輕人，他們崇尚南美風格，自以爲腳法細膩嫻熟，將球在腳下玩弄各種小小的花樣。喜歡來幾個倒掛金鈎、凌空抽射等一些嘩眾取寵的高難度動作。西藏足球運動的歷史不算很晚，在本世紀二三十年代就從英國傳入拉薩。央金娜牡從他那個曾經是拉薩貴族足球俱樂部成員的爺爺那兒聽了不少有關這方面的軼聞趣事，伊蘇聽了後又被貝拉從他口裏套去了不少。那時的足球雖然僅僅屬於王公貴族哥兒們的消遣的運動，平民百姓也被允許在場外觀戰。他們各自爲自己主人家的少爺吶喊助陣。這些在場上的運動員與其說在賽球，不如說是在炫耀和顯示個人大腿肌肉的力量，他們總是把球高高踢向空中，狠不得衝出雲霄，以博得在場外的貴族小姐們驚嘆的尖叫爲榮。平民百姓也跟着一起喝彩。更有那些闊公子爲顯示自己高貴榮耀的地位，比賽中一位打傘的僕人緊緊跟隨爲主人遮陽，僕人通常都具有充沛的體力和高超的持傘技巧，旣要時刻爲少爺遮擋陽光，又不能妨礙少爺的手腳，必要時在緊急關頭爲少爺解一腳之危也是允許的。到後來，在一些外國人的指導下，他們踢得有些章法了，漸漸在拉薩發展成了十多個隊。據說有一年舉行大型比賽，在爭奪冠亞軍決賽的高潮中，天空忽然降下一場少見的鷄蛋大的冰雹，把運動員和觀眾打得四下抱頭鼠竄，這場冰雹打壞了郊外地裏的莊稼，還砸死幾頭牲畜，使得歷來對這種外來的運動表示不滿的寺廟裏的高級喇嘛們再也不能保持沉默了，他們對這場災難作出了解釋：菩薩討厭這種野蠻的踢鬥，所以降災，以示懲罰。隨卽這種新興的體育運動遭禁多年。但據知情的貴族們說，那是因爲這種激動人心的體育運動常常把一大羣年輕的喇嘛們吸引出寺廟，成爲場外最狂熱的球迷，他們甚至吵吵嚷嚷也要求組成一支隊伍參加比賽。貴族公子哥兒們對這羣穿紅色袈裟的光頭漢總是懼怕三分，他們寧肯扔給喇嘛們一只足球。於是這羣無法無天的喇嘛們根本不顧什麼比賽的人數和規則。這樣烏合之眾一哄而上，發出驅鬼般興奮的怪叫聲，沉重的袈裟裙纏在腿上甩來甩去，他們像是踢着一個魔鬼的腦袋，球滾哪裏，一羣人就追向哪裏，踢得場上塵土飛揚。平民百姓懷着幸災樂禍的心情和隨時準備拔腿逃跑的警覺遠遠地觀看。場上的喇嘛們亂踢一氣，越踢越亂，也不管腳下有沒有球。踢來踢去，踢紅了眼，最後足球滾在一邊沒人去管，喇嘛們卻互相狠狠地踢起對方來，踢着對方的腰部、膝蓋關節、屁股、襠部，踢翻幾個人以後，便是一場大規模的械鬪，紛紛拔出小刀和一肘長的大銅鑰匙，一片混戰，圍觀的人們像棒打的一堆豌豆嚇得四處亂竄。

這些坐在舞臺上的足球迷們，也曾有過他們輝煌的業績，他們這些在上海學習的西藏人組成過一支足球隊伍，曾經在那一年由上海幾所藝術學院舉辦的足球賽中拿過冠軍。那是一段難忘的歲月，儘管當時這幫人並不在一所院校，小號手扎羅、爵士鼓手旦朗、吹巴松的尼瑪和其他幾個樂員在音樂學院，燈光師多羅、編劇貝拉和舞美設計伊蘇在戲劇學院，舞隊的幾個男孩在舞蹈學院，還有拉薩別的幾個劇團在上海學習的男孩組成了一支藏族聯隊。記得剛到上海，有人對西藏感到陌生新奇，問伊蘇說你們西藏有足球場嗎？球一滾不就滾到山腳下去了嗎？伊蘇聽了驚詫不已，那怪模樣把提問的人倒嚇跑了。在音樂學院的足球場上，藏族隊一個個像亡命之徒，他們憑着強壯的體魄在場上橫衝直闖，把對方像掃莊稼似的撞得人仰馬翻，多次受到黃牌警告。加上他們南美風格的腳下功夫，博得場外女孩子們陣陣歡叫，這些可愛的漢族女孩們的助喊聲甜絲絲動人極了，使男孩們既着迷又興奮：「藏族哥哥加

——油——哇！」喊得他們個個熱血沸騰，紅了眼也跟着爆發出野性的吼叫向對方球門衝去，嚇得對方躲躲閃閃不敢上前攔截。音樂學院那些看球和練琴兩不誤的學生一個個把譜架立在場外的草地上。各種管弦樂�咿嗚嗚四處響起。當球還在中場爭奪時，他們看着譜紙專心練琴，一旦聽見緊張的尖叫，知道球門附近有激戰了，四周啞然一片，都垂下樂器與奮地觀戰。一球射門入網，場外頓時熱鬧起來，各種歡呼聲、樂器聲一齊哇哇亂響，表示祝賀，也不管是哪一方進的球。有時也免不了一球飛出界外，把場外某個人的譜架砸得東倒西歪，尷尬點的人撿起滿地的譜紙，夾上樂器，扛起砸變了形的譜架紅着臉，罵罵咧咧走遠了。寬厚點的人還賴着不走，把譜架扶起來扳正，大聲自我解嘲幾句，引來一陣笑聲，照樣觀球。不錯，在我們西藏，足球滾下山又怎麼樣。山下的人見了再往山上踢，我們就是這樣踢球的。伊蘇終於回答了那個人的提問，對方聽了，張開大嘴連連點頭。

劇場裏的怪音再次響起，每個人心口像挨了一刀似的難受。多羅終於忍不住，站起身吼道：「小子，不准你再動那玩意，去！給我把每個揷片夾都裝上色片，每種顏色裝十個。」

毛頭小子抹去鼻尖的汗珠，一聲不吭走到臺邊，撿起扔得滿地的空揷片夾，拿起剪刀和幾大卷各種顏色的尼龍燈光色片紙，去了後臺與那些個整理服裝和化妝品的女人作伴。

一根白色繩頭在伊蘇眼前晃動。貝拉放下了一根工作繩，在上面喊道：「下面的，還有什麼喝的嗎！」

「有！有！」旦朗抓過工作繩，對其他人招呼，「快，給吊兩瓶啤酒上去。夠了嗎？」

「有白的嗎？」上面說。

「好傢伙，來靈感了。」旦朗伸伸舌頭。「行啊。」

他們在食品箱裏翻出了大半瓶烈性白酒，捆在工作繩上，酒瓶晃晃悠悠升了起來。

「把酒瓶放好，別掉下來砸我腦袋。」多羅提醒上面。

大家分頭繼續幹活。多羅等片夾上好色片後插進燈箱裏，再把一排頂光燈吊上去，這會他沒什麼事幹，陪着伊蘇坐在舞臺中間聊起來。

「怎麼樣，新上任的團頭問你願不願意回來，以後的氣氛圖全交你了，過去的事，不提。」

「不，我跟你們這幫傢伙混不到一塊。」

「得了吧，你現在不也跟咱們混得挺好嘛。」

「說不定什麼時候我就去瑞士了。」

「去吧，你總是成天跑。你說什麼？曖，瑞士！」

「瑞士。」

「是出國呀，去那兒幹嗎？」

「我叔叔在那兒。」

「你什麼時候從那兒又冒出一個叔叔。」

「我以前沒給你說過嗎？」

「你現在說說吧。」

「一下說不完。」

「嘿，那就講點短的吧。還有什麼新聞？」

伊蘇想了想：「雍西又來信了。」

「帶着信嗎？」

「今天剛又收到一封。」他從屁股兜裏掏出來。

「嗯，念吧。」

他展開揉得皺巴巴的信，開始念道：

我的寶貝：

「寶貝？」

「寶貝。」

「嗯，念吧，寶貝。」

你大概對什麼都看不慣你看不慣在甜茶館裏喋喋不休地發表着連自己聽了也莫名其妙是什麼高談濶論的留長髮不學無術的傢伙你自己的長髮用手繞到背後也能摸到你也像傻瓜似的什麼也不懂但你不愛說話這點很好你看不慣那些把官場上的作派簡直學到家只因爲還年輕腹部的脂肪還無法令人敬畏地隆起表情僵硬跟寺廟裏的泥菩薩般不動聲色說起話來從鼻子眼裏哼出無數個嗯哪啊呀嘴巴像在嚼乾草似地咂巴不停叫你聽不清他究竟在說些什麼並且到後來反問你我剛才說到哪兒了的小官僚們你有時說起話來也是嗡聲嗡氣帶點官僚腔我知道那是因爲你得了感冒你看不慣那些成天皺起自以爲剛毅的眉梢在姑娘們心目中呈現出一個比高倉健三流的冷面小生還冷面的硬漢子形象然而天知道什麼時候一旦眞的動起拳頭立刻原形畢露剛毅的眉毛鬆軟得耷在眼皮下豎

起拇指哀聲告饒然後瞅着一個空隙拔腿拚命逃跑並且毫無一點幽默感的臭小子你的眼睛。

對不起，後面的話還沒想好。

雍西

「完了？」

「完了。」伊蘇累得氣喘吁吁。一連灌了幾大口啤酒。

「這算是信呢還是連珠詞？」

「我不知道。」

「我一句也沒聽清，只聽見她好像在說人家肚子脂肪隆起來了。」

「對這方面你聽得很認眞。」

「她幹嘛沒事拿人家肚子開心。」

「對了，記得雍西那封信提到過你，說你像是進了港就鑽進酒巴間的大肚子丹麥佬水手。」伊蘇模糊地想起一點來。

「說我嗎？」

「肯定是。」

「我爲什麼是丹麥佬，怎麼又成了水手？」

「大概形容你這模樣。記得在上海嗎？一進酒巴，要上一大杯啤酒，聽着音樂，從鼻子眼冒出滿意的哼哼聲，一高興，就用大拳頭砸砸桌子。雍西說的。」伊蘇小聲說。

「雍西是誰？」多羅湊過大鷹鈎鼻，警覺地問。

「雍西是——誰，」他忽然停住口，惶惶不安起來。「你怎麼不知道她是誰呢？」

「我爲什麼知道她是誰。她一定很有名氣吧。噢噢噢，你這傢伙，」多羅得意地笑道。「投降吧，幾個月不見，你又拐上一個良家婦女。咱們談談吧，好好談談，就是……她叫什麼？」

「雍西。」

「對，雍西。這個雍西，你們是怎麼回事？」

「那……她幹嘛給我寫信說你是個丹麥佬呢。」伊蘇有氣無力地問。

「對呀，正是這樣。」多羅高興地摩擦着毛茸茸的粗胳膊。「我才要問你。她幹嘛侮蔑我是丹麥佬。等一等，丹麥一定是個不發達國家吧。」

「好像是……不……發達。」

「嗯，後來？」

伊蘇洩氣了，他不知是誰跟誰糾纏不清，只好嘟嘟噥噥地說：「雍西沒有說你是丹麥佬。」

「你是在庇護她，沒什麼。別的呢，告訴我，她有沒有說過我是頭蠢豬？」

「沒有。」

「哦哈，這麼一來肯定是說了，所以你的臉黑得像抹了鍋灰。」

「我起誓。」

「沒關係，我不在乎，既然她能說我是丹麥佬，別的話可以想像，我知道她還會談什麼。」

「那麼，你認識雍西。」伊蘇眼睛亮了起來。

「誰說我認識她，我剛才說過嗎？我不是一直在問你嗎？」

「其實，我他媽也不認識她。」

「一個不認識的人給你寫信。」

「情況就是這樣。」

「哦，沒什麼，這是常有的事。咱們幹嘛要知道她是誰，她給我們惹過什麼麻煩？比方說，她向你要錢了嗎？沒有。那她會來把我們的酒瓶奪走嗎？不會來的。世界上的人多的是，我們用不着知道他們都是誰，是幹什麼的。比方說，你剛才說什麼……丹麥。丹麥是什麼地方？總統是誰，你問我，我也不知道。我只知道把哪盞燈吊在什麼位置上。把哪盞燈從哪個角度打出來……嘿，你們怎麼搞的，平臺擋片沒接好，漏光了。」

忽然有人大喊：「哎唷！掉下來啦！」

伊蘇和多羅抱着頭慌忙趴下。一只空酒瓶輕飄飄地落在離多羅腦袋三公分距離的舞臺上。他撿起酒瓶看看，裏面滴酒不剩，坐起來破口大罵：「貝拉，我兒子上個月剛滿一歲你就想砸死我呀！給我滾下來。」

大家一齊仰起頭等了半天，上面悄然無聲。最後，多羅找來一根粗繩子扔給伊蘇，沒好氣地說：「多上去幾個人，把他吊下來。這傢伙已經不是頭一次了。」

一伙人扛着繩子爬了上去，把昏睡不醒的貝拉綁好後，通過滑輪從空中慢慢放了下來。

他像個死人一動不動趴在舞臺上，渾身散發出濃烈的酒氣。

「他最近有心事。」旦朗說。

「失戀了。」伊蘇問。

「不，他失戀了只喝咖啡不喝酒。像是一件什麼東西被偷走了。」

「靈魂。」多羅叉起腰氣呼呼地說。

旦朗想起什麼來，急忙跪下身在貝拉身上的口袋裏亂摸亂搜，終於掏出一個小本，翻了半天，在上面只發現一行字：夏天酸溜溜的日子。

「接下來呢，接下來的詞是什麼？」旦朗憤怒地搖晃軟綿綿不省人事的貝拉。「喝掉半瓶酒就擠出來這一句話，咳？」

伊蘇從館裏領回一大堆顏料和紙張，塞滿了一只提包。他決定這段時間坐下來好好畫上一批。他騎車路過珠拉康廣場，到處是外國遊客，在廣場前拍照留念。一羣羣兜售古玩的康巴人圍住外國人跟他們比比劃劃。一個長頭髮長鬍子衣着十分頹廢的外國人倚在路燈鐵杆下抱着一把大吉他自彈自唱，誰也聽不懂，他的圓領短袖衫上掛滿了各種紀念章，在太陽下閃閃發亮，一條到處露出大腿的肉來的牛仔褲腿條條縷縷像把拖布，一雙多毛的光腳丫套在塑料拖鞋裏，引來一些沒見過世面的鄉下人和西部牧人，他們解開錢包往他腳下扔出各種面值的錢鈔。伊蘇停住自行車，從包裹取出照像機，對準賣藝人搶拍了一張。另一處空地上，兩個露着經過健美訓練的大腿的歐洲女人和一個十來歲的金髮孩子在玩飛盤，遠遠地拋來拋去，幾隻野狗跟着在空中劃弧線的飛盤竄來竄去。他又拍了幾張。剛要裝進包裹，從他耳邊筆直地伸出一隻細長的手指向前方。後面有人說：「那兒還有一對。」

順着手指處，一對肥胖的美國老夫婦站在廣場一角正摟抱着親嘴。再回頭一看，是旦朗。

「看這種下流場面你眼睛倒尖。」伊蘇說。

「你爲什麼老拍外國人呢？」旦朗不明白。

「他們爲什麼老拍西藏人呢？」

「你爲什麼不拍我呢？」

「我給你拍得够多了。」伊蘇衝着他說。

「在哪兒？我怎麼一張也沒見着。」旦朗委屈地搖搖頭。「我都不知道拍出來自己是個什麼模樣了。」

「跟花花公子差不多。你肯定是一打一打地簽上名送給你的崇拜者了。」

「可我現在還沒成爲大音樂家，誰會要我的照片呢。」

「好吧，等你成爲大音樂家，我再給你拍吧。」

「好的。」他友好地摟住他的肩膀，掏出幾角錢看了看。「够了，咱們去喝兩杯。」

他們進了附近一家甜茶館，旦朗取了兩只玻璃杯，把所有的錢都放在桌上。過來一個姑娘倒滿茶後，從桌上拈出兩角錢。

他倆面對面坐着，喝起淡而無味的甜茶。

旦朗眞是一位風度翩翩的美少年，他的坐式、動作、表情、甚至他的憤怒都顯得那麼優雅。他曾經迷戀過一陣搖滾樂，也曾經雄心勃勃地想創作出一部現代派的「事件作品」音樂，取名爲〈拉薩第一號作品〉。爲了尋找自稱是具有絕對的不可辨性和不可比性的一個聲音，終日瘋瘋癲癲，煞費心機，好不容易找到後才發現那不過是一隻鷄噎食後的怪叫，令他大失所望。也由於貝拉無意中講出的一句話，他異想天開，整日不聲不響盯着別人的大腿想製作一件能變調的腿骨號樂器。他在中提琴手雍娜姑娘的大腿從腹部到膝蓋並無色情意味地認眞摸了好一陣也沒摸到骨頭，她大腿豐滿，脂肪太厚，貝拉說這樣的腿骨作出的樂器音色一定悶堵。雍娜卻從此悄悄愛上了他，他怎麼也甩不掉了。後來他又夢想着搞西藏的鄉村音樂。他精力充沛，毫不氣餒，雖說他的小樂隊目前很不景氣，他還是每天不知疲倦地奔波於高級賓館和大飯店之間，跟經理們進行馬拉松式的談判。他表示希望他的小樂隊能爲賓館飯店的夜生活點綴幾分光彩，而不僅僅只在藝術館的舞會上爲那些沒有教養的舞迷們服苦役。經理們告訴他，目前的條件不允許搞舞會，來這裏住宿的客人寥寥無幾，來拉薩的外國遊客都愛往巴廓的小旅店鑽，那裏面收費非常廉價，行動出入也十分方便。旦朗只好作出讓步，說哪怕在酒巴間裏演奏也行。一切努力都是白費，他罵這些經理們沒有長遠的戰略眼光。他找到伊蘇，請他幫忙物色一個女歌手，他對歌舞團那些專業歌手反感透頂，說她們不是矯揉造作就是傻呆呆站在臺上，唱出的花腔女高音聽起來肉麻，叫人不堪忍受。就是找不到一位嗓音自然純樸、富有韻味的歌手。

「幫幫忙，在拉薩你認識很多女孩，你總跟她們鬼混。」旦朗說。

「我爲什麼要跟她們鬼混？」

「你不是幹這一行的嗎？」旦朗一愣。「現在你又不畫布景，那做什麼，你不是成天用眼睛盯着她們漂亮的屁股蛋，然後把她們光溜溜地畫出來嗎？」

「我他媽這一輩子還沒畫過裸體畫哪，在拉薩簡直找不到一個肯脫光了衣服的模特兒。連我的女朋友也不肯爲我脫。」一想起這點他就感到很悲哀。「她只愛戴上耳機聽音樂。」

「是嗎？太棒了！」旦朗眼睛一亮，高興的扭動身體。「我敢打賭，她肯定非常崇拜瑪多娜。（美國八十年代著名的流行音樂演唱歌星。）」

「瑪多娜是誰？」

「問你的女朋友好了。她長得很漂亮嗎？」

「瑪多娜？」

「你的女朋友。」

「你幹嗎不問問她嗓子怎麼樣？」伊蘇氣呼呼地說。

「我正是要問，她嗓子怎麼樣？」

「我也不知道。她從來沒在我面前唱過一首歌。不過，她舞跳得很棒，扭起來能把胳膊扭脫臼。」

「你不是在給我推薦一個舞女吧？」

「她不是舞女，她是我的女朋友。」伊蘇伸出手指在他鼻子前威脅道。

「她當然是你的女朋友，是你懷中的木碗，誰也抱不走。」旦朗友好地拍拍他手背。

伊蘇望着他細軟的手掌搭在自己手背上，忽然想起劇團「上海幫」人人皆知的有關旦朗的一個典故。他陰陽怪氣地冒出一句上海話：「那是啥人的手！」

旦朗一聽嚇得把手縮了回去，衝着他不好意思地嘿嘿一笑：「你小子還忘不了呀。」

記得那一年，他們剛到上海沒兩天，在一個晚上去了外灘公園，這些沒見過大世面的藏族小夥子如同一羣非法入境者，闖進了密密麻麻的戀人世界裏，不時地擾亂了戀人們的良辰美景，在這塊充滿香水和汗味以及呢喃呻吟和叭叭接吻聲的愛神天國裏，他們第一次開了眼界，時而大驚小怪，時而膽戰心驚，終於迷失了方向四處亂轉，在人挨人狹小的空間裏不時地踩着和碰着那些飄飄欲仙的戀人。戀人們被踩醒了，全都擡起頭來，眼裏充滿了正義和憤慨的目光，有人用嘰哩咕嚕的上海話低聲斥責，叫來專門捍衛這塊淨土純潔戴紅袖章的安全使者。先是一番嚴厲的盤問，然後檢查了他們的學生證，對這一羣異族少年觀光團並無歹意的好奇心表現出寬容和理解，最後，給他們指出一條既不妨礙戀人們又能大飽眼福的旅遊線路。在幽暗的一座假山後面。坐着一對情人，男方看來是初次上陣的新手，十分拘束，不知怎樣博得女方歡心，他老是用塊白手絹擦擦嘴角，彷彿那裏永遠粘着一隻蒼蠅，他講了一大通情話之外的話題。女方無動於衷，低着頭不搭一句話。他很沮喪，鼓起眼睛看看她，重新振作起來，一連不停地講下去。漸漸地，他感到女方有了反應，呼吸開始短促了，身體軟綿綿扭動了，低微呻吟，顯得心迷神蕩，他靠近了她，更加飛快地打機關槍似的說下去。他覺得女方越來越興奮，閉上了眼在哼哼唧唧，他感到對方身體像一團火似地發燙，十分納悶，站起來仔細觀察，突然發現了一隻不屬於自己的手從女伴身後伸出來在她飽滿的胸脯上揉摸。他氣急敗壞地怪叫一聲：「那是啥人的手！」

事後且朗承認他被異族女子身上奇特的肉香所迷惑。他本來打算偷聽別人的情話，結果發現一句也聽不懂，在他們身後坐了許久，見男方遲遲不肯動手，也不知怎麼的自己就將手伸了過去。他說：「像捧着一團熱乎乎的涼粉，手感極好。」

後來有人發現，且朗之所以在情場上堪稱一把老手，奧妙也正是他的一雙手。有不少女孩證實了且朗的手帶着一股電流，只要一跟他握手，就會感到一股奇特的電流從指尖掌心一直通到心房，麻酥酥美滋滋妙不可言。貝拉知道後十分好奇地掰開他的手仔細琢磨了半天，沒看出什麼可疑之處。且朗解釋道：他一見漂亮的女孩，就興奮得手指尖發顫，由於顫動頻率極快，如同蜜蜂翅膀的搧動，你的肉眼自然看不出什麼來。於是，貝拉便跟他握手想體驗一下。他感到滑軟和冰涼，哪有什麼電流。

「啊啦——，跟摸條魚似的。」貝拉厭惡地甩開他的手。

「當然啦，跟你握手我首先一點也不激動。」旦朗說。「再說，你的手像熊掌又粗又厚，感覺遲鈍。只有女孩才能感覺到。」

「還要嗎？」倒茶的姑娘走過來。

伊蘇捧着腦袋說：「沒錢了。」

「沒關係。」姑娘給他們每人又倒滿一杯。「下次來付吧。」

「眞是個好姑娘。」旦朗說。

「你們是貝拉的朋友？」

「你認識他？」

「他常來這兒喝茶。」

「喜歡他嗎？」

「哦嘖。」姑娘翻起白眼，走了。

旦朗說，貝拉近來運氣不好，遇到一些厤煩事，開始酗酒了。這些日子每天晚上提一瓶白酒把自己關在宿舍裏，說是要寫一部長篇小說。每天早上旦朗推門進去一看，厚厚的稿紙上一個字沒寫，酒瓶倒是空了，他趴在桌上呼呼大睡，到下午才醒來。他不過是爲自己酗酒找個藉口，什麼寫長篇，旦朗說。最後聽說有人告他一稿兩投，他自己也弄不清怎麼出了這樣的事。

還有一件事使貝拉十分納悶：他的一部中篇小說剛寫完，發現有些內容情節從紙上飛走了，上面一個字也沒留，出現了一些斷斷續續的空白部分，他把屋裏每一個角落都找遍了。「當初，我錄下那個『嘫』的聲音時，也以爲它從磁帶裏溜出來了，結果幸好還在。可是貝拉小說裏面的內容可真的從那上面溜走了。」

「它到哪裏去了？」伊蘇困惑不解地問。

「是呀，貝拉也急得哇哇叫：它到哪裏去了？它到哪裏去了？」

「現在，我要開始作畫了。」一連幾天，伊蘇背起手在屋裏踱來踱去，對蜷縮在一旁邊聽音樂邊作素描練習的央金娜牡大聲宣布。

她伸了個懶腰，歪起頭滿意地看着自己的素描畫說：「現在，我弄淸了鷄蛋和鵝卵石的關係啦。」

「什麼關係？」

「你知道鷄蛋和鵝卵石誰更堅硬？」她又露出了狡黠的微笑。

「鵝卵石。」他盯着她的眼睛說。

「街上一個喇嘛給人講經，當講到人世間一切物質的因果關係時，他拿了一只鷄蛋和一塊鵝卵石。對着鷄蛋念了一通咒經，然後雙手一磕，結果雞蛋沒破，石頭碎了，這說明了什麼呢……」

「現在，我要開始作畫了。」伊蘇再次高聲宣布。

「需要我作幫手，是吧？」

「你應該去上課，怎麼老不見你去上課。」

「我們要考試了。」

「所以你躲避考試。」

「考試還早哪。」

「現在我要作畫了。」

「你想趕我走，對吧。」

「不，我的意思是……」他一下想起來，「你幹嗎不去找瑪多娜聊聊天，或者哪天帶她來玩。」

「瑪多娜是誰呀？」她警覺地問。

「旦朗說，讓我問你。」

「旦朗是誰呀？」

「旦朗是……」他痛苦地搔搔頭皮。「他是一位了不起的大音樂家。」

「見你大音樂家旦朗的鬼去吧！」過一會兒，央金娜牡覺得自己受到了捉弄，把架子上的畫撕下來，把鉛筆和雞蛋全摔在地上。「你這個黑了心的混蛋，讓你的良心和那個……叫什麼？」

「誰？」

「你剛才說的什麼馬？」

「瑪多娜。」伊蘇不敢正視她，自己面朝牆壁，任憑他的學生大發雷霆。

「讓你的良心跟瑪多娜也一起見鬼去吧！」

「央娜，我求求你，別對我這麼大喊，我神經受不了，你知道我每晚失眠，天天吃安眠藥。我也不認識瑪多娜，是旦朗說的，他才是混蛋，旦朗你也不認識嗎？這麼說他把我們兩個都騙了。」

他聽見屋裏沒有動靜，回過頭，見門大開着，才知道自己一個人講了一通廢話。

「總有一天，我們統統都會見鬼去的！」他終於忍不住，也發起火來，把堆在地上一本本作資料的畫册和像册以及小樣稿踢得滿屋亂飛，朝着柱子、牆壁一陣拳打腳踢，一面狠狠地咒駡旦朗，這傢伙專會搞惡作劇，隨便胡謅出一個名字，還讓他去問央金娜牡，結果攪得一團糟。

他累得精疲力盡，坐在小木凳上，才看見掛在牆上的那尊少女石膏像在地上摔成了碎塊，他走過去蹲下，捧起碎塊心痛了半天，只有少女石膏像的鼻子極爲完整，他撿起鼻子，用刮刀把邊緣多餘部分小心翼翼地鏟掉，其餘的碎塊用腳踢到門背後。

該失去的總要失去，你留不住它。他想道。一經開竅，索性將那只完整的鼻子扔出窗外，也不管會落到街上行人誰的頭上。

他開始坐在小凳上，一切準備就緒後，要認認眞眞作畫了。央金娜牡一走，隨之而來的是一些莫名其妙的不速之客闖進來。他門上沒有鎖子，誰都可以闖進來，只有在他跟女朋友睡覺時，才在門背後抵上一根棍子。

一個乞討的流浪人闖進來，伊蘇從抽屜裏找出幾個乾饅頭打發他。對方撇撇嘴，扭過臉說他中午從不吃饅頭，只吃牛肉。伊蘇一聽氣得把乾饅頭砸在地上說：「他媽的我自己都一個星期沒從牙縫裏掏出肉渣來了。」那人也不發怒，蹲在地上撿起摔成碎塊的乾饅頭，看見石膏碎塊，以爲是精麵點心，塞一塊在嘴裏嚼嚼，吐出一口白漿，知道認錯了，只撿那些粗糙發黃的饅頭塊。

一個從內地來的推銷員手執一把毛筆闖了進來，先塞來一根香烟，立刻操起不知哪個省的方言像背書似地依里哇啦一通，大概在介紹毛筆的性能，伊蘇一句也聽不懂，說自己是畫油畫的，筆够多了。對方一聽是畫家，算是找對了門，死活纏着他，說白送他幾套，各種規格一應俱全，只求他幫忙推銷推銷。伊蘇從角落抱出自己一大摞快要發霉的畫拍打着說：「伙計，我這些畫還沒找到銷路哪。」

一位浙江來的木匠闖了進來，探頭探腦見破破爛爛的屋裏不像是要做家俱的樣子，很是失望。一下發現畫架歪歪斜斜撐着快要散架了，舉起斧頭衝了進來說是幫助修理一下，嚇得伊蘇以爲碰上了打家刼舍的強盜，把他轟了出去。

一位滿臉絡腮鬍的外國人闖了進來，手中拿着一張不知那國出的拉薩市區旅遊圖，夾雜着生硬的漢語和藏語，說是在尋訪一座六世達賴喇嘛情人的舊址，按地圖標出的方位應該是這座小院。伊蘇聽了裝瘋賣傻。有時候闖來的外國人不會說一句漢語或藏語，伊蘇堆起殷勤的笑臉，作出表示愛莫能助的手勢，用最骯髒下流的藏語輕言細語地辱駡對方。那外國人一聽變了臉色，亮出毛茸茸碩大的拳頭朝他憤怒地晃動，竟張嘴講出一口極其標準流利的拉薩話說：「你是一個最沒有教養的阿飛！」這個裝聾作啞的傢伙到底沉不住氣露了餡。伊蘇懷疑這傢伙是個間諜。

鄰居家一位喝多了酒上廁所找不到方向的客人闖了進來，見屋裏掛滿了各種畫，呆若木雞站在門口發了愣，不意發現一幅光屁股的女人畫，好奇地發出一聲怪叫。伊蘇搖搖頭，放下畫筆，揪起對方的領子像領一位夢遊者似的把他帶到鄰居家。

院裏幾個風騷的小娘兒們不停地搗蛋，就連他上廁所在過道上與她們相遇時，她們也會側身用鼓脹的奶頭蹭擦他的臂膀，於是她們像觸電般輕輕呻喚！天哪！他去院裏自來水管提水，她們用毫不掩飾的話語挑逗他，他提醒她們說我耳朵已經關門了。她們並不甘心，站在他門口用嘻笑聲和打鬧不讓他安靜，見裏面還沒有動靜，又拱起渾圓的臂部把門撞得咚咚響。他不能再沉默了，在裏面威脅地喊道：「你們再不滾開，我可要出來踢你們的屁股了。」

「那你就出來踢我們的屁股好了。」她們說。

於是，伊蘇開了門，在她們每個人的屁股上狠狠踢了一腳，疼得她們尖聲怪叫。有一兩個疼得哭了起來。

帕珠老太太也不甘寂寞地闖了進來，照例送來一罐酸奶或一小桶青稞酒，然後一屁股坐在門檻上，這是她的老位置，屋裏只有這塊地方還算乾淨些，看來沒有一兩個時辰她是不會起身的。伊蘇只好點起烟，陪她閑聊。拉薩的年輕人都有尊敬老人的美德，即使亡命歹徒們在老人面前也會收斂幾分凶相。再說，帕珠聊起過去的事情常常使伊蘇不知不覺也聽入了迷。帕珠有時並不想來聊些什麼，只是來看看牆上的一幅畫。那本來是伊蘇專門爲她作的一幅。當帕珠有一天把憋在心底很久的意願講出來，伊蘇欣然答應。但是帕珠所要求的並不是通常的一幅肖像畫。她希望自己有一天終究能脫離六道輪迴，進入涅槃美景，誰不希望自己的來世變得更加美妙一些呢？伊蘇苦苦思索，構思了好幾天，與她共同商討了幾稿小樣，最後畫出了一幅名叫〈善女帕珠——靈魂升天圖〉，這幅畫與寺廟壁畫中表現這一類題材在構圖和繪畫方式上迥然不同，具有強烈的超現實主義風格，廣闊的地平線，天色瑩藍，帕珠正從一片白淨的大地中破土而出，地層像紙一樣薄，在右下方卷起一個角。帕珠慈祥逼眞的頭像是他根據彩色照片畫的，因爲年邁的帕珠很難在十五分鐘內一動不動地坐着當模特。畫面上她的下半身漸漸虛化成一淡淡透明的白烟，幾隻小狗在這片淨土上歡叫着迎接她的到來。大地有一顆菩提樹，天空上懸掛一雙白度母的大眼，瞳仁裏藏有帕珠在人世間爲乞丐布施的小小映像。遠處的天空裏，佛陀釋迦牟尼站在一塊白雲上面，一條彩虹般的五色路通向佛陀腳下。帕珠看了激動得熱淚盈眶，當卽在畫中的佛陀面前虔誠地磕了幾個頭，她說自己常常在夢中看見的就是跟這幅畫一模一樣的情景。畫完後，伊蘇卻捨不得送給她了，她提出用自己那臺二十吋的大彩電跟他交換，伊蘇無論如何也不答應，他同意掛在牆上，帕珠隨時可以來觀賞。她只好三天兩頭過來坐在門檻上，一邊跟伊蘇聊天，一邊面對這幅畫憧憬自己的來世。

「今晚，你來看足球賽嗎？」帕珠問。

「當然。」

帕珠對這次世界杯足球賽充滿了信心，興致勃勃地再次提出跟伊蘇打賭，每場的勝負作爲一分，場場累積，要是最後的結果帕珠贏的分多，她提出牆上那幅畫歸她所有，要是她輸了，彩電歸伊蘇。

「不，我不跟你打賭。」伊蘇搖搖頭。

「你準能贏。」帕珠笑瞇瞇地說。「踢足球的人多。我總看花眼，我弄不清誰輸誰贏，你可以唬弄我。」

「是嗎？」他有了點興趣。他深知帕珠有一點兒童般小小的狡黠。

「我也不是那麼好唬弄的。第二天我會去問街上的人，看你是不是在騙我。」

「你知道哪個隊最厲害？」

「巴西。」她笑嘻嘻回答。

她居然知道世界一流的巴西隊。伊蘇心怯了：「我不跟你打賭。」

「巴西隊能贏中國隊。」帕珠有了幾分得意，然後就露了餡。

「我跟你打賭好了。」他知道他會贏了。

聊起體育節目，帕珠總是興致勃勃，雖然她實際上只是看熱鬧，對所有的規則一竅不通。並且常常說得風馬牛不相及。伊蘇只當聽笑話。說到忘情處，帕珠無不自豪地吹噓起自己年輕時曾經是一名拿過木牌的跳遠冠軍，她解釋說那個時候不像現在這樣發的是金牌，只發木牌，她也沒辦法。

「你只說起過你年輕時當過尼姑。」伊蘇不敢輕易嘲笑她。

「就是那陣子呀。」帕珠找到一個新的話題，忘了自己在門檻上已坐得筋骨酸疼，抖起精神，口中嚼着乾奶酪含糊不清地講起來：那時，尼姑廟裏戒規嚴格，廟裏的大門終日緊閉，還是有不少尼姑肚子大了起來。女寺主驚恐不安，知道廟裏混進了一個好色的男人，他混在裏面眞是如魚得水。女寺主挨個問每一個大肚子尼姑，都說自己也弄不清爲什麼長出一個肉瘤。於是女寺主想出一計，在廟裏舉行一次運動會，項目只有一個，跳遠。命令所有的尼姑全部參加，並且要她們把衣服全脫光了跳。那個把自己喬裝得十分巧妙的男人跳完了一次後並沒有露出破綻，他一得意就不甘罷休，還想拿個冠軍的名次，又連着跳第二次，比上次跳得更遠，在跳第三次時，他那用細繩和小石頭拴着塞在屁股眼裏的東西一下抖了出來。當場原形畢露，被抓獲後一頓痛打，驅出了廟門。

「比賽結果，帕珠我得了第一名。」帕珠挺起胸脯說。

「你這第一名跳出多少米？」伊蘇問。

「有……」她東張西望。「從你門口到樓梯那麼遠。」

伊蘇去門口探頭看了看：「啊麼！你又瞎吹牛，這有十多米遠。你當是在奧林匹克上奪世界冠軍哪。」

「什麼奧林奧林……」

「匹克。」

「什麼匹克。寺主發給我的一條哈達和一塊木牌上，清清楚楚寫着我是第一名。可惜後來那牌子被賊偷去當柴禾燒了。」

「那你也不可能跳這麼遠。」

「我運的是氣功。你不信？孩子，我這就跳給你瞧瞧。」帕珠被激怒得哆嗦起來。她往手心啐了幾口唾沫，往身上一抹，撐起身體眞要露一露她的本事。

「好了好了。」伊蘇慌忙按住她。「我信，我信了。」

「當然得信。雖說我已經老了，起碼還能跳到……跳到木匠格桑扎西家門口。」

伊蘇再次探頭望去，那也有五六米遠。他不滿地咕噥道：「只怕一落地你骨頭就散架了。」

「你說什麼？」帕珠耳背沒聽清。

「我說你當年眞該去奧林匹克。」他大聲說。

「我年輕的時候，奧林匹克也跳不過我。」帕珠堅持道。「師傅教過我運氣功。」

他再次用陌生的眼光看看她。她眞會胡說八道，大概也是成天守着電視機看多了功夫片，中毒不淺。

「刀槍不入？」他問。

帕珠白了他一眼，不滿意地噘起嘴。她知道這個年輕人看不起自己，在嘲笑自己。

「你不懂密教。」過一陣，她不服氣，忍不住說。「你以為就像作廣播操那麼簡單嗎？」

伊蘇不想再惹她生氣，閉了嘴。她卻不甘罷休，纏住他。不讓他的思路回到作畫上去，她說她當場可以給他表演氣功。她把口中的乾奶酪吐出來，開始擺出一副金剛跏趺的盤腿坐式，左腿在內，右腿在外，雙手端在胸前作手執蓮花狀，雙目緊閉，口中含混不清地念起咒來。隨即身體像發瘧疾般瑟瑟抖動，開始扭曲。伊蘇看得目瞪口呆，他覺得帕珠那副樣子像大便乾燥般整得難受，不由得替她暗自着急。帕珠憋紅了臉，沙着嗓門說：「孩子呀，你過來摸摸，看我肚子上是不是鼓起了一個氣疱。」可是伊蘇分明看見帕珠脖子左側慢慢凸了一個大疱，就像許多老人常有的甲狀腺肉瘤一樣。

「在這兒。」他着急地比劃起自己的脖子。「這兒鼓起了大疱。你走火入魔啦！」

「是嗎，怎麼滑到脖子上去了？」帕珠乜起眼睛望去。她的氣大概運歪了，但是她一點也不難爲情。「不管在哪兒，總是有一個吧。孩子呀，快來摸摸。」

伊蘇戰戰兢兢上前用指尖輕輕碰了一下，覺得像是一只隨時會爆炸的氣球。他急忙喊道：「行了奶奶，你這就消消氣吧，我服了。」

帕珠終於吐出一大口氣，脖子上的那只球隨着癟了下去，剩下的只是一塊鬆弛多皺的皮肉。她把自己折騰得也够嗆，倚靠在門框大口地喘氣。

「你晚上來看足球嗎？」她有氣無力地問。

「當然。」

「那，我走了。我頭痛，要睡一會兒。」她艱難地撐起身，哼哼唧唧地離開了。

伊蘇道了聲慢走，回過身抓起筆飛快地在布上塗抹顏色。剛抹了幾筆，惱怒地甩掉筆，他什麼也畫不成。他躺在床上，拉過被子蒙在頭上，罵道：「這過的什麼日子！」

貝拉衝進伊蘇的屋裏，他一臉的怒火，盯着伊蘇不說一句話。伊蘇猜想他可能又是爲那幅肖像來的。上次見面貝拉說過他想通了，還說這畫不錯。也許現在一下又想不通，找麻煩來了。

他發現貝拉衣服裏鼓囊囊的，心想這次說不定他帶了暗器，見貝拉一隻手向衣服底下摸去，伊蘇飛快地抓過一把刮刀握在手中。

貝拉從衣服裏抽出來的是兩本雜誌。

「明明原來是我的小說，你幹嘛吃多了非要把它編成你那個瑞士狗屎叔叔的經歷？」貝拉問。

伊蘇眨眨眼皮，晃晃腦袋，他沒聽明白。

貝拉坐下來，把事情的經過講了一遍：貝拉聽完伊蘇的瑞士叔叔那段當藏軍的經歷，覺得很有一些傳奇色彩，並且故事很完整，他非常輕鬆差不多原封不動地寫出一個短篇。發表後不久就收到編輯部轉來的一封讀者來信，說他一稿兩投，讀者說他兩年前在另一家刊物上就讀到過貝拉一篇跟現在這篇從主人公的命運、情節線到細節完全一樣的小說，讀者起先以爲這篇小說是轉載，經過詢問才知道是貝拉的新作。貝拉拿着自己兩篇在不同時間，不同刊物上發表的小說對照一看，果然一模一樣。他有口難辯，苦苦分析了好幾天，得出的結論是：伊蘇肯定看過他的前一篇小說，然後他開始想入非非，把這篇小說的內容變成了他的瑞士叔叔的經歷，並且四處跟人吹噓，貝拉從好幾個人那裏都聽到過一些隻言片語。貝拉承認自己也攪昏了頭，這兩年小說寫得太多，到處濫發表，到後來連自己寫過些什麼東西都記不清了，反而將別人從自己小說中竊來的內容在胡亂吹噓中，還自以爲又得到一個新的題材，結果事情就弄成現在這樣。

「你的意思是，我根本就沒有一個叔叔在瑞士，他沒加入過藏軍，也沒當上過少校，全是我瞎編出來的，對嗎？」伊蘇聽完後，狐疑地問。

「不是瞎編，是你偷了我小說的全部內容又講給我聽。我他媽忘性大，又重複了一遍這篇小說，唉，眞倒霉。」

「啊，旦朗告訴我說，你寫的內容從小說裏溜走了，是這麼回事呵。」

「別扯遠了，那又是另一件事。眞是煩透了。你別混在一起瞎扯。」

「你的囉嗦事怎麼那麼多。」伊蘇火了。

「沒事我跑來找你幹嘛？」他又嘆了口氣說。「當然，這事主要怪我自己，可你……」

「當然怪你，關我屁事。」伊蘇越說越委屈。「說我偸你的，眞是好心沒好報。當初，你還嫌這故事老，說什麼……呵，老得連性別都沒有。我可是記得一淸二楚，沒你那麼糊塗。我當時就說過，不賣了，這故事我誰也不賣。你沒跟我打個招呼就悄悄寫出來賺了一筆錢。現在，你還跑來……把嘴張開。」

「幹什麼？」

「張開！」

貝拉張大了嘴，伊蘇湊上前聞了聞，嚴厲地喝問：「你沒喝酒跑來撒什麼酒瘋？」

「什麼！我……撒酒瘋？」貝拉差點氣昏過去，「你這個流氓、打手，偸了我的故事還……耍無賴。」

「本來就是我叔叔的經歷，」伊蘇跳起來叫道。「不是你的故事，你他媽整天活得跟死人似的什麼也經歷不到，只好蹲在甜茶館裏，蹲在厠所裏，偸聽別人在說些什麼，然後仗着自己比別人多認識幾個字，瞎胡寫一通就混出名來。再說，你上一篇故事又是從哪兒得來的？」

貝拉一下傻眼了，他皺起眉頭，腦子裏飛快地旋轉，苦苦回憶第一篇是怎麼寫出來的。他跟每一個作家一樣，所有小說的情節眞眞假假全有，有的是聽來的，也有的是虛構出來的，他一時說不清：「是我……從腦子裏構思出來的吶。」

「沒影兒的事你是怎麼構思出來的。」

「這幅畫你又是怎麼畫出來的？」貝拉指着牆上一幅構圖極怪充滿幾何形狀的抽象派畫反問。

「這……這當然是在下雨天想出來的。」伊蘇一下也支支吾吾說不清楚了。

但是伊蘇爲了證實自己是淸白無辜的，也提出了一個令貝拉難以反駁的可能性，那就是伊蘇把叔叔的故事給貝拉講過兩遍，貝拉稀裏糊塗地寫了兩遍。很簡單，貝拉顯然有健忘症，既然他能忘記曾經寫過一篇，當然更可能忘了伊蘇早就講過一遍的事。

「我抗議！」貝拉堅決不接受這樣的事實。他只承認自己把一篇小說寫了兩遍，但不承認自己把一個故事聽了兩遍然後又寫了兩遍。

「我看不出這裏面有什麼兩樣，同樣都是蠢事。」伊蘇得意洋洋地說。

「告訴我，」貝拉追本溯源地進一步反問道。「你又是從哪知道你叔叔的事？」

「有人給我講過。很早了，我記不得了，也許是我爸爸講給我聽的。」伊蘇也有幾分慌神。

「你爸爸那時並不在拉薩，他又是怎麼知道你叔叔帶着上校的小老婆逃走的。」貝拉終於發現了一絲破綻。

「我，我爸爸就是這樣講的。他在日喀則，你去問他好了，你去吧。」

「我是要去問的。」

「嘿嘿！我爸爸可是個編故事的能手，可惜他沒文化，要不早就當上大作家了。他要說他見過美國總統，你聽完以後也得信，你沒法不信。」伊蘇這時候很爲他那個會編謊話的爸爸感到自豪。

「聽說你的女朋友是學哲學的。」貝拉又轉了話題問道。

「對，她從不搞文學。」他警覺地說。

「怪不得，你的詭辯術用得不錯，好極了。」貝拉垂頭喪氣終於認輸了。

「是嗎？你是說，我跟她也學了一手。嘿！你不說我還眞沒想到。」伊蘇高興得眼睛發亮。

貝拉搔搔下巴，猛然想起來找伊蘇的第二件事情。他要求伊蘇給他幫個忙，他找了幾個朋友都不肯幫這忙。條件是事成之後，他給伊蘇寫一篇報告文學，讚頌他如何在各種逆境和重重困難中堅韌不拔地默默攀登藝術高峰，怎樣在美術界嶄露頭角。他把伊蘇種種不幸的遭遇一五一十抖落出來，聽得伊蘇連連點頭，感嘆萬分，覺得還是貝拉了解他，雖然有時跟他也來點小小的過不去。貝拉說他可以發表在《中國青年》、《十月》、《當代》、《收穫》上都行。

「我的意見是，發表在《中國青年》上。我也是青年嘛，」伊蘇鄭重其事談了自己的想法。

「好的，說定了。」

「需要我做什麼。」

「替我揍一個傢伙。」

「就一個傢伙。嗯，哪個單位的。」

「我不知道。」

「哪兒人。」

「美國人。」

「你怎麼……又跟美國人惹上麻煩了？」

貝拉說他前不久在一個叫佛蘭西斯的美國人開辦的英語速成訓練班上聽課。佛蘭西斯是美國芝加哥人，個頭矮小，長着一副娃娃臉。他只會說一點簡單的漢語，不會一句藏語。上課時全講英語，用實物模型講課。有一天上課，他從兜裏掏出兩個鷄蛋舉在手上，反複講了幾遍英語的名稱。他走來走去，走到腦子裏正構思小說的貝拉身邊，讓他重複一遍，他答不上來。爲了讓貝拉牢牢記住他手中拿的是什麼，佛蘭西斯把鷄蛋往貝拉腦袋上一磕，「叭」的一聲，碎蛋殼和黏乎乎的蛋清蛋黃糊滿了他一臉，一直流進脖子裏。沒等他叫出聲，第二只鷄蛋跟着又在他頭頂上開了花。「這是兩個鷄蛋。」佛蘭西斯十分認眞一字一句地說。貝拉的眼睛被糊得什麼也看不見，跳起身逃出了教室。

「這幫美國人在拉薩猖狂透頂，還找姑娘們睡覺，這還了得。」貝拉忿忿地說。

「你打不過那傢伙嗎？」伊蘇問。

「不，我還想學英語。」

「還想挨鷄蛋。」

「你教訓他的時候，用漢語警告他，以後講課時不許拿學生開心。」

「好的。警察不會找麻煩吧。」

「我跟刑警隊的人都熟。」

貝拉帶了伊蘇去巴廓市場上尋找美國人佛蘭西斯。巴廓的人非常多，走在裏面摩肩接踵，差不多有一半人是外國遊客。兩人在街上轉悠了半天，說這樣漫無目的走來走去很難找到。人人都在流動，他們不如在一個地方靜止等待。這巴廓是一個環形路，逛市場的人不會只轉一個圈。

在一個店鋪前，伊蘇碰見一個認識的女孩，叫卓瑪，他過去曾經給她畫過像。卓瑪倚躺在靠椅上，翻一本連環畫，顯出一副少婦懶洋洋的姿式。她的店經營着從印度、尼泊爾來的各種手鐲、首飾耳環和衣服皮鞋。

「喂！」伊蘇跟她打了聲招呼。

「是你嗎？好久不見了。進來坐吧。」卓瑪見了他很高興。

「這是我的朋友貝拉。」

他倆鑽進充滿檀香味的小店舖裏。

「咱們就在這兒等，」伊蘇說。「這地方不錯。是這帶最狹窄的地段，來往的人都能看清。」

「行，我躲住在這裏指給你看。」

「卓瑪，你這兒有後門嗎？」

「你掀開布帘走出過道就是院裏。」

貝拉躲在光線幽暗的屋裏，伊蘇在門外跟卓瑪聊天。

「你還沒結婚。」

「沒，有女朋友了。不過，雍西又來信了。」

「經常給你寫信？」

「經常……。但……」

「這就好。」

他不知道卓瑪想不想聽聽雍西的信。

「代我向她問好。喝點啤酒吧。」她打開兩瓶啤酒。伊蘇提進去，遞給貝拉一瓶。

「他來了，這傢伙。」貝拉在川流不息的人羣中發現了他。

佛蘭西斯胸前掛一架照像機，不知爲什麼還背了一架沉重的紅色背囊，正纏着一羣鄉下姑娘要給她們拍照。她們嘻嘻哈哈，躲躲閃閃，用衣袖掩住臉不讓他拍，手拉手牽成一串跑開了。

「看你的了。」貝拉拍拍他肩，掀開布帘溜了出去。

伊蘇走到卓瑪身邊說：「你把這個外國人引過來。」

「做什麼？」

「好玩唄。」

「喂，哈囉！」卓瑪朝佛蘭西斯揚起手招呼一聲，對他擠了個媚眼。

佛蘭西斯笑盈盈走過來，見伊蘇在喝啤酒，朝他們打了個櫃子，用不純熟的漢語說：

「來瓶啤酒。」

「我這兒不賣酒。」卓瑪搖搖頭。

「不——賣？」他指指伊蘇。「他喝了。」

「是自己家裏喝的。」她用藏語說。

佛蘭西斯聽不懂。晃晃腦袋，他那一副白嫩的娃娃臉看着着實叫人不順眼。

「想喝嗎？」伊蘇又提出一瓶，開了蓋，在手中晃晃，瓶口裏溢出一股香噴噴的白泡沫。佛蘭西斯舔舔乾渴的嘴唇，剛要伸手去接。伊蘇惡作劇地縮回來。佛蘭西斯點點頭，摸出兩元錢遞來。

「羅，羅，」他擺搖頭，張開五個指頭。

「五——元？」

「十元。」他翻翻手掌。

「十元？」佛蘭西斯氣得哼哼道。「就因爲我們外國人鼻子高，就要十——元？」

「伊蘇，別跟他胡鬧。」她碰碰他。

「那麼就滾遠點，你這個一身狐臭的傢伙。」伊蘇用藏語罵道。

佛蘭西斯捏捏鼻子，從對方的表情和語調中感到自己受到了侮辱。他晃起一隻拳頭表示警告。

「想打架？」伊蘇抬起雙拳，擺出一副拳擊的架式。

「耶斯，耶斯。」他點點頭。

「別瘋了，你這瘦骨經不起他一拳。」卓瑪扯住他胳膊。他一聲不響地掙脫後站起來。「跟我走。」他一歪頭，往一條小巷走去。佛蘭西斯老老實實跟在他後面。

走到一塊無人的空地上，伊蘇站住腳轉過身，心裏開始有些發虛。貝拉說他個子不高，但並沒有說他塊頭壯得像頭熊。佛蘭西斯把照像機和背囊小心地放在一邊。趁這空隙，伊蘇迅速撿起一塊尖石藏在背後。佛蘭西斯伸胳膊踹腿原地蹦跳了幾下，立刻擺出一副準備動作。看他這架式說不定在什麼拳擊錦標賽上拿過名次。伊蘇想，今天可要飽嚐一頓他的老拳了。佛蘭西斯右拳護住下巴，左拳抬在額前，把他的一副娃娃臉防護得嚴嚴實實，像一條撒歡的大狗圍着伊蘇左右跳動。接着他右拳在伊蘇鼻子底下試探性地戳戳點點。伊蘇身體側向他，一點不懂防護，只是悄悄地緊握石塊，一步步靠近對方。如果自己的鼻子遭到毫不客氣的一擊，他手中的尖石塊將毫不留情在對方頭頂戳出個眼來，因此他也不在乎自己的鼻子了。佛蘭西斯左竄右跳，發現了可疑之處，想繞到他身後看看他那只緊貼在屁股後面始終不肯亮出來的手裏究竟有什麼東西。伊蘇以爲對方想繞到自己身後來襲擊，也跟着他。於是，以伊蘇爲軸心，兩人開始兜起圈子來。

「你後面的有什麼？」轉了無數圈以後，佛蘭西斯堅持不住，停住腳步問他。

他把藏在身後的手伸出來。

「我看看可以嗎？」佛蘭西斯轉得眼冒金花，昏頭昏腦，看不清對方手裏拿的東西。

伊蘇遞過去。

「石頭？」他怪叫一聲。還給他，搖搖頭。「那麼，我們不比賽啦，我媽媽在密執安州等我回去過生日。」

伊蘇把石頭扔掉，手掌在褲子上蹭了蹭。他踉蹌幾步，也轉昏了頭。

佛蘭西斯收拾起自己的東西，看看周圍，大概有些昏頭轉向，回過身問伊蘇：「請問，剛才我們從哪裏來的？」

「前面。」他有氣無力地指了指。他也沒心思再打下去了。

回去後，他告訴貝拉，他已經把佛蘭西斯收拾了一頓。貝拉很高興，答應一定給他寫報告文學。第二次上課時，佛蘭西斯又摸出兩個鷄蛋問貝拉這是什麼，貝拉慌亂中支支吾吾忘了這個詞，結果兩只鷄蛋又在他腦袋上開了花，佛蘭西斯搖搖頭遺憾地用英語說：「你是一個不用功的學生。」

伊蘇卻提了畫具鎖了門溜到很遠的東部地區寫生去了。

「嗨！我一猜你今天準回來。」伊蘇空着兩隻手進門時，看見央金娜牡戴着耳機躺在床上對他歡叫。

他發現屋裏收拾得十分乾淨整潔，那些到處沾滿了油畫顏色的柱子、桌椅都被央金娜牡大概費了一番功夫用汽油全擦乾淨了。門背後的陳年垃圾被清除得不留一點痕跡，床上的被子也全部換洗一新。

他鼓起勇氣說：「這回，我的臉可是洗乾淨了的。」

「所以一進門就想跟我親嘴？」

「誰說了要跟你親嘴？」

「你不想跟我親嘴？」

「我想吃點東西，我餓壞了。」他渾身癱軟得站立不直。

央金娜牡開始像一個眞正的妻子似的爲他脫去髒衣服，扶他上床，蓋上被子，自己點燃一根煙塞進他嘴裏，在他床邊倒滿一杯甜茶，又拿了一隻大碗出去爲他端回一碗餃子。他餓極了，接過來一口一個三兩下吃光了。長長地舒口氣，重新點上一支煙，又說起在下面的遭遇。

很早就聽美術界的同行說，東部地區有一座寺廟廢墟，那裏面有許多寶藏，最有價值的是那裏面有幾堵保存完好的壁畫。由於地處偏僻，只有極少的幾個畫家去那裏臨摹了壁畫。他這次經過千辛萬苦，終於去了那地方，才發現寺廟重新修復了，而原來的那幾堵有壁畫的牆在重建寺廟時被無知的百姓們推倒，已經蕩然無存。還沒來得及叫苦連天，村民們發現了他是一個遠道而來的畫家，立刻向寺廟的喇嘛們匯報。不一會，喇嘛們十分殷勤地將他請進寺廟。原來寺廟修復完工之前，村裏唯一的一名老畫匠剛動手開始重描壁畫，很快就一病不起，前不久去世了。望着空空蕩蕩的新牆壁，喇嘛們一籌莫展，這附近幾百里地再也找不出第二個畫匠，一座寺廟沒有壁畫就像人沒穿衣服一樣。此刻伊蘇的到來如久旱的莊稼見了雨水，他們十分懇切地希望他留下來，將這座寺廟裏所有的壁畫按過去的樣子全部複製出來。他將會得到最好的條件和最高的報酬。至於顏料、工具等等一切所需要的東西通通都會給他解決。伊蘇不知道這一切該怎麼辦，他問一個老喇嘛，當年的畫匠描這座寺廟的壁畫用了多長時間。誰也不知道了，它有八百多年的歷史。按照一般的推算來粗略地估計，要是只有一個人大概得畫十二年的時間。伊蘇一聽嚇得差點昏過去，十二年，那不死在這裏面了。他無論如何不答應。他說自己是國家工作人員，是來出公差的，到時間不回去單位會來找人的。就讓他們來找好了，等你們領導來了再跟他談。但是你首先必須留在這裏，酥油茶牛羊肉我們多多給了。這樣一來，伊蘇被當人質給扣留了。

他知道要是留在這裏描壁畫，當然會挖掘出許許多多傳統藝術的奥秘，其價值是難以估量的。但是，天哪！十二年，就算一年，他也難以在這個幾乎與外界隔絕的窮鄉僻壤裏呆下來。何況，他時刻沒忘記他的叔叔不久就會將他接到歐洲去，那是一個他無法想像的世界。終於在一個黎明前的黑暗中，他用繩子從窗戶外溜了出去。在寺廟裏他被整整軟禁了五天，他一路不停地奔跑，躲過喇嘛們的追趕，也不敢去有炊煙的人家找點吃的，他們大部分都接到關於追捕一個畫家的通緝令。好不容易終於站在一座山峰上看見了山腳下一條公路，他欣喜若狂，連翻帶爬奔下山腳。靜靜地等了幾個小時後，搭上了一輛滿載着一羣善男信女去拉薩朝佛的大卡車。快到拉薩時，汽車滑進公路邊的斜坡下，由於他坐在駕駛室的頂棚上，一下被甩進了河裏，幸好水不深，他濕淋淋爬了上來。

「所以，這回你的臉可是洗乾淨了。」央金娜牡聽了以後說。

「你以爲這些事情是戴着耳機舒舒服服躺在床上聽音樂就能經歷到的嗎？」他爲央金娜牡對於自己的遭遇顯得無動於衷感到十分悲哀。原來他以爲她聽完之後會將他摟在自己懷裏，流下一串驚駭和同情的淚珠，他會靜靜地躺在她懷裏睡上一覺。

「瑪多娜。」她突然說。

他不吭聲，愣愣地望着她。

「瑪多娜。」她又說了一句。

「對，瑪拉多納。」他點點頭。「好多場球我都沒看到。」

「錯了。」旦朗說，「我的演唱跟瑪多娜……是兩碼事。」

「瑪多娜。我想起來了。」他一拍腦門。「她是歌舞團新來的嗎？」

「唔，她在美國。」

伊蘇看看她，嘴裏含混不清地嘟噥着什麼。他想，貝拉沒來纏央金娜牡作他的學生，旦朗卻物色到了一個歌手。

「這傢伙，他到底找來了。」他十分沮喪地說。

「是我找他的。他眞帥，像個王子。他說可惜我的嗓子太甜了一些，讓我多吃辣椒。」

「他跟你握手了嗎？」他想起一個嚴重的問題。

「記不得，好像握過。」

「打電沒有？」

「哪來的電。」

「啊哈。」他鬆了口氣。「他跟你到底沒緣份。」

「是的，他不要我。他說除非我多吃辣椒。」

「那你還是別吃辣椒。」

「我不吃。」

「你愛我嗎？」

央金娜牡一聽瞪圓了眼，像嗓子眼裏被什麼東西卡住了，接着噴出一串開懷大笑。她像一頭母豹撲進他懷裏，兩個人在床上抱成一團。用貝拉的話說開始脫衣服互相檢查身體了。這回他忘了在門後抵上一根棍子。正親熱得難解難分時，帕珠闖進來。見兩人光着身子纏在一起，撇撇乾癟的嘴：

「哦嘖，不要命了。孩子們，快起來看電視。」

「奶奶，這深更半夜的哪來什麼電視。」

「聽說是最後一場足球了。」

伊蘇才想起現在是凌晨三點鐘，十三屆世界杯足球賽最後一場爭奪冠亞軍的決賽就要開始了。他抱着央金娜牡不肯鬆手，頭也不回地說：「我們一會兒就來。」

帕珠關門退了出去，剛走兩步又回來探進個頭問：「你們看上半場還是下半場？」

「下半場，下半場。」他連連回答。

「把門抵好，小心有人進來看你們的下半場。」她惡聲惡氣地嚷嚷道。

阿根廷隊終於獲得本屆世界杯冠軍。伊蘇這回大獲全勝，他下的注正好壓在阿根廷隊上，兩個女人卻全壓在西德隊上。伊蘇高興得狂歡，這是他與帕珠在無數次電視體育節目所下的賭注中贏得最精彩的一場。兩個女人輸了以後無精打采。帕珠關了電視，兩眼發直，顫顫巍巍躺上了床，說不定第二天她要大病一場，央金娜牡唉聲嘆氣回到了伊蘇屋裏。伊蘇跑到樓下跟院裏一伙爲了看這場比賽不惜熬到大半夜的小夥子們高談闊論，他們打開了一瓶瓶啤酒，興奮不已。伊蘇對瑪拉多納精湛的球藝佩服得五體投地，一說起他口氣顯得特別親切，彷彿瑪拉多納是他表哥。

央金娜牡一人在屋裏等伊蘇，無聊地走來走去。她聽見屋頂角上有老鼠的動靜，百無聊賴地拿起一支畫筆四處捅捅。最後捅出了伊蘇的秘密，從屋頂牆壁縫裏掏出一疊雍西的來信。

半個小時之後，伊蘇有幾分醉意踉踉蹌蹌回到屋裏，一見央金娜牡坐在燈下像一尊復仇女神的塑像，再看看攤在一旁的信件，他知道平日所擔憂的事終於出現了。他忽然不明白自己爲什麼當時不把那些該死的書信通通燒掉或甩進厠所裏，幹嗎留着呢。

他囁嚅着顫抖的嘴，半天說不出一句話來。

兩人僵持了很長一段時間，誰也沒說一句話。伊蘇頭重腳輕有些站不穩，他暗自祈求央金娜牡不管作出什麼反應來，他就可以挪挪身子了。

央金娜牡忽然笑起來。伊蘇感到這聲音很可怕。她笑着笑着轉成了一串抽抽答答的哭泣，他這才找到一個活動身子的機會。

他輕手輕腳走到她身邊，柔聲地說：「咱們睡覺吧。」

「天哪！」她一聽。氣得鼻子冒煙，從床邊一下跳到窗臺上坐着。

伊蘇對自己如此懼怕感到了幾分自卑和懊惱，他現在才知道他是愛她的。他不敢再吱聲，剛才的一陣興奮，加上多喝了一點酒，現在太陽穴嗵嗵直跳，在這關鍵的時刻睏勁卻上來了，他拚命擠眉弄眼還是無法抵擋，他實在支撐不住，身體不停地往下墜。最後，他彷彿自言自語地說：「我先躺一會，就躺一會。」

說着一下癱軟地躺在床上。

「我要自殺！」她忽然嚎叫一聲。

他從床上彈跳起來。琢磨一陣，央金娜牡是在威脅自己，她只是嚷嚷而已，她不會自殺的。不會。他重新躺下，立刻昏昏沉沉。

不知過了多久，在一片混沌朦朧中聽見一陣窸窣聲，迷迷糊糊覺得央金娜牡在翻什麼東西。又聽見瓶蓋掉在地上的聲音，他猛地清醒過來，知道她在翻裝藥的抽屜，他想起那裏面有大半瓶安眠藥。他「呀！」的一聲驚叫重新彈起來，一下子看傻眼了。

她已經把一瓶藥通通倒進了嘴裏。把空瓶扔在地上，隨即一手舉起他剩下的半瓶啤酒咕咚咕咚往嘴裏灌。

記不清誰講過，服了安眠藥再喝酒，藥物立刻就會發作。

「傻瓜！你別吃進去呀！」伊蘇昏天黑地旋風般衝過去，一把掐住了她的脖子，另一隻手也不管會不會被咬斷手指便塞進她嘴裏，一直深深地往她喉管裏探去，拚命想把吃進去的藥掏出來。

「咔……咔……」她被掐得翻起白眼，咳不出聲來。

「快吐出來！吐呀！」他急得在她嗓子眼裏亂掏一氣。

她憋得滿臉脹紅，死命地把他的手往外拉，擠出哼哼唧唧嘶啞的聲音：「我……沒吃……」

「完了！全進肚子裏去了。」伊蘇快要哭出聲來，死活不肯鬆手。

她晃動腦袋抵擋說：「那，是……酵母片……」

他勾下身撿起瓶子一看，眞是酵母片。

「你差點把我掐死。」她揉着脖子，細嫩的皮膚上刻着幾個深深的指甲印。她靠在他懷裏，一想起他那隻令人惡心的髒手塞進自己嘴裏，再想起那些滿紙稱他「寶貝」的信，她哇的一聲大哭起來：「這個精神病女人。」

他好不容易找到一個解釋的機會：「是的，事情是這樣……」

「你別說，什麼也別說，我不想聽。」她叫道。

第二天中午伊蘇醒來，發現央金娜牡不知什麼時候悄悄地走了。也沒留下一句話，把她所有的東西全帶走了。

伊蘇想，他也該走了。

這羣朋友裏最後見伊蘇一面的是貝拉。

他去醫院看望多羅。多羅到底還是從舞臺天橋上掉了下來。演出正在進行，一只打特殊效果光的燈出了毛病。過一會就要使用這只燈了，他的助手躲躲閃閃說沒把握修好。他搖搖頭，只好爬上天橋，舞臺上演出的正是夜景，只亮着一片微藍的氣氛光和一束追光。上面很黑，他看不清，因爲身體太重，每跨一步都要試探性地踩踩前面的木條，結果重心剛移過來，木條就踩斷了。他殺猪般地嚎叫着從空中落下來，聽見自己身體落在舞臺上發出的一聲悶響，整個過程跟他平日憂心忡忡所想像的一模一樣。

貝拉來時，他病情好多了。只摔斷兩條肋骨把肺戳破了點，一隻腳踝扭壞了，沒什麼大的毛病。閒聊中，貝拉又說起自己小說裏內容飛走的事。

多羅一聽，立刻說：「你去找伊蘇，全在他那兒。」

貝拉蹬起自行車奔伊蘇屋裏。

伊蘇像個囚犯坐在地上，對面是一架畫幅較大綳上白布的畫框，上面被炭條亂七八糟塗着道道，有些地方被手抹得烏黑一片，瞇起眼仔細一看，彷彿有兩個人站着，分不清是正面還是背影。伊蘇形容憔悴，鬍子和頭髮結在一起像個野人。屋裏髒極了，滿地是煙頭。

「快把雍西的信都給我拿出來。」貝拉說。

伊蘇聽了，連眼皮也沒擡起來，慢騰騰爬過去從床底下把一疊信扔給他。

「哎嘛，寶貝。」貝拉接過來驚奇不已。

「滾！」伊蘇惡聲惡氣地說。

「我不知道它是怎麼溜出來跑到你這兒來的。」貝拉說。「我不知道這是怎麼一回事，簡直不可思議，等我弄清楚後我會告訴你的。」

「我不想聽你的神話。」

「哦。那麼，再見。」

「再見，也許過些日子我就去瑞士了。」伊蘇神志恍惚地說。

貝拉知道他根本就沒有一個叔叔在瑞士，他總是胡思亂想，沉湎在一個虛幻的世界中。

他以為去瑞士來個百米衝刺就能跑到，有那麼容易嗎？如果他說他有個叔叔在地獄裏，倒還讓人覺得可信。

貝拉這個中篇小說寫的是一個有思想有才華的女大學生。他把主人公寫得太過分了，近乎於一個先知哲人，正因為她什麼都懂，所以對現實生活的種種毛病和弊端，對各種歪風邪氣感到憤怒和苦惱，同時又無法改變這一切，並且她的種種行為都不被人們理解，包括她的親人、朋友、同事和她的情人。她終日情緒低沉，神情憂鬱，最後患了精神病，被送進了瘋人院。她有一個怪癖：成天無休止地寫信，給想像中能理解她的偉人寫，給她的仇人寫，給那些執迷不悟的朋友寫。有點像美國作家索爾・貝婁筆下的赫索格（索爾・貝婁長篇小說《赫索格》中的主人公。）先生。貝拉這篇小說的許多內容就是以女主人公思維混亂的形式寫成的。

無論如何，他還是弄不清這些信怎麼會從小說中飛了出去。

沒人知道伊蘇去哪兒了。他離開的時候把那幅〈善女帕珠——靈魂升天圖〉送給了帕珠，大有壯士一去不復返的氣派，並囑咐她說有一個外國人出三千塊錢買這幅畫他沒答應，帕珠信誓旦旦地說出一萬塊錢她也絕不會賣。

央金娜牡有一天想來找伊蘇談談畢業後和他結婚的事，發現屋裏已空空蕩蕩，只留下一堆破爛和垃圾。除了牆上掛着一幅很大的畫，別的東西都沒有了。帕珠告訴她說這畫是留給她的，他知道她還會來，便留在這裏送給她作個紀念。這幅油畫畫的是一男一女兩個人的背影，一看就知道人物的原型就是伊蘇和央金娜牡，畫得十分逼真，室內環境畫的也就是這間小屋。他們兩個人各站在一個窗戶前，遠處是濛濛的一片雨霧，城市建築在雨霧中模糊可見，畫面靜止，色彩稀薄單調，透出一股無可奈何的淡淡的迷惘孤寂和失落感，從這種失落感中又有一絲神秘的氣息，使人聯想起美國畫家懷斯的藝術風格。題目叫〈下雨了〉。

央金娜牡知道，伊蘇再也不會回來了。

有人說，伊蘇考上了中央美術學院，他準備四年畢業後再繼續考研究生；有人說他去昌都邊遠的山區一所新修復的寺廟裏穿起袈裟當了畫匠，在裏面繪壁畫，他一個人至少要花六年時間才能把整座寺廟所有的壁畫繪完；也有人看見他去外事處辦理了出國護照，想必他的確有個叔叔在瑞士。

秋去冬來，央金娜牡還在上學，到第二年的秋天就該畢業了。她跟幾個男孩相好過，每次都很快就分手了，變得心灰意冷。有一天她漫無目的地走到布達拉宮後面的覺綠康公園湖畔，發現這年冬天湖上的冰結得很薄，再也沒人敢在上面滑冰。周圍冷冷清清。一枝枝灰色的樹幹毫無生氣地立着，地上的乾草泛着枯黃的顏色，有一對情侶從她身邊走過去了。央金娜牡知道自己非常非常懷念伊蘇，她怎麼也忘不了當年的一個冬夜在這裏與他邂逅的情景。

面對往事，不堪回首，她覺得嗓子裏有什麼東西給堵塞住了，她痛苦萬分，喘不過氣來。她死死握緊了雙拳，彎下腰迸足了全身的力氣，癲瘋一般爆發出了長長的一聲撕肝裂肺的叫喊，把積鬱多時的痛苦和悲哀通通發洩了出來，接着從嘴裏噴出一口血。這聲叫喊，使她眼球充血，喊炸了肺部，撕裂了聲帶。

後來，拉薩人在節日的林卡或星期六晚上從錄音機裏常常能聽到一個女歌手聲音沙黯嘶啞，如訴如泣的歌聲，充滿溫潤傷感的韻味，她演唱的歌曲既不是古老的愛情民歌，也不是模仿內地和國外的現代流行曲。這是一支由旦朗率領的名叫「男孩子」的樂隊在演奏，由貝拉寫詞，旦朗作曲，深爲拉薩青年人所喜愛。許多男孩迷上了央金娜牡的歌聲，終日爲她神魂顛倒。

其中一首歌的名字叫〈夏天酸溜溜的日子〉，紅極一時，是央金娜牡最喜愛的一首歌，她每次演唱這首歌時淚流滿面，泣不成聲，令無數聽眾傾倒。歌詞大意是：夏天就要過去了。我平靜地等待冬天的到來，到冬天我將作一個妻子，作一個努力使丈夫滿意的好妻子。

他會對我說：你找到了新的生活方式。我很平靜，因爲我知道我全部的愛和恨，都留在了夏天。那酸溜溜的日子再也不回來了，我眞懷念它呀。哦，那酸溜溜的日子。

不知伊蘇是否聽到了這來自遙遠的歌聲，也許此時他正在什麼地方抱着收音機悄悄地哭泣。

【古宅】

田地像老牛皮般布滿裂痕，在山腳被分割得東一塊，西一塊。泥土硬得像鋒利的石塊。農民們拖着疲憊的腳步從田地裏集體收工了，拖着鐵犁、鍬鎬、皮繩，牽着牲口，在夕陽金色的土道上留下一條條歪歪斜斜的拖痕。幾隻覓食的烏鴉在牲口留下糞便的土道上來回跳躍。女人們背着尖底柳條筐，粗糙的皮繩從她們寬大的額前勒過。她們勾下頭，機械地捻着手中的毛線軸，柳條筐裏裝着從不啼哭的嬰兒。他們在地頭旁的臥牛石的陰影下望着藍天，望着田地耕作的母親，度過了一個漫長的白晝。

夕陽在農民的身後悄悄地隱退，在他們眼前的土道投下一個個東倒西歪變了形的長長的陰影。他們往村裏走去。

那時，他們被稱之爲紅色神聖的公社社員，在公社貧瘠的土地上集體出工、集體歇息、集體收工。他們對綿綿羣山之外的世界一無所知，卻知道在很遠的地方，很久的年代曾經有一個「流血的巴黎公社」。那只是一個非常模糊的名詞，如同當年有一位喇嘛講經時說起的人生涅槃境界那般模糊。

一個老人在村頭的亂石灘上用鐵鍬和血淋淋的十個指頭刨出了幾條地基的深溝，溝裏灌滿了渾濁的地下水。他用一只破銅盆一遍遍往外舀水。這活已幹了幾年，地下水永遠排不盡。他在無休止地重複着這個極其簡單、極其辛勞的舀水動作中耗磨去自己蒼老的歲月。

他叫朗欽，曾經是這個村莊第一任人民公社的社長。後來被安上一個世世代代從未聽說過的外來的新奇古怪的罪名：「墮落的蛻化變質分子」。從此，他被指派在這片亂石灘上爲修建一座公社倉庫挖地基，從溝裏舀着永遠舀不乾的污水。

社員們從他身前走過。所有的女社員們的眼睛都亮了。一起望着他露出了微笑，有溫柔的微笑、憐憫的微笑、甜美的微笑、痴呆的微笑、苦難的微笑、勾魂的微笑。她們始終愛着他。直到四十七歲時，朗欽還是一位童男子，在不到十年裏，他占有過村莊裏所有已婚的、未婚的、美麗的、醜陋的、聰明的、愚笨的、健康的、多病的、活潑的、文靜的女人。她們為他一共生下過二百三十七個青一色的女兒，其中有一大半因疾病和各種不幸而夭折。他的女兒們左臂上都有一塊像隻眼睛似的紅色胎記，這些紅色胎記在後來的歲月中，在遙遠的聖地拉薩，成為他辨認自己每一個女兒的標記。這些貧窮的女社員們唯一感到自豪的是她們的肚子就像是開不完的花朵，隨時隨地都在結果。除了為自己的丈夫生兒育女外，她們仍然繼續努力地為朗欽生出左臂上印有紅色胎記的女兒來。即使在他從高貴的社長淪為「墮落的蛻化變質分子」以後也同樣如此。

社員們走過去了，有一兩個女人將隆起的肚子輕輕撫摸着，在無言的微笑中告訴他：又有了，是你的。

老人表情漠然，彎下身繼續舀水。他雙腳淹沒在水中，已泡得腐爛發白，皮肉脫落爛掉，像一塊塊奶酪皮掛在雪白的腳趾骨頭上。

一輪冷黃的月亮從山背後升起，又大又圓，高懸在黑色的蒼穹之中，彷彿是古老黑暗世紀冥冥之中的一塊聖潔的亮盤，給大地投下幽冷的寒光。村莊的房屋、樹林在月光下像奇形怪狀的黑色的剪影，只有土道兩邊磨得光圓的石頭泛着璀璨的青亮。月色把道路和羣山伸到矇朧的遠方。

村莊大部分人去區裏看電影了。幾個月難得看上一次，都是連續看了好幾年的舊片。只有孩子和老人留在家裏。路途太遠，來回要走上三四個小時。他們早早睡了。用石頭砌成的低矮的農舍，每扇狹小的窗戶像一個個黑洞沒有光亮。

村莊沒有一絲光亮，沒有一絲嘆息，如同一座被人遺棄荒廢久遠的死村。

打麥場的棚簷下，堆放着生了銹的農具。這裏沒電缺油，運來的脫粒機、播種機、揚場機和水泵馬達從沒用過，變成了一堆廢鐵。

打麥場被月光映照得潔白如雪，靜悄悄的。

朗欽老爹和一個女人躺在脫粒機邊的一塊破草墊上。黑暗中，偶爾傳來朗欽老爹一聲輕微乾啞的咳嗽。女人叫拉姆曲珍，曾經是這方圓上百里的一個至高無上的莊園主，一個美麗而殘忍的貴族女郎，因爲一樁不幸的愛情，她從拉薩遷居到此，接管了家人在西藏各地許多處莊園的其中一座。她摒棄了城裏與貴族公子哥花天酒地糜爛豪華的生活，在這裏過着獨身的日子。多少歲月無情地流過，那些曾經作過她女僕的小姑娘們如今都變成了皮肉鬆弛的老婦人，她卻依然丰姿綽約。一個年輕女人的美麗成熟的風韻和容貌猶如刻在石頭上的經文，任憑風吹雨淋，時光流逝，永遠固定在她臉上了，再也不會變老。人們爲這位永不衰老的冷酷美人的年輕感到驚奇不解。從年齡的計算中，她大約該有七八十歲了。如今她一無所有，淪爲比野狗還下賤的可憐人。在新世界的公社社員面前永遠低着頭，見了來人遠遠地弓下腰站靠在路邊，雙眼不敢擡到膝蓋以上，恭候來人大搖大擺從她身前走過。自從莊園主的寶座上跌落下來後，她成爲每個男人任意蹂躪發洩的對象，但男人們每次發洩過後，第二天都四肢冰涼，舌頭發麻，全身無力，像大病一場久久不能康復。他們說她渾身流淌着毒蛇的血液，是羅刹女的化身，身體透着陰冷的寒氣，便再也不敢碰她身子了。

兩人坐在黑暗裏，朗欽老爹掏出鼻煙壺慢慢吸着鼻煙，他們不作聲響，眼睛朝同一個方向望去。

村裏一團團黑魆魆的輪廓中，聳立着一幢高大氣派的黑影。這就是那座多少世紀以來象徵着權力和高貴的莊園古宅，如今失去了主人的寵愛，顯得寂冷而又悲壯。

「那曾經是我的。」朗欽老爹自語輕輕的嘆。

「那是我的。」拉姆曲珍美麗的大眼透出一道熱烈的兇光。

「後來，我占了你的臥室，我占了整座房子。」朗欽老爹嘿嘿地乾笑起來。

「終有一天，我還要搬進去的，這是神的意志。」拉姆曲珍用激動顫抖的聲音說。

「他們夢想恢復失去的天堂。」朗欽老爹沒說出口，這是他當社長時曾經從區委書記的嘴裏聽過無數遍的話。看來，事實的確如此無情。

早先，朗欽是莊園女主人拉姆曲珍眾多僕人中的一員。是住在古宅最底層終日不見陽光的一個角落裏最卑賤的奴隸，沒有一絲一毫的人身自由。是一個被高貴的女主人的美麗折磨得夜夜難以入眠的美男子。她殘忍地虐待他，就因爲他長得像拉薩城那位拋棄了她的貴族公子哥。她把對公子哥的刻骨仇恨通通發洩在朗欽身上。她讓莊園所有的差民百姓都知道朗欽是專門在夜裏侍候她的奴隸，卻從來不讓他碰一下自己的身體。她在慵倦中做出風騷的睡態，讓他站立在一旁，時隱時現出自己女性的隱秘肉體，撩撥起他旺盛的情慾，同時對他施以嚴密的監視，平日不讓他與莊園任何一個女人有絲毫的接觸，讓手下的人用鐵鏈拴在地層的角落。他默默無言，瘋狂地仇恨女主人，也瘋狂地迷戀女主人。

朗欽老爹閉上眼，感到一陣眩暈的光亮。他看見那一縷強烈的陽光從厚實的石牆狹長的三角形透氣縫裏穿射進來，在漆黑的古宅底層的暗道裏形成一條奇妙的光帶。無數微細的塵埃翻滾騷亂地湧向光帶。他望着光束在靜止中移動到了暗道木樁上的裂縫處，光線照到這個位置就是頭頂三樓上女主人從長長的午睡中醒來的時刻。他彎著腰穿過低矮厚實的門框，沿通道冰冷潮濕的石壁走上一級級石階，上面光線豁然明朗，一扇半掩的玻璃窗戶上陽光的反射正刺着他眼睛，他捂着眼。在一間厨房裏先洗淨雙手，取過一只刻着花紋圖案的銀盆舀進半盆熱水，從木架取下女主人雪白的毛巾放進熱水盆裏，端着踏上一級級鑲銅皮的寬大的木梯臺階，走上三樓，穿過空曠的門廳，站在南邊第二扇垂着鑲藍十字的白門帘邊，恭敬地等候裏面的動靜。不一會，裏面傳來悅耳的細鈴聲，朗欽帶着僕人特有的那種謙卑恭順，矯柔造作的步態，端着熱水盆眼睛不敢斜視，只盯着在水中漂晃的白毛巾走到女主人的大床邊。在拉姆曲珍冷面無情，浪聲浪氣的百般挑逗下，他不得不擡起膽怯的眼投去順應短暫的一瞥，散亂的烏髮，半裸着起伏的胸脯，情欲如火的醉眼，渾圓的臂膀，酥白的腿。他把牙咬得嘣嘣響，死死閉上眼，全身肌肉緊繃得如同一塊塊生鐵般堅硬。整個身體在顫慄，陷入了狂熱的迷亂，忍不住從牙縫裏迸出了幾聲痛苦的呻吟。這正是女主人最開心的時刻。

這殘酷的煎熬隨着一個時代的結束而崩塌了。山谷的第一個脆響的槍聲，劃破了寂靜的山脈，迴響在藍天下。隨後，時疏時密的槍炮聲在光禿禿的山谷連續不停地隆隆震盪。莊園裏的人們不知山那邊發生了什麼事，那些日子裏，只見女主人的管家、親信和僕人在這座古宅裏出出進進。他們背起了長槍和腰刀，大大小小的牛皮包馱上了驚恐不安的馬背。後來，身穿紅色披風的女主人走出了古宅，高傲冷漠的臉上透着一絲惜別的悲戚。她踏在朗欽撲在地的背脊上跨上了馬，最後慢慢轉過身，用十分平靜的口吻對他說：「現在，你自由了。」一隊龐雜的人馬在下午黃色的風沙裏開出了莊園，道路揚起陣陣塵土，長長的馬隊在風沙塵土中向荒漠的山腳遠去。

朗欽孤零零地站在莊園古宅的石階上。古宅已人去樓空，他的心也空蕩蕩的，腦袋一片空白。女主人賜給朗欽的全部自由，使他對自己變得陌生起來。他伸伸自己的胳膊，擂擂自己的大腿，沒有一點感覺，都不像是屬於自己身體的部位。他清醒過來，瘋了一般衝進古宅，衝進女主人寬大的客廳、豪華的臥室。裏面像被人洗劫過似的亂七八糟。這凌亂不堪的情景激起他從未有過的一種破壞和征服的慾望，他像一頭發怒的雄獅大叫一聲，撲向女主人寬大鬆軟，被毯未疊的床上亂滾亂咬抓起他從未敢碰觸一下的柔滑似錦的綢緞被子裹在自己身上拚命地吸着殘留的女主人肉體芳香的氣息。一頭污垢蓬鬆的亂髮在綉花邊鬆軟的枕頭上亂磨一氣，撕裂了枕套，裏面的枕蕊像雪花般飛出來沾了他滿頭滿臉。潔白如玉的床單到處印上了一片片污黑的油迹，皺巴巴擰在了一起。他後來跳起身，去樓下兵器庫裏搜出一把長刀，又衝到古宅外的馬厩裏，裏面還有幾匹沒牽走的馬。他解開繮繩拖出一匹暴烈的公馬，翻身躥上馬背，用拳頭狠命搗着馬的臀部。烈馬一聲驚絕的長嘯，衝出了莊園。

五天以後，彷彿是從天外邊來的一羣陌生人進了莊園。他們帶來了一個新時代的氣息。莊園的人們正興高采烈地接受工作組分發的牲畜、農具、財產和銀元時，朗欽渾身是血騎着馬返回來了。馬背上還臥着一個人，是被捆綁着的衣衫單薄的女主人拉姆曲珍。人們發出一片驚叫。

朗欽沒有對任何人說起他是怎樣從一羣保鏢和僕人中間把拉姆曲珍搶回來的。不管怎麼樣，他由最卑下的奴隸一舉成了抓獲叛逃貴族分子的英雄。當工作組的人問到這位一貧如洗的英雄需要什麼時，朗欽眼裏射出野獸般的寒光，大吼一聲：「我要跟拉姆曲珍睡覺。」

他們目瞪口呆，平靜之後一想，與其他那些膽小如鼠，戰戰兢兢的差民百姓相比，他這一聲大叫無疑具有一種非凡的膽量和超人氣魄。他們什麼也沒說，任他自行其事了。

當晚，在拉姆曲珍亂糟糟的臥室裏，圓月初升，一縷銀光從窗外流瀉過來，照在慘白淩亂的大床上。朗欽乾裂的嘴唇凝聚着黑色的血，肩頭槍傷的劇痛震撼他的全身，血液在太陽穴裏發瘋似的悸動。他感到耳朵裏正流着金屬般的液體。他懷着垂死一般的絕望和極度的恐懼，懷着極度躁熱的迷亂，身體如同一座倒塌的山峰壓向像綿羊般柔軟的拉姆曲珍。她冷酷的身體動搖了，美麗的臉孔在驚駭中扭得出奇的醜陋，在朗欽懷着報復的兇猛無情的穿刺下昏厥了過去。

就這樣，在新世界翻天覆地的日子裏，朗欽擔任了第一個互助組組長，第一任貧協主任，第一任人民公社社長。他成了這古宅的主人，搬進了拉姆曲珍寬敞舒適的臥室，從佔據整整一堵牆的落地玻璃窗戶向外瞭望，他成了這個村莊至高無上的主人。剛成爲主人時，他還每月同農民們一起在烈日當空的田地裏一起耕作，春播秋收。漸漸地，只是背起雙手去地頭轉悠一圈。他是幹部，常常要去區裏開會，便騎上村裏最好的一匹公馬，背着一支步槍，在回來的路上獵回幾隻野兔、山鷄，運氣好時還能打到野羊、獐子。再後來整日蹲坐在臥室裏，靠在獐子毛墊子上舒舒服服地曬着太陽。昔日貴族女郎的廚師又成爲他的廚師，昔日貴族女郎手腳麻利的聽差又成爲他的勤務員。他的社員們跟昔日的差民百姓和奴隸一樣，爲這位新的主人源源不斷地貢奉上酥油、牛羊肉、奶酪和大罈的酒，他們認爲這是天經地義的事，他終於品嘗到人間的權力、富貴和尊嚴的滋味，他終於明白爲什麼有人永遠在死氣沉沉的土地上世世代代地辛勞耕作，在烈日底下暴裂了背上的皮膚，磨爛了手掌，耗乾了血汗，有人終日酒足飯飽之後站在高高的陽臺上賞心悅目的飽覽這大自然恬靜的田園風光。原來一個統治者的寶座是這樣具有不可抗拒的誘惑力，如同得到某種魔法。原來那些沉默不語的山川、樹木、石頭、田地、房屋忽然具有了生命，你突然明白它們全都是屬於自己的，你可以任意支配它們。更不可思議的是，他還能隨意支配他腳下的每一個公社社員，隨意支配那些和他同樣長有一雙眼睛，一雙手腳，一顆腦袋和一副強健身軀的活人。

到晚上，無言的女社員們甘願排在古宅的臺階下等候主人的隨意使喚。每一個從古宅大門弓着腰悄悄溜出的女社員懷裏都揣着一小坨酥油或一條肉乾，這是社長對她們身體的奉獻所賜予的報酬。她們從沒想過手中的賞物正是白天丈夫貢奉上去的一點零頭。她們心滿意足，何況，他還是一位雄性十足的美男子。她們毫不怨恨他，相反地報以深深的感激之情。每個女社員都希望能得到他的寵愛，這樣在地頭可以得到比別的女人要多一點給孩子餵奶的時間，在年終分紅時的工分記錄簿上能多加上幾分。

她們爲他生出了一個一個左臂上印有像隻眼睛的紅色胎記的女兒來，並深深引以爲榮。

昔日的貴族女郎拉姆曲珍，住在昔日僕人們棲身的一排低矮土屋的一間臭烘烘頂上裂縫的倉庫裏，夜夜與老鼠和跳蚤爲伴，整日像幽靈般背着柳條筐幹着最繁重的勞動。默默忍受大人和孩子對她啐唾沫、扔石頭、在她身上施以各種殘忍的惡作劇。她像乞丐般衣衫襤褸，蓬頭垢面。只是在月色下的小溪旁，她悄悄洗淨了臉，對着溪水在月光的映照下，才發現自己還是一個美人。

她的頭髮忽然被一隻粗大的手揪住，把她扳倒在地。是威嚴無比的社長朗欽。她慌忙爬在地上，捧着他一雙酸臭的大腳連連磕拜，嘴裏連聲抽氣地哀告：「啊對不起，求求你，對不起。」

十五的圓月，明如銀鏡，朗欽撕開了她的衣服，然後不慌不忙，心平氣和地消遣了一番。他每次來找她總是在十五的滿月夜晚。他從沒意識到這點，那是大自然神秘的力量在調節着他的情欲。同時神明賜予了她身體一種奇妙的生物周期，只有在十五圓月的夜晚，她的血才是熱的。這使得朗欽不知不覺中在她身上免遭了那股陰森森寒氣的侵襲。

朗欽像所有的西藏農民一樣，永遠不明白一九六八年的那場從東方席捲而來的紅色風暴對於他們意味着什麼。在這場風暴中，朗欽從古宅高高的陽臺上披刮落下來。一夜之間，他成了拉姆曲珍的鄰居，住進了她隔壁的一間熏着黑煙的臭烘烘的小屋。他跟拉姆曲珍以及其他幾個被稱之爲代理人、富農和壞分子的男男女女一道被押上村裏廣場的土臺上。他的一雙胳膊被兩個戴紅袖章，渾身散發着臭煙味的男人向後高高架起，肩膀關節幾乎快要折斷了。他被壓得深深彎下腰，他感到不可遏止的憤怒，他跟同臺被押的那幾個人在階級身份上如同水火不相容。縣裏來的工作組給他定了一個罪名：「墮落的蛻化變質分子」。他掙扎着硬起脖子問道：「這算是哪一條罪呀？」

「因爲你腐化墮落，跟許多女社員睡過覺。」旁邊的人告訴他。

他更加憤怒，也更加迷茫。祖祖輩輩的歷史，千百年的世態風俗以及那個舊時代的法典上從沒告訴過他：跟女人睡覺也算是一條罪狀，並且是一條不可饒恕的大罪。啊！啊！啊！他悲憤欲絕，有口難辯。女人們像崇拜神靈一樣崇拜他，熱愛他，給他生下這麼多的女兒，爲公社增添了這麼多如花朵般可愛的未來的女社員。她們長得健康壯實，她們將會過上好日子，會嫁人，作母親，爲男人生兒育女繁衍後代子孫，這有什麼錯！

他目光堅毅地朝臺下望去，女人們個個掩面而泣，爲他流下了同情的眼淚。

「看！她們的眼淚不正說明她們都是蛻化變質分子朗欽的受害者嗎？」臺上一個陌生的聲音咋咋唬唬地在大喊。

突然，臺下密密麻麻的人羣中一下冒出一羣黑乎乎的小腦袋，咿咿呀呀地向臺上壓來，一大羣從剛學步走路到七八歲的女孩子們哇哇叫着「爸爸！爸爸！」一起奔到朗欽身邊，把他圍得水洩不通，整個主席臺到處是小女孩在左竄右跳，像一羣雛鷄把會場攪個大亂。主持會議的人心驚肉跳，分明看見幾個女孩齜牙咧嘴撲過來要撕咬他。他倉惶地逃下，連連叫道：「都是他搞出的孩子嗎？不得了，簡直是氣焰囂張，荒唐透頂！」

朗欽被鬆了綁，他撫摸着圍在他身邊的一張張小臉，眞不敢相信他居然有這麼多的女兒。他坐在地上把她們往懷裏抱，快活得哈哈大笑。

古宅空了，無人去住。新上任的公社社長兼書記是一位手指關節粗大，老實巴交，識不了幾個字的農民。他怎麼也不肯搬進那威嚴高大的古宅，山區農民動物般的本能和直覺告訴他，凡是成爲這座古宅的主人都不會有好下場。古宅便成了公社的糧食倉庫和辦公室。一到晚上，裏面空蕩蕩、冷清清如同一座陰間地府。

日子就這樣過去了。在高原神聖永恒的大自然面前，人們用智慧和野心以及各種手段製造的一陣陣風雲事端，猶如夏日雨後的彩虹，瞬間即逝。神秘莫測的大自然永遠不會改變它的面目，它與日月星辰渾爲一體，漫長遠久的歲月從它面前悠悠流過，它依然烈日當空，藍天白雲，雪峰皚皚，羣山巍巍，村莊依然是保持了多少個世紀的原樣的村莊，它座落在狹窄的山溝裏，莊稼地在向下傾斜的山坡上東一塊，西一塊。山腳下有一條寬闊深沉的江河，江對面一大片純白的河灘與山腳相連。到處是光禿禿的黃褐色的山，重重疊疊壓得人喘不過氣來。寂靜無聲，遠處凸現在蔚藍色天空下的一座座晶瑩的雪峰向人們顯示出一道道不可逾越的天然屏障，它顯示了這裏的人們命中注定世世代代將在綿綿大山擠壓下的這個渺小荒涼的村莊裏度過寂寞的一生。閒時，朗欽老爹爬上山去，望着沒有絲毫雜色的浩瀚無垠的藍天，望着永遠立在頭頂上的巨大的山峰，望着遠處冰清玉潔的沉默的雪峰，不由得從心底裏冒出一種對世界的冰冷，對大自然的畏懼，對生存在人世間的一種惶惑、憂傷和無可奈何。白晝和黑夜永遠是死一般肅靜，空氣靜得使人的耳膜發出嗡嗡的震響，這裏彷彿就是一個無色無欲透明的境界。只有一隻自由的鷹打破了這個凝固的世界，它高高盤旋，俯視着這座苦難的村莊，然後奮力翺翔，遠走高飛。朗欽老爹向蒼天祈禱，向山鷹祈禱，願山鷹把他那一顆蒼老破碎的心帶到遠方，帶到有神明保佑的地方。他感到一陣難以忍受的渴望，於是，一首歌從心靈最抑鬱的深處迸發出來，變得高亢、委婉、蒼涼。透過寂寞的山峰，透過稀薄的空氣，透過雪峰和藍天傳向他身體不可逾越的遠方。這個高原山區的農民大聲唱起祖先一代代流傳的遠古的歌，在羣峰之中傾聽自己的呼聲，證實自己的存在，尋找自己的靈魂。羣山一齊迴盪起這長久不息的歌聲，變成了氣勢磅礡的大合唱。凝固的空氣被撕裂了，顫抖了。顫抖的氣流變成一股強大的沖擊波的震盪，把遠山的雪峰震盪塌陷下來。只見雪峰之巔冒起一團巨大的白霧瀰漫在藍天一角。雪崩了！白色的雪流以排山倒海之勢翻捲着滾下山間。頃刻之間將深不可測的山谷塡成一塊平緩傾斜的大雪坡，許久，低吟沉悶的轟聲才緩緩傳來，猶如千軍萬馬的咆哮，隆隆不息。

又過了十多年，在一個月兒不明，鳥兒不啼的黎明前的黑暗裏，朗欽老爹懷着無限的憂傷和惆悵，終於離開了村莊。清爽的空氣裏摻合着男人和女人汗酸烘熱的身體的氣息，摻合着彌留在村裏的甜滋滋鐵銹般的血腥氣味。彌留在遠古土地上泥土和野花的芳香，彌留在村裏每一根房柱，每一塊石頭。他向亂石灘下的江邊走去，那裏有一個忠實於他的滿臉橫肉的船夫在等他。他倆把牛皮船推進水裏，上了船。牛皮船在巨大的漩渦邊悠悠轉了幾個圈，在深沉墨黑的江中一起一伏地沿下游向寬闊的江對面划去。

朗欽老爹雙手爬在裹着牛皮的粗藤條的船舷，他回頭望去，遠處山峰的低谷正籠罩一線淡灰色的晨暉，一彎朦朧的新月高懸在村莊那座古宅上面。另一邊的遠處，鄰村早起的毛驢馱隊踏着碎石，緩緩行進在蜿蜒的山峰腳下，驢頸上咚咚敲響的銅鈴聲在黎明前的寂靜中，在幽藍的月色下格外清新。

那古宅呀，朗欽老爹緊閉雙眼，心都快被揪破了。他默默告別了耗去他大半個生命時光，既叫人眷戀又叫人憂傷的村莊，告別了正在酣睡中熱愛他的女社員們，告別那些連他自己也數不清的親生骨肉的女兒們。她們在睡夢中正悄悄地發育成長，出落成一個個妙齡少女。還有那個像幽靈般永不衰老的拉姆曲珍，不知她夢見的是什麼？

他去了，渡過江對面，翻過高大冷峻的雪峰，向神話般的聖城拉薩走去，給這個死氣沉沉的村莊留下一串謎一般的猜測和傳說。

日子依舊悄悄流去，人們並沒把他忘記，常常提起他。有人說他去拉薩的色拉寺當了喇嘛，有人看見他在巴廓的街頭行乞要飯，也有人說他在一家豪華的現代化大賓館裏做了一名園林工。

朗欽老爹生命的最後一刻，他並不知道自己置身於何處。在昏昏沉沉中被一陣聲音吵醒。他睜開眼，看見了許多陌生的姑娘圍着他。這羣陌生的姑娘中有時髦大方的城市少女，有樸素靦腆的村姑，那一張張漂亮的、醜陋的、形形色色的臉在他眼前晃動。他看見她們一個個用各種不同的姿勢，慢悠悠的、急不可耐的、利索的、笨拙的動作挽起左膀的衣袖，露出了一塊紅色的胎記，像無數隻紅色的眼睛。他終於想起來，站在他面前的都是他親生骨肉的女兒們，不禁感慨萬分，老淚縱橫。他已經說不出一句話了，只聽見女兒們低下身子在他耳邊輕柔細語如林中千百隻黃鶯的啼鳴，既悅耳又模糊。在這片清脆的聲浪中，他聽見故鄉的人民公社終於不復存在了。山後的寺廟重新建起，終日香火不斷。縣裏建了地面衛星接收站，村莊裏有人買了電視機。他最關心的是那個孤零零的拉姆曲珍，耳朵裏也聽見了一些有關她的事。她落實了政策，成了縣政協常委，重新住進了古宅。但是一夜之間就蒼老起來，頭髮稀疏銀白，滿臉的皺紋遮住了眼睛，顫顫巍巍扶着石牆從裏面出來，叫人大吃一驚。她變成卽將垂死的老婦了。那座古宅跟主人一樣，一下變得荒疏殘敗，牆角長滿了野草，屋頂凹陷下一塊，屋樑和石牆到處發出朽爛的裂響。說不定，現在恐怕已經倒塌，成了一堆殘垣斷牆的廢墟。

朗欽老爹已慢慢合上眼，全身僵直，一種古怪的說不清是悲哀還是欣慰的表情凝固在他蒼老多皺的臉上。

他死了。

【泛音】

一

次巴的樂感很好，他二十五歲就坐上了管弦樂隊裏小提琴首席的位置。但是他對神氣活現的指揮手中的小棍在他頭頂上揮來揮去有種本能的反感和畏懼，他很討厭那小棍。

次巴千方百計地想爲難指揮，一次演出，他用一根新的沒有抹過松香的弓子演奏，開始在十幾把小提琴聲部裏聽不出什麼來。他似乎拉得很認眞，但是他忘了樂隊停止，接着是他的一段獨奏。指揮手中的小棍指向他，他專心地看着樂譜，拉着沒有一點聲響的小提琴，顯出一副陶醉的樣子，使得指揮當場出醜。盡管他裝模作樣地在演奏，到後來還是被指揮趕到了小提琴聲部的最後一個位置上。

他決定從事作曲，靈感一來，寫首表現康巴人從家鄉流浪到拉薩來朝佛的小提琴協奏曲。他的朋友爵士鼓手旦朗雖然對此並不熱衷，還是幫他爲這首協奏曲作了配器。他倆把一疊用鉛筆抄得整整齊齊的樂譜向那個古典音樂的權威——東戈老先生請教。第二次去時，老先生端坐在自家客廳的墊子上，矮桌上擺一碗香噴噴的酥油茶和一疊古典音樂的書籍。他面無表情地把兩個年輕人奚落了一番，問他們懂得對位嗎？懂得賦格嗎？懂得平行以及七和弦嗎？他說次巴根本沒有抓住康區的音樂特點，是一堆大雜燴；打擊樂中竟然有沙錘和響板，還加進電子琴模擬管風琴的音色，眞叫人不可思議。兩人不時地吐舌、點頭、哈腰。東戈老先生還在閉着眼比手劃腳地諄諄教誨時，他倆偷偷抓起矮桌上的樂譜夾在腋肢窩裏溜之大吉。走到街上才敢對那老傢伙破口大罵。在甜茶館裏潤嗓子時，次巴想起剛才的事就像是他和旦朗走進了一座寺廟裏，正對着菩薩默誦祈禱時，那菩薩惡狠狠地開口說話了：你們知道自己在祈禱什麼嗎？你們懂得怎樣祈禱嗎？於是把他倆嚇跑了。

事後次巴將自己的作品又仔細看了一遍後，對旦朗承認這東西寫得是不怎麼樣，關鍵是主題失敗了，沒找到那個「靈魂」。

兩天後，次巴在巴廓街的一個角落裏聽見一種奇怪的琴聲，它是從市場上千千萬萬亂哄哄的嘈雜聲中透出的，他在熙熙攘攘的人羣裏擠來擠去尋找。順着那琴聲來到一個牆角的拐彎處，周圍同樣是一片哄鬧聲，幾個紅帽喇嘛轉動着手鼓在齊聲念誦經文。一個瞎眼女人拍着響亮的巴掌在行乞。幾個從內地來耍猴的藝人在敲鑼打鼓。一個青海商人搖着手中的衣服高喊：「減價咧！減價咧！」這時，次巴看見一個拉胡琴的康巴老藝人坐在這些人中間，沒有任何人注意他，他不像在賣藝行乞，只低着頭專注地拉琴。他衣衫襤褸，稀疏的鬍子上沾滿了鼻煙沫、草屑和麵粉渣。他不住地在咳嗽，運弓的手在兩根琴弦上神經質地抽動着，左手的幾根手指似乎慌亂地沒有把握地碰在弦上又觸電般地彈開，手腕不由自主地垂滑到高把位上又迅速提起來，這是一種用奇妙的顫音奏出的曲調。次巴想起在上海音樂學院上樂曲欣賞課，在保持了高度還原逼眞效果的立體聲音響設備的播放下，不知聽了多少中外名曲。對西藏各地古典的、宗教的、宮廷的和民間的音樂也聽過不少。但此刻這位康巴老藝人演奏的曲調使他立刻進入一個恍惚、遙遠的未知世界，這是一曲非人世間的梵音，你摸不準它的調性，聽不出它的旋律，它是一個神秘的靈魂的聲音。次巴緊閉了雙眼，渾身狂熱焦躁地顫慄，他從那片遙遠未知的空間裏看見了滿世界滾捲翻湧的瘴霧，這濃密的瘴霧裏時隱時現探出一個先哲老人的頭來，他的形象醜陋而痛苦，他張開黑洞洞的大嘴在吶喊！次巴覺得自己被一股強大的氣流吸到老人的嘴邊，差點被拖進那黑洞裏。那個聲音明白無誤地告訴了他：這是先祖的聲音！次巴的全部意識進入了一種神志不清的昏迷中，他開始ㄇ中念念有詞地誦起他從來不知道的深奧的密宗咒語，嘴巴像放機關槍似的喋喋不休。他被一些好心的行人圍住搖醒過來。他茫然四顧，不知道自己爲什麼蹲在巴廊裏的一羣流浪漢中間。他起身晃晃脹疼的腦袋離開了那地方。走了好長一段，他忽然回想起什麼來，返身揮動雙臂分開那些擋道的行人，急忙跑回牆角。那個康巴老藝人不見了，他揪住一個個坐在地上的乞丐、無賴們詢問，他們指着街上擁擠不堪的人羣說那老頭走了。

次巴滿街也沒找到老人，他像丟了魂似地跑遍了大街小巷。在夜深人靜時，他也在巴廊裏通宵亂轉，希望能重新聽見那聲音。

碰見一個夜巡的警察擋住他。

「年輕人，你不像是在轉經吧？」警察覺得他很可疑。

「我沒找到他。」他自言自語說。

「找什麼？」

「先祖的聲音。」

「啊、啊，先祖的聲音。」警察以爲自己受到了不恭的戲謔，立刻解下皮帶。「我讓你聽聽這是不是那個先祖的聲音。」

警察向他掄起皮帶，他這才害怕了，連連想解釋淸楚。直到被警察帶到派出所審問，他才想起身上的工作證，才被登記釋放。

「年輕人，晚上在這個地方，只能聽見魔鬼的聲音。」最後，那警察拍拍他的肩問：「你聽見過嗎？」

次巴搖搖頭。

「怎麼樣，到底還是娃娃。」警察得意地笑了。

次巴不敢再去巴廊裏亂轉了，只得在屋裏整天在鋼琴上亂敲亂戳。那個似隱似現的模糊的音型還是抓不住，他憤怒地用拳頭擂擊琴鍵，彷彿它就躲在鍵縫裏不肯跳出來似的。長滿絡腮鬍的校琴師提着酒瓶倚在門口，懶洋洋地說：「你最好用啤酒瓶砸。我就愛聽這熱鬧的轟響，就像娘兒們熱烘烘的浪聲。反正是他媽的一架爛貨，誰都可以來拍。」

次巴憋在心裏難受，他告訴了好友旦朗，說他有一天在巴廊裏聽見了先祖的聲音。他發誓說一定要找到它。

且朗幽幽地望着他，半天才開口說：「頭兒，我也在找一個聲音。」

「咱們找到一塊了。」

「不，不一樣。」

「那，是什麼？」次巴問。

「噘。」

「噘？」

「對。『噘』，就是這聲音。」且朗說。

二

他們面對白牆，坐在椅子上曬太陽。只有民樂隊正在緊張地合樂，他們很快要出國演出，現在是強調民族特色的年代。於是這些擺弄西洋樂器的男孩們被冷落在一旁沒事可幹，他們便坐在太陽底下悻悻地欣賞從那邊排練場裏傳來的喜氣洋洋的民樂聲。他們幾個人是個小團伙，除大提琴手江白加措外，他們一起在上海音樂學院共同生活了四年。由次巴挑頭，他們組成一支輕音樂隊，到晚上就去外面藝術館舉辦的舞會上伴奏。

小號手扎羅不知道該不該感謝那個愛搞惡作劇的旦朗。前不久，樂隊每人配給了一隻銀光閃閃的新譜架。貝拉看見，他向旦朗提出，用一盤托克豪森（托克豪森——西德現代派音樂家。「事件作品」音樂的代表。）的〈城市練習曲〉的原版錄音帶換他的譜架。因爲貝拉發現這譜架稍加改裝就是一隻頂好的照相機三角架。

旦朗沒有了譜架，演出時，在一堆大大小小的樂鼓的包圍中，他不得不把譜子用一枚曲別針，別在小號手扎羅乳白色的演出西服後領上。扎羅就坐在他前面吹小號，他們都離指揮遠，沒人注意到。當扎羅發現自己演出服的後領被曲別針戳出大大小小的針眼，說什麼也不願用自己的後背替旦朗作譜架了。

旦朗想了想，乾脆把扎羅的演出西服從他枕頭底下偷出來，用磨平了尖的鴨嘴鋼筆沾了墨水，把那幾頁長的譜子全部密密麻麻地抄在那件乳白色演出服的背後，從領口到腰際全抄得滿滿的。這樣一來，旦朗演奏時連譜紙都不用帶，只消把譜架燈的夾子往扎羅領口一夾。但是，由於譜子符號抄得太密太小，他又不得不借副老花眼鏡戴上加以放大，並且老得將身體往前躬盯住扎羅的背。

扎羅第一次穿上沒發現，只感到渾身不自在，全身像有無數隻螞蟻往骨頭裏鑽，並且從而想起了一些以前不曾想過的莫名其妙的怪事情。後來換衣服時，他看見了上面的譜子。他提着衣服去找且朗算賬。

「嘖，何必認眞呢，」且朗說：「反正平時咱們誰也不會穿着這些演出服上街。」

扎羅覺得且朗說的也是，這衣服只是在舞臺上用來裝裝門面。不久，他才深感衣服背後的這些譜子顯示出了不同尋常的重大意義。他一穿上就覺得那些符號往骨髓裏鑽，這些符號原來是一隻隻小精靈，它們一旦鑽進了骨髓的深處，就變得活躍起來。那些扎羅過去沒有想過的莫名其妙的事情，正是被他的腦海所遺忘了的童年和家鄉的往事片斷，現在只要一披上那件演出服，就開始回憶起埋藏在記憶深處的往事。他便老愛披着演出服忍不住四處要對別人講訴家鄉的故事。但是除了貝拉以外，人家對他要講的故事都不感興趣。

貝拉叼着香煙，兩眼無神地望着耀眼的白牆，不知是在認眞地聽取扎羅的講述還是在專注地警覺身體內的某種微妙的不安。扎羅敞開西裝斜坐在椅子上，裏面光裸着什麼也沒穿，他揉摸着自己滾圓的肚皮在講述。他的家鄉像是神靈鬼怪出沒的地方，那裏的人們一個個像幽靈似的出出進進，在黃昏的小廣場上飄行，從荒蕪的矮牆伸出頭來，用夢幻的目光注視一切。人們做事、走動、說話都聽不見聲響。總之在那裏一切物質都失去了重量感，你不知道自己的視覺和觸角在辨別質感上哪個事眞實，你看見一塊光滑堅硬的圓石躺在路邊，伸手摸去既粗糙又柔軟，還能感溫熱，你便懷疑這是一隻牛的胃肚。

排練場那邊剛完一曲，旦朗坐在這兒，紳士般風度優雅地輕輕拍掌。他說：「再來一個。」

「噢噢，他們那也算宗教音樂。」次巴撇撇嘴，十分蔑視地說。

「當然算。」旦朗仰起頭說，「沒聽出他們加了法號。」

「要是用腿骨號就好。」貝拉在一旁說。

「什麼號？」次巴沒聽清楚。

「寺廟裏喇嘛念嘧咒時的法器，用人的大腿股作的。」貝拉很有禮貌地解釋。旦朗叫道：「那才眞有民族特點。」

「棒極了。」

「你是個恐怖分子。」次巴手指着旦朗威脅道。

貝拉進一步闡述地精闢的論述，他總是對一些邪門歪道有研究，他說什麼人的腿股聲音厚實而缺乏含蓄，什麼人的腿股聲音虛渺而有神秘感，喇嘛喜歡用什麼人的腿作骨號。

「你們褻瀆宗教，菩薩在上，當心降災。」次巴進一步威脅道。貝拉和旦朗不敢吭聲了。

小號手扎羅繼續講述：「我爸爸背着我順着那一溜鷄爪印走啊走啊，走到懸崖邊，我才第一次看見江水是什麼樣的。我見爸爸哭了，他說那女人跳了崖被淹死了。那女人究竟是我爸爸的情人還是仇人我也弄不清。又聽說她是降神師的女兒，她母親念咒祈雨時，雨沒降下來，倒把我爸爸的爸爸給咒死了。那溜鷄爪印，你幹嘛？」

「小子的頭髮眞帥，」次巴不住伸手撥弄扎羅遮住衣領的長髮。「從來不洗頭吧。」

「今年洗過兩次。頭兒。」

「難怪。貝拉，」次巴轉過身。「名字就叫，〈流浪的康巴人〉怎麼樣，我再想不出更好的名字。」

貝拉沒回答，他一隻手在懷裏摸摸索索。

「我非把這首協奏曲寫出來不可。等着吧。」次巴說。他想了想，乾嚎兩聲：「一定！一定！」

「貝拉，幫幫頭兒吧，看他那沒魂兒的樣子；那個康巴老頭肯定住在那裏面。」

貝拉沒吭聲。

「聽說，你在那裏面有個美人窩。」一旦朗瞇起眼問。

貝拉慢騰騰身子轉向他。

「好吧，叫根據地。你別發火。」旦朗慌忙改口。

「隨便。」貝拉說。

「是營地，康巴人朝佛的營地。」大提琴手江白加措坐在宿舍門口說。他碰了碰弦，又想拉點什麼。

「行了，別摟着你的大肚子娘們，我煩。」旦朗朝江白加措叫道：「就不能拉點別的嗎？老是那個〈天鵝之死〉。」

「我也不知道。」江白加措嘟噥道。

貝拉的手慢慢從衣領裏掏出來，他捉了隻虱子，用兩個拇指甲擠碎後，又閉目晒起太陽。

「他小子，哪兒臭往那兒鑽。」扎羅慌忙提起椅躲遠了他。

「天一熱，小傢伙們也都想從衣縫裏爬出來透透空氣。所以，那些康巴娘兒們中午坐在太陽下脫了衣服捉小傢伙是有道理的。要是外面一冷，它們就躲在她們身體暖和的部位裏面，就是用大炮也轟不出來。」貝拉慢悠悠地講敍。

「看見了吧，他多色情！」扎羅叫道。

「呀呀呀，你每次鑽營地，收穫都不小啊。」旦朗羨慕得直咂嘴。

「那老頭叫崗珠次仁。」貝拉對次巴說。「你找他沒用，他快要死了。」

「他在營地裏也拉琴嗎？」次巴湊過身悄聲問。

「是的。但我，害怕聽見那聲音。」貝拉說。

三

旦朗是個風度翩翩的美少年。他天生對空間存在的音響和節奏有種極為特殊的敏感，也許正因為如此，在他學了四年的小提琴後終於還是改行成為一名優秀的鼓手。他總試圖從各種音響裏發現世界的奧秘。還在吃奶時，他瞪大眼望着母親念誦經文，他靈敏的耳朵不僅從中感受到美妙委婉的音韻，並且領略到其中神奇的節奏，他便伸出小手去搬開母親的嘴巴想看看裏面有什麼東西。小時候，他不知摔破了家裏的多少酒壜、陶罐和木桶，就是為了聽它們落地的破碎聲。他用尖石頭劃玻璃，那怪聲把躺在床上的外祖母刺激得口吐白沫，昏厥過去，他從中得到了電殛般的快感。有一次為了聽見自己身體從空墜地的聲音，他身裹一床羊毛毯爬到四層樓的房頂往下跳，被摔得頭破血流昏迷不醒，結果他什麼聲音也沒聽見。

當他的朋友次巴像丟了魂似的尋找那個先祖的聲音時，他也沒閑着。他對用譜架換來的那盤托克豪森〈城市練習曲〉的磁帶入了魔，這盤充滿各種混雜的空間音響的「事件作品」使他產生了極大的靈感。他將次巴辛辛苦苦爲創作小提琴協奏曲收集而來的那些康區民歌的磁帶通通抹掉，揣上他倆合用的那只袖珍錄音機騎着自行車滿拉薩亂竄。十幾盤磁帶裏錄滿了城市建築的機器轟鳴聲，巴廓裏悶雷般的誦經聲、祈禱聲、磕長頭聲、拍掌行乞聲、腳步聲、野狗的哀吠聲、牆角的小便聲、肉攤上的剁案聲、警車的呼嘯聲、老人的喃喃自語聲、打架鬪毆的拳腳聲、男人們的鼾聲、共青團小組會的發言聲、酒瓶的碰擊聲，應有盡有。他知道整個西藏還沒有一臺電子音響合成器，無法將這些聲音轉換成電子音響，他正設法解決這個難題。

在藝術館伴奏的舞會上，有幾個年輕人躺在光滑的水磨石地上做出各種稀奇古怪的姿式，一個迷人女孩也跟他們在地上扭來扭去，不時地雙腳朝天倒立旋轉。他們是拉薩街頭的阿飛們，騎着幾輛大功率的日本摩托車，他們穿着緊身皮茄克，提着紅紅綠綠的防護頭盔走進來。後來旦朗請教了貝拉，才知道他們跳的是一些風靡歐美的「霹靂舞」。那迷人女孩渾身美妙的曲線，蛇一般柔軟扭擺的身段和眼中閃出野性的光芒，使得旦朗握鼓槌的雙手興奮得不住地發抖，他拼命擊奏爵士鼓爲她伴着震撼人心的節奏。舞曲終了，那女孩不肯罷休，還在劇烈地抖動身軀不肯退場。樂隊都停止了演奏，旦朗卻不管那麼多，發瘋似地繼續敲着，當他看見那女孩在場上向他投來多情感謝的一瞥，於是他撩開汗津津沾在眼皮上的長髮，就像上足了發條的玩具狗熊一樣再也停不住手，他瞪着充血的眼，一張英俊的臉處在狂熱中扭曲地變了形，他猛烈旋轉身體，從高音到低音鼓作快速的無休止的滾擊，他失去了控制，整個身心陷入了歇斯底里的狀態。直到場上有人抗議地吹口哨，亂喊亂叫，次巴揪住他頭髮拼命地搖晃差點扯下一把頭髮來他才清醒了，癱軟地靠在方形石柱邊大汗淋淋，氣喘吁吁，那筋疲力竭的樣子像是害了一場大病。

樂隊休息，穿插着用錄音機播放出的華爾滋舞曲。那位霹靂舞女郎笑盈盈提着一瓶啤酒向旦朗敬獻過來。

「喲！」旦朗受寵若驚地接過。

「你夠朋友。」女郎倚靠在他身邊的石柱旁，用同樣迷人的聲調說。

旦朗得意起來，一口氣灌下大半瓶酒，膽子也大了，不顧周圍和同伙們投來的困惑的目光，用彬彬有禮的言辭和優雅的舉止同女郎攀談起來。

那女郎實在可愛，旦朗向她吹嘘自己正創作一部將震撼西藏樂壇的現代派作品，名叫

〈拉薩第一號作品〉，這部作品將謹獻給她。

沒有電子音響合成器，且朗想了個土辦法。他到處低三下四苦苦哀求，總算借來七八隻不同型號、牌子的新舊不一的錄音機，找了間破倉庫把自己關在裏面。他把錄音機擺成一個圓圈，自己坐在圓圈裏，把錄製下的各種音響分類成節奏、旋律以及和聲部位，通過時間的控制分別從每臺錄音機裏放出。他設想在舞臺上還有一支七人樂隊，每人持不同樂器作即興演奏，他自己將站在三組爵士鼓中間，面對不同節奏的十幾張譜子的每張譜子裏的幾個小節作任意的循環演奏。投影電視將在天幕上映出蒙太奇式的各種畫面。一條狗跑到舞臺上汪汪叫兩聲，一個演員隨便講幾句話等等。

他對自己所做實驗如痴如迷，在七八臺哇哇亂叫的錄音機中間忙得團團轉。經過反複組合排列，精心的選擇和剪輯，他的「拉薩第一號作品」的背景音響接近完成，只是最後一個小節的音響總是不滿意，他覺得缺少一個具有不可比性和不可辨性的樂音，是一個叫人聽後感到來歷不明的聲音，這究竟是一種什麼聲音連他自己也不知道。他試驗了無數的音響都具有可辨性。爲了找到這個他沒聽見過的聲音，那幾天他變得蓬頭垢面，半人半鬼，往日翩翩瀟灑的丰采在他身上蕩然無存。他蹓在光線昏暗的倉庫裏，像囚犯似地守着一堆橫七豎八沒有聲響的錄音機在冥思苦想。

有人敲門，他以爲是好心的爲他送飯來的中音提琴手雍娜姑娘。

「門沒鎖，敲得煩人。」他嘟咕道。

門被推開，是那個霹靂舞女郎，她探進頭來。「啾！」嚇得尖叫一聲，縮回了頭。

「喂，喂，你沒認錯，是我呀。」且朗沒想到女郎此時會來拜訪他，他跳起身追了出去。

女郎一見他出來後的模樣嚇得更不敢停步，驚慌失措地跳到了街上。

「啾！」且朗忽然想起剛才那怪聲，與奮地大叫：「就是它！『啾』！」

他飛也似的重新鑽進倉庫提起一臺錄音機，又飛快地蹦蹦跳跳跑出來拼命追趕那女郎。

「聽我說美人。」他哭喊地奔跑着。「等一等，請你叫一聲『啾』！就叫那麼一聲，求求你！」

那女郎跑得比兔子還快，轉眼間無影無踪。

好的！她肯定是個短跑冠軍。且朗氣喘吁吁坐在路邊，頹然想道。

四

德吉梅朵是歌隊的演員，在她消瘦的臉上顯印着年輕女孩輕佻和孤寂的雙重痕迹。她非常迷戀神情憂鬱的大提琴手江白加措。在他練琴時，她總愛在他身後將冰涼柔軟的手伸進他衣領後面的脊樑背裏撫摸，弄得他十分不舒服。

「哥哥江白啦，」她笑吟吟地說。「啊，江白，你爲什麼總要拉這段曲子？」

他把她手從背後拽了出來。她在他乾癟的胸脯上親膩地捅了一拳走了。她寬大豐滿的臀部自然優美地左右擺動。

貝拉將眼光收回。他說：「你應該看到，西藏民歌有濃厚的抒情色彩，糟糕的是缺乏敍事風格。我說的只是民歌。」

次巴不知道他要說什麼，或許是在暗示什麼。

「貝拉，你成天晃晃悠悠晃晃悠悠，你究竟在幹什麼？」旦朗十分疑惑地問道。

「哥哥次巴。」中音提琴手雍娜在門外喚道。她是個膽小靦腆的女孩。

「什麼事，進來說。」次巴說。

「喔哎！裏面好大的煙味。」她揮揮手，站在門口笑笑。她不肯進來。

次巴出去了。

「還是那事。她求了好幾次，」江白加措說。「她說我們小樂隊的聲部裏缺中音提琴。她說她進來後保證聽話。」

「告訴她，我們不需要中提琴。」旦朗說。

次巴一會兒就進來了。

「你怎麼給她說的？」江白加措關切地問道。

「我們不需要中提琴。」次巴回答。

「這樣說太傷她心了。」江白加措嘟噥道。

「那你教教我！」次巴又忍不住要敲那架破鋼琴。

「雍娜，因爲你的鼻子長得太漂亮了。笨蛋！」旦朗對次巴罵道。

扎羅把清洗擦拭過的小號放進盒匣裏，蓋上紅色絲絨布，點燃煙，還披着那件演出服，慢慢騰騰接着剛才停頓了的故事：「後來，風停了，每家的門都悄悄地開了條縫，每個門縫後面都有一雙眼睛盯住街上。外面靜悄悄的，月光亮得不得了。等啊，等啊。普布卓瑪長長的黑影眞的出現了，印在雪白的地上向前挪動。她裹着白氆氌，走路一點聲音也沒有。大家都等着看她走回家以後要幹什麼。過一會，她又從家裏走出來，輕輕鎖了門。她把留在家裏的那副玉石手鐲戴在手腕上，還有那把銀匙也繫在了腰間。她又走回了天葬場。」

「不愧是號手，吹得眞神。」旦朗聽完後，將煙頭熄滅了。

「謝謝。」扎羅說。他還沒弄清背後定音鼓的譜子和家鄉的故事之間的奇怪的關係。

五

次巴發現十幾盤磁帶裏原來收集的康區民歌全變成了一堆尖聲怪叫。他毫不氣餒，揣着錄音機和磁帶匆匆出了門。

他沒有聽貝拉的勸告，鑽進了康巴人的營地。

他又匆匆地趕回來，關上門窗，按下放音鍵，皺緊眉頭注意細聽，營地裏什麼聲音都眞實地錄了下來。有那個老太婆傷心的呻吟，外面的狗叫，遠處什麼人一聲含糊不清的叫駡，站在他身邊那個小夥子衣服的噝嗦聲，隔壁帳篷裏一個女人的夢囈。他本人緊張的喘息聲，錄音機微微的電流聲，最後他身邊那小夥子低沉的聲音：「朋友，我住那邊，四十八號帳篷。」

他驚愕了，唯獨沒有錄下那個在空中飄響的顫悠悠的琴聲，他耳朶裏分明聽得眞眞切切，他沒敢告訴貝拉說自己去了營地。他去晚了幾步，那個康巴老藝人剛死後不久，人們把他擡去水葬了。但是次巴站在死者的帳篷裏時，那個神秘的靈魂之聲，那個先祖的召喚聲並沒有隨死者的肉體離去，它就在四周飄遊，然而錄音機面對這個聲音無能爲力了。

他雙拳捧着下頦，死盯盯望着錄音機像尊塑像一動不動。忽然他一下跳起身，帶着一陣風又衝出門外。

六

旦朗又被貝拉講的腿骨號所迷惑了。他開始不聲不響地盯上別人的大腿，必要時就伸手去摸摸。他仔細分析別人的大腿骨骼的長短和粗細，琢磨誰的音色可能雄渾，誰的可能清亮。他知道西藏寺廟的腿骨號有的鑲了銀，有的是包皮的。前端套了嗩吶形的喇叭口，但它沒有像笛簫那樣的指孔，只能吹出一個音來。他想像如果能改進一下，在腿骨上面戳出八個小孔，那樣會在西藏的民族器樂中又增添一件最有特色的新品種。他甚至想去天葬臺弄回一個腿骨來按自己的設想製作一個，但是他畏懼死人，一想起那個血淋淋不忍目睹的地方，他又膽怯了。

自從霹靂女郎愴惶逃走後，他反而信心十足，不管怎麼說總算知道那聲音來自何處，但只有他一人知道，一旦通過音響發出來它絕對具有不可辨性。那一陣子他的注意力集中在歌隊的那些花腔女高音們的嗓子眼上。但是她們的聲音過於婉轉嘹亮，太容易被辨認出來。雖然他承認人的歌喉的完美動聽是世上任何一件樂器不能與之相比的。但他需要的不是那個效果。漸漸，他注意上了那個嗓音喑啞的女中音德吉梅朶。他想出了該怎樣誘使她發出那種「噉」的尖叫。

漆黑的晚上，他揣着錄音機，蒙上一副從道具室裏借來的喇嘛跳神用的猙獰的金剛面具，躲在女厠所外面的角落裏靜靜地等候。

終於看見德吉梅朶扭着寬大的臀部走來。他按下錄音鍵，等她靠近時，他把腦袋湊到她面前嚇唬她。

沒有聽到對方發出「噉」的尖叫，德吉梅朶銜着面具，卻從嗓子裏發出一聲母猫叫春般的陰森森恐怖低哀的咆哮，這聲音聽着令旦朗全身冒起一股涼氣，渾身毫毛倒立，嚇得他怪叫一聲沒命地逃跑了。

旦朗並不灰心，他腦子裏有的是智慧。於是在一個陽光普照的中午，他親自對德吉梅朶進行了一次友好的交談，表示願意成全她和江白加措的事，儘管目前這位大提琴手還執迷不悟，但是旦朗保證一個月內大提琴手會像現在迷上〈天鵝之死〉那樣地迷上她。德吉梅朶高興得竭力撫平起伏的胸脯。旦朗隨卽拿出一份譜子說請她唱一遍，他想邊錄邊聽聽這首曲子的旋律效果，她看了一遍說自己唱不了這裏面音高。

「你降低一個調，盡最大努力試試。」他說。

她先試唱了一遍，淸淸着嗓子，開始正式演唱，當唱到最高音時，旦朗忽然衝上前雙手摟住她的腰肢用力一擠。

「噉」這聲音終於從她嗓子眼裏擠了出來。比她所唱的音度整整高出十六度。

「噉！」緊接着旦朗的鼻子被狠狠地挨了一拳，他用手摸摸，流出血來。

倆人誰也沒有講什麼，各有所失，彼此誰也沒便宜誰，所以雙方都毫無怨言。

這個「噉」的音就這樣完整地放進了最後一個小節裏。旦朗好不得意，正考慮第二步怎樣用七人樂隊合成時，忽然又聽見那個「噉」的聲音。他以爲那聲音從磁帶裏跳出來了，趕緊進屋把那盤磁帶重新聽了一遍，「噉」還在裏面，他放心了。一出門又聽見「噉」的一聲。他非常納悶，側耳順着聲音的方向找去，走到了炊事員飼養的鷄籠前。他蹲在鷄籠外觀察好半天，發現隻母鷄愣神地盯着地上，過一會就揚起脖頸「嘅」地叫一聲，原來正在叼米時張噎了食，那聲音就是從鷄嗓子眼裏擠出來的，跟他磁帶裏的聲音一模一樣。

這一發現使旦朗大爲掃興，他變得垂頭喪氣。這樣一來，〈拉薩第一號作品〉因爲一隻母鷄而告吹了。

他窩了一肚子火，闖進貝拉的宿舍，裏面有兩個打扮妖野的女孩，她倆也是舞場上的常客。旦朗剛對她們點頭招呼，她們就起身告辭了。

「嗯，咳！」旦朗不知該說什麼。「頭想喝點茶，沒酥油了。」

「自己拿。」貝拉說。

旦朗從櫃子裏切了一片酥油用紙包好。貝拉叼着煙靠在床頭正擺弄他的破照像機。

「膠卷卡在裏面取不出來。」貝拉眯起一隻眼，「你也認識她倆。」

「她倆，啊，老在舞會上。」旦朗想了想「還不顯得俗氣。」

「你這是算在討好誰？」貝拉把像機扔在床上。「兩個出了名的女流氓，拉薩人誰不認識？」

「這關我屁事！」旦朗憤怒地嚷嚷，「又不是我勾引過來的。」

「是我勾引來的。」

「不不不，是我，是我。」

「你別客氣，是我。」

「好吧，我是個笨蛋。喂，我的〈拉薩第一號作品〉完蛋了。我想，要是搞那種鄉村音樂還有把握。我需要些歌詞，你不是跟我講什麼「昔日來」，「單程車票」，什麼「橡樹下的黃絲帶」（以上爲美國民歌。），我聽了還不錯，怎麼樣，就照這樣也寫幾首吧。」

「寫不來。」

「你他媽不是吃這碗飯的嗎？」旦朗火了。

貝拉似乎有些怯弱了。他無精打采地坐到桌前拿過紙筆在上面畫起來。不到半根煙。他寫完後遞過去，旦朗接過來一看：〈包工隊之歌〉，滿紙胡言亂語，什麼「賠錢又返工」什麼「不能蓋飯店，我們還能修厠所。」

旦朗無可奈何地抹了把臉，說：「十分感謝，我這就寫曲。」

「誰來唱？」貝拉關心地問。

旦朗想了想說：「把德吉梅朵這孩子修理修理怎麼樣？她嗓子特別野，只要一張嘴嚎叫，我渾身都感到刺激，就需要這效果。」

貝拉兩眼無神地望着屋頂，吐出一只只煙圈。

「我答應過成全她和江白加措的事。」旦朗說。

「他每天都拉〈天鵝之死〉。」貝拉突然說。

「是的。」

「爲什麼，」他盯住旦朗，「你們這幫傢伙別再折磨他了，首先是你這個花花公子。」

「這。」旦朗莫名其妙。

貝拉吐掉煙蒂，跳起身惡狠狠地說旦朗你幹嗎還把那張軍人畫片貼在牆上不肯撕去。旦朗分辯說是江白加措早就從他那兒要走後又貼在了自己的床頭上管我什麼事。那是一張不知從那本電影畫報上剪下的某個日本年輕女影星的近照，她剪着披肩髮，穿一件海軍領的學生服一雙明眸凝視正前方，神情透出淡淡的憂思和惆悵，看起來是一位文靜的純情少女。旦朗沒事就噘起嘴去吻那畫片，他開玩笑說這個姑娘拋棄了他。她像不像我們學校一個系的那個吹長笛的女孩？幾個音樂學院畢業的男孩子都說像極了，他們懷疑這就是她。她叫什麼？小梅？小麗？小瑩？哦，誰也說不清了。總之這個平時少言寡語的漢族女孩給他們都留下過印象。不知不覺又聊起在音樂學院的日子來，他們中的誰和哪個漢族女學生有過那麼一段，眞眞假假，嘻嘻哈哈。頭兒，你敢賴，那個教授的女兒叫得你多甜呀：次——巴——哥。她過生日你沒錢送禮就跑到淮海路跟那幫小癟三混在一起，在地攤上幫他們賣維納斯石膏像。沒想到被那女孩撞見了，次——巴——哥，你在幹什麼？你小子嚇得丢下了攤子就跑。你說是不是！貝拉說你們成天沒事盡瞎聊那些過去的事，啊，怎麼喝醉了酒跟人打架，冒充印度留學生混進錦江飯店把裏面的女服務員哄得昏頭轉向，好得意喲。你們明明知道這裏面就江白加措沒上過音樂學院，他心裏一直很難過，你們又總在他面前吹噓，他會怎麼想，聽得多了，他慢慢也相信了自己也跟你們一起上過學，你們做的那些事都有他在場，他當然也少不了自己也有一個戀人，這都是你們害了他，所以他老作白日夢，他反覆夢到的是這麼一段：在畢業前的匯報演出時，臺下都坐着那些教授。他腦子走神了，總想着那個吹長笛的女孩，平時總跟那個女孩打照面，看見她單獨一人去琴房，去食堂，去教室，回宿舍，連出校門也總是一個人，他倆從沒說過一句話。那女孩喜歡吹〈天鵝之死〉。旦朗立刻跳起來反駁：扯蛋！你根本不懂音樂，這段旋律一點也不適合長笛獨奏。貝拉把他按住說這是江白加措親耳聽見的用不着你來解釋。他又接着說，那女孩憂鬱的眼神的確迷住了江白加措，他總感到每次無言的照面都含藏着某種默契，彼此心靈深處都在默默呼喚對方，匯報演出時，他還在想就要離開學校了，臨別時，她究竟會在什麼時候什麼地方以什麼方式來表達一個對異族少女的情懷。正在這時，他從臺上一下發現了她，她站在門口，就是畫片上的那副形象，頭髮披肩，額前一排整齊的劉海，海軍領襯衫，她握着銀灰色的長笛脈脈深情地凝視他，似乎等待向他傾訴千言萬語。他拼命地控制自己的眼睛不離開譜子，想認認眞眞把一段曲子演奏完畢。可是那女孩卻抬起手把長笛橫在嘴邊，她吹起了〈天鵝之死〉，這一下就把他的魂給勾走了，他進入了那個古老的魔笛的童話世界，飄飄欲仙，和他的情人在那個世界裏旋轉呀旋轉，他都不知道自己此刻在幹什麼，臺下的老教授開始皺眉頭，搖腦袋，不滿地咳嗽，終於有人氣憤喊道：不像話！便拂袖而去。等他清醒時已經晚了，臺下一片噓唏聲，他停止了演奏，咬着嘴唇快要哭了。

旦朗急忙衝過去抱住貝拉的腦袋使勁搖晃聲聲呼喚：「你醒醒貝拉，醒醒呀！」

「幹嗎幹嗎幹嗎？」貝拉不耐煩地把他推倒在床上。「我以爲是你 在發高燒 說胡話哪。」

旦朗恍惚地坐在床上，陰沉遲鈍地盯着他。

「棒極了。」旦朗嘟噥道。「棒極了你這故事。我不知道你和江白加措是誰在大白天作夢。」

「噢，原來是這樣。」貝拉忿忿地抓起照像機要砸自己腦袋。

「別別別。」旦朗慌忙拉住。

「不！我需要向你證實我從來沒這麼清醒過。」貝拉轉身又趴在桌上，激動地抓起筆和紙。

「我們，我們相信。」旦朗慌忙按住，不停地點頭哈腰，「你很清醒，這點我很清楚。」

「那當然。」貝拉歇了手。

過一會，旦朗還是忍不住狐疑地問：「喲！我弄不懂，你究竟是個瘋子還是先知聖人？」

「不瞞你說，我也有夢遊症。」貝拉悄聲告訴他。立刻又大聲說：「但現在絕對清醒。」

七

雍娜一直渴望能進入小樂隊，自從在次巴面前碰了一鼻子灰後，她又找到旦朗，她知道旦朗跟次巴是好朋友。

「哥哥旦朗啦。」雍娜溫順地說：「你們別以爲我想跟你們一起賺錢。我幹什麼都行，絕不要一分錢。我還可以打沙錘或者鋼片。」

「唉，唉，你不知道我們小樂隊，」旦朗有口難言，「頭兒不喜歡有女孩進來。」

「爲什麼？」

「我想，他擔心會愛上你。」

「你瞎說呢。」雍娜笑了。

「這事，我想想。如果頭兒不要你，我要你，我想搞一支演奏鄉村音樂的輕音樂隊。你會彈吉他嗎？」

「不會。」

「那你以後得學學。」

「好的。」

雍娜十分感激他，她從手提包裏掏出一條牡丹煙送給了他，他接過來嗅嗅，高興得直哼哼。

「雍娜，以後誰娶了你作老婆算是享福了。」

「你瞎說呢。」雍娜笑笑。

雍娜陪伴在他身邊，他知道雍娜家有個長年生病臥床不起的老母親，她父親是酒鬼，很早就離開家了。她帶着三個上學的弟弟妹妹，她平時總在角落裏一個人練琴，下了班回家忙家務，不像別的女孩去電影院，舞會上玩。雍娜跟旦朗說起她家要搬新房了，到時一定請小樂隊的人來她家好好玩玩。

旦朗盯着她豐滿的大腿端詳了好半天，還是忍不住伸手去摸。

「哥哥旦朗，別這樣。」雍娜可憐巴巴地說，她不敢躲避。

「雍娜，你別想得太多。」他一面安慰她，一面不含任何色情意味地認眞地從她大腿根部慢慢摸到膝蓋。

「你在給我看病嗎？」她困惑地問。

「我想製作一件樂器。」他嚴肅地告訴她，雍娜豐滿的大腿盡是肉，他摸不到裏面的骨頭。

「又是跟次巴哥哥一起合作？」她問。

「次巴？」旦朗住了手，皺起眉頭想了想，「你見次巴了嗎？」

「沒有，好幾天沒見他。」

「糟了！」他感到事情不妙，撇下雍娜拔腿就跑。

誰都沒注意到次巴這幾天上哪兒去了。旦朗又跑去問貝拉。

貝拉說：「好了，旦朗，搞你的鄉村音樂吧，我給你寫詞，認眞地寫。」

「什麼意思？」旦朗迷惑不解。

「你永遠別再想聽見一首什麼〈流浪的康巴人〉的協奏曲了。次巴走了，他跟着一伙康巴人從營地出發，一起去遠方流浪了。他們背着行囊，拄着棍子，五個人，還有兩個女孩。他們的腳底包得很厚實，因爲要走很遠的路吶。我敢說他再也寫不出那首協奏曲。因爲他把自己變成了流浪的康巴人，他就這樣完成了自己的作品。」

「你騙人。」

「他走了。他不該去那裏面錄音。」

「被你碰見了。」

「是那裏面的人告訴我的。」

「你有羣眾基礎嘛。你說他不該去那裏面，爲什麼，因爲那是你的地盤？」

「我不會再去那裏面了，沒見我現在這身打扮嗎？」貝拉果然一身風流灑脫的打扮，不像過去那樣乞丐似地邋遢骯髒。

「怪事。那營地裏究竟有什麼魔法？」旦朗想知道。

「什麼也沒有，只是一片臭氣熏天的貧民窟。」

「肯定不只是這些。」

「好吧，或者有點想像力的人會說這很像是個吉普賽人的營地。不過你最好別去，我勸過次巴，他不聽。」

「那，我們的小樂隊怎麼辦？」

「你不還活得挺好嗎？你要去找他？」

「不，他可能瘋了，就像你說的，魂兒被勾走了。」

「這年頭，誰也別想安寧。」貝拉說。

旦朗目光迷惘地望着前方，顯得心不在焉，一會兒，他收回目光，說：「貝拉。」

「嗯？」

「你說，如果用豐滿少女的大腿作腿骨號，音色如何？」

「這個。」貝拉停頓下，「不理想，音色滑膩又堵悶。」

「爲什麼？」

「因爲，脂肪過厚，骨子裏當然浸滿了油脂，你想想，那效果。」

旦朗低頭不語。

「你想用誰的腿骨？」貝拉滿有興趣地問。

「你幹嘛老是胡說八道？」旦朗說。

「你幹嘛老是胡思亂想？」貝拉反問，「哼！腿骨號，有空還是多研究一下你自己的腿骨。」

八

次巴不在，雍娜終於進了小樂隊。她愛這個小樂隊，愛小樂隊裏所有的男孩，她樂意爲他們洗髒衣服髒被子，用自己的錢給他們買煙，買酥油，爲他們每天打好茶，只要能做到的她都樂意去做。她對他們粗魯的玩笑總是報以溫厚一笑。當他們聊一些過於難聽的事就叫她出去，她便毫無怨言地坐在門外靜靜地等候他們重新喚她進去。在小樂隊裏，她時刻聞到一種苦悶和煩躁的氣氛，對她來說這種氣氛來歷不明，又無法驅除，她不禁爲小樂隊的男孩們難過。她恨自己不能爲他們更多地作一點什麼，不能爲他們減輕一點那種苦悶和煩躁，只好常常一人躲在宿舍裏，悄悄爲他們哭泣。

她聽見他們宿舍那邊一陣騷動，趕緊又抹去自己的眼淚奔了出去。

江白加措狂怒得近乎於失態，他掄着琴弓把一屋子的人抽打得抱頭亂竄，他大聲嚷着：

「誰幹的？我要殺了他！」

他一直追出門外，揮舞着琴弓。

「雍娜，別靠近他，他瘋了！」他們遠遠地躲在一旁喊道。

雍娜不顧一切衝上前，氣紅了眼的江白加措也不管什麼人，舉弓就抽。雍娜雙手護住腦袋挨近他，手臂和身上被狠狠挨了幾下，她一下抱住江白加措，死命地將雙手捧住他臉緊緊貼在自己臉上撫愛地哭喊着：「哥哥江白啦，你別這樣，求求你別這樣，求求你求求你！」

江白加措好不容易在雍娜竭盡全力的安撫下被她扶進宿舍按在床上，她摟住他腦袋不停地哄勸，他才清醒過來，他被捂在她懷裏感到憋不過氣來，推開了她，呼哧呼哧喘着粗氣。

事後，旦朗對貝拉承認如果當時他被江白加措揪住了衣領，他肯定只好把這筆賬推在貝拉身上，幸好他跑得快。

再也聽不見江白加措的〈天鵝之死〉了，旦朗才敢走到他身邊拍拍他削瘦的肩膀說：「老弟，你總算明白了。這下你該知道你從來也沒去過上海音樂學院，你沒有在什麼畢業匯報上出過醜，也沒有見過那個吹長笛的女孩了吧。」

江白加措點頭默認了。

「我看德吉梅朵這孩子不錯，她那麼喜歡你。她很有味兒，也許你嫌她屁股大了點，可我聽說這對生孩子很有好處。」

「我沒嫌棄她這點。」江白加措含混地嘟噥道。

他倆抬起頭，江白加措床頭牆壁的那張畫片上，神情憂鬱的純情少女被人在臉上用鋼筆畫滿了鬍子，變得醜陋不堪。

這是旦朗冒險的惡作劇。但是江白加措答應要跟德吉梅朶好了，這又是令人愉快的事情。

九

旦朗不相信貝拉說的，次巴從營地裏跟幾個康巴人一同去流浪了。他知道貝拉爲了想寫作一部康巴人的小說，在營地生活了幾個月。他不知道作爲一個從小在內地長大的高幹子弟的貝拉是怎麼鑽進拉薩人捂鼻而過的那個貧窮破爛的康巴人營地裏的，又是怎樣在裏面生活的。他不知道貝拉在一個叫阿妮妮老奶奶的帳篷裏，裏面還有三個姑娘，他跟她們一同喝着沒有油脂的酸臭昏濁的茶水，一同吃着姑娘們從拉薩人家乞討來的殘湯剩飯。他不知道貝拉在那裏面所經歷的許多事情，營地裏的康巴人都把貝拉當成一個城市流浪漢，他們處得很好。貝拉竟幫助一個犯了竊盜罪的小伙子越牆逃走，躲開了警察的搜捕。他沒告訴旦朗自己爲什麼不再去那裏面了，旦朗也沒見貝拉動筆寫出來。也許他還沒那才華和本事寫出來，他連一首像樣的歌詞都沒有寫出來過，旦朗心想。

在一個秋風瑟瑟的黃昏裏，旦朗不聽貝拉的勸告，悄悄一人去了康巴人的營地。

他從營地回來後渾身像發了瘧疾似的顫慄，他覺得自己就要生一場大病。

雍娜發現了他臉色蒼白。

「我渾身很難受。」他哆哆嗦嗦地說。

「我扶你去醫院。」她挽住他胳膊。

「不，我需要好好休息。」

雍娜把旦朗安置在自己的床上，她宿舍另一個女孩去內地出差了，她自己也很少住在裏面，平時都回家。她開始對旦朗無微不至地關照起來。每天專門給他打一壺濃鬱的酥油茶，給他上街買新鮮牛肉和酸奶，每日三頓飯都送到他床頭。

旦朗躺在充滿女性芬芳的安靜的宿舍裏，腦子卻亂糟糟的。他老是提心吊膽地生怕小樂隊的人隨時又會失踪一個，他愁眉苦臉，覺得自己病得很厲害，很快就要死了。他整天哼哼唧唧躺在床上也不願出門，不知不覺在雍娜的伺候下長得又白又胖。

雍娜端了一大碗熱騰騰的鷄蛋麵條進來，她一進門旦朗就問：「他們都在嗎？」

「在，他們坐在那兒抽煙。」

「一個不少？」

「好像，都在。」

「好像不行，你再去數數。」

雍娜聽話地出去了，他狼吞虎咽地把一碗麵條吃得乾乾淨淨。雍娜回來後說他們一個不少。他們問起旦朗，她說他睡了。

「雍娜，你能幫忙嗎？」旦朗無精打采地說。

「你說吧。」

「你替我問問貝拉，一個人該怎麼寫遺囑，別說是我問的，你隨便編個什麼人。」

「你要幹嘛？」

「我想我快死了，我不知道怎麼寫遺囑。」

「旦朗！」

「哦！你別叫，我受不了。」

「你沒病。」雍娜俯下身哄勸他，她指着自己腦袋：「你是這裏病了。」

「是嗎？」旦朗不太相信。

雍娜抽泣地哽咽道：「別人都說你們一天瘋瘋癲癲沒有正經的時候，其實我心裏明白，你們很可憐，很孤獨，沒人理解你們。我見你們這樣，心裏很疼，我眞想讓你們高興一點，不是那種假裝高興的樣子。哥哥旦朗，就讓我好好陪陪你，你願意怎樣都行，只要你能快活一些，好嗎？」

雍娜說着解開了衣服，要躺在他身邊。旦朗嚇得從床上跳下來，大聲嚷道：「雍娜，你也瘋了嗎？」

雍娜蜷成一團，驚恐地望着他。

旦朗手指放在嘴邊想了好一陣，才說：「前幾天，我去了康巴人的營地。」

後來旦朗才明白，爲什麼貝拉和次巴去了那裏面後都保守自己的秘密，不肯講那裏面的事。他也不會跟別人說起那晚上進去後的情景。在那裏面，他證實了次巴的確是跟一羣流浪的康巴人離開的。他還知道次巴在那裏曾錄過音。更使他震撼的是那晚上他竟然也聽見了次巴稱之爲「先祖的聲音」。他同樣說不清那個聲音是什麼，他不明白爲什麼次巴終於沒能够把那聲音錄下來。也許正是這樣，次巴走了，去尋找那個聲音發出的源頭。能找到嗎？誰也不知道。旦朗在營地裏，在「先祖聲音」的召喚中，漆黑的眼前出現了一堆白骨，那上面有許多黑麻麻的東西，起先他以爲是自己用鉛筆寫成的音符，當那堆白骨推在他眼前時，他才看清那上面全是些他無法理解的神秘的符號。這個時候，他的全部身心忽然感到自己如同一位虔誠的教徒，在神明面前接受一個偉大深奧的教義，不由得雙腿一軟，跪倒在地。

關於那座康巴人營地的生活場景，旦朗想，作爲搞文學的貝拉都沒有描繪出來，他又能再說些什麼呢？

對此事一無所知的雍娜，聽着旦朗彷彿自言自語地講着令她莫名其妙的話：

「其實那裏面誰都可以去，隨時都行，沒那些人想像的那麼神奇和浪漫，他們去看好了。但是我肯定那些人絕對看不到另一種東西，也不會聽到先祖的聲音，絕對不會。人和人不一樣。」

十

「村裏人亂喊亂叫，他們摔罐子敲鑼，那些狗也跟着汪汪吼叫，把一個村子鬧翻了，村裏人全累得精疲力盡。但是柏科女神一點也不理睬他們，直到東邊天色已開始發白了她也不肯出現。於是大伙又想，要是大家都沉默的話柏科女神也許會重新在他們眼前顯現出來。後來，村裏就開始變得靜悄悄的。所以，我記不得小時候在村裏聽見過有什麼聲音。」

小號手扎羅並不知道這是他的最後一個故事。

十一

民樂隊的出國儀式很隆重，他們將要去美國、加拿大和日本作巡廻演出。局裏、部裏和自治區領導都來爲他們送行，院裏停滿了幾十輛小轎車。大門口鑼鼓震天，鞭炮四起，出國人員身穿民族服裝，脖上掛着雪白的哈達，正與領導和大家一一握手告別，接受敬獻上的一碗碗青稞酒。所有的人都跑到大門口觀看熱鬧。

整個大院裏變得冷冷清清，只有小樂隊的幾個人坐在自己宿舍門口曬太陽，大家不約而同都沒有去大門口爲出國人員送行。雍娜也默默地陪坐在他們身邊。

貝拉顯得有些心神不寧，他俯下身用小棍給地上爬行的螞蟻時而引出條路，時而堆起道障礙，時而劃個圈把它們圍在裏面。

坐在他身邊的旦朗悄悄遞過折成小塊的白紙。貝拉打開，在他給旦朗寫成的歌詞背面，旦朗寫道：「我還是沒懂你的詞。貝拉，告訴你，我的鼓敲破了。」

貝拉收起歌詞，他仰面朝天，長長地嘆了口氣。

半晌，雍娜忍不住，凄切地問：「哥哥貝拉，你會離開我們嗎？」

貝拉沒吭聲。

他們圍聚在一起，第一次想認認眞眞地聽小號手扎羅講敍他家鄉的故事，但是他再也講不出來。

因爲前不久，雍娜發現扎羅演出服背後用鋼筆寫的譜子，她不忍心扎羅演出時背後印着這些小黑符號在別人面前出醜，便好心地瞞着他悄悄拿到洗染店。她花了十幾塊錢取出來後，那上面洗得只有隱隱的一片印迹，洗染店的人說他們盡了最大努力，已不可能洗得不留半點痕迹。但是從那以後，那些家鄉故事便從小號手扎羅腦海的記憶中開始隱退，變得暗淡而遙遠，他再也無法講敍出來。

他不知道應不應將雍娜好好揍一頓。

在漫長的沉默中，小樂隊的年輕人對自己以前從沒認眞傾聽，總是不耐煩地打斷扎羅的故事不由得感到後悔起來。

【西藏，隱秘歲月】

一九一〇——一九二七

十二歲的達朗去屋後撒尿，有一隻紅頭藍羽的小鳥在他前面。他蹲下身，像隻青蛙躍身撲去，小鳥從指縫溜掉又飛到他夠不着的一塊石頭上，他又一跳，小鳥一直把他引到溪流邊的瀑布口就飛了。他站在草地上往下一看。發現有人上廓康來。開始他不敢肯定是來廓康的，因爲山腳下的坳口還有一條道岔到廓康背後的邦堆莊園。那人走進了峽谷，沿着飛濺起浪花的溪水往上攀來。達朗跑進屋把他所看到的告訴了大家。

全廓康的村民都跑出來站在溪邊的草地上俯視來人。這裏居住着兩戶人家，共六個人：旺美和他四十多歲脖子下垂着一顆大肉瘤的女人，兒子達朗和女兒窮拉；另一家是七十五歲的老人米瑪和他忠實的老伴，他倆無兒無女，相依爲命。大家站在那裏，一聲不吭，默默盯着來人。每次山下來人，總要帶走廓康的一兩戶人家，到五年前，這裏就沒剩幾戶人家了。有一個叫洛嘎的漂亮姑娘死了父母，成天唱着歌起床，唱着歌放羊，唱着歌生氣，連生病時的呻吟也像哼歌。她不論幹什麼都毫不在意地撩起裙子露出白白的大腿，挑逗得廓康的男人個個着了魔似地盯住她，連有了兩個孩子的旺美也常常趁老婆睡得死沉時往洛嘎的空房跑。不過她不嫁任何人，大家知道她在等山下的什麼人來接她。有一天，果然冒出一個全身裹着黑色皮毛的高大漢子，趁洛嘎在山上放羊時，他進屋把裏面的食物全吃光了。大夥發現時，他躺在門檻下睡覺。把他搖醒問他從哪兒來，他不答應，只哼出幾聲尖細的吱呀聲，比劃着各種令人不解的手勢。原來是個痴呆的啞巴，大家沒趣地散開了。洛嘎回來後當晚把平時不上拴的門板抵死了，把那漢子留在了屋裏同宿。人們只是半夜聽見她發出痛苦的尖叫，男人們憤憤不平提了棍子準備懲治那個高大的痴呆啞巴。過一會兒又聽見她唱歌了，他們無可奈何關了門睡自己的覺。第二天，不知誰發現了啞巴身上穿的黑皮毛原來就是長在他身上的，他是坐在太陽下翻開肚子上的毛捉虱子時被人看見了紅紅的肚臍。年輕時當過獵人的米瑪老人細細觀察過，把自己得出的結論告訴了全體廓康人：這傢伙根本不是啞巴，而是從深山跑出來的一隻人熊。（人熊——即野人。）大家一聽，嚇得魂飛膽喪，紛紛鑽進家堵死門，連聲祈禱菩薩保佑。洛嘎也嚇壞了，但她的魂已被那人熊擄走，無論怎樣只有跟了它。當晚，她把幾件衣物收拾好，帶了些吃的，跟一家家死死關住門的鄰居一一告別後，流淚唱着歌爬到了人熊背上，那人熊一手托住她，一手按着地三竄兩跳躍下廓康。大家看清了猴子般靈巧的動作，更確信他是人熊無疑，都爲洛嘎姑娘前世造下的孽果而嘆息。幾個男人更是氣得跺腳，但他們又鬪不過那力大無窮的傢伙，只好憤憤亂罵一通。不久又爬上一位寧瑪教的高僧，（寧瑪——西藏喇嘛教派的一種，意爲紅色古老，也稱紅教。）揚言要在此隱居三年零三個月。早有幾戶人家紛紛來請他作自己奉養的福田。高僧巡視一番廓康邊的荒坡，北邊是哲拉山頂流下的溪水，東邊是巉巖的峭壁，南邊是峽谷間的遠山，搖搖頭說此處原來早有位得道的密宗大師在此修行，不可冒犯，說罷掉頭下山。人們拽住他要問個明白，他回答說該明白的人心自明白，不該明白的人也就無需明白。當即有幾個出家心切的男人捨家跟這位寧瑪遊方喇嘛作弟子下了山。前兩年，又上來一個男人，衣衫襤褸，形骸放蕩，瘋瘋癲癲，成天念着一種誰也聽不懂的密咒。他住在寡婦加央卓嘎家，她男人就是跟了寧瑪高僧下了山。不到三天男人又把加央卓嘎帶走了。後來聽說他是一位外道的持密修士，爲了修「起屍法」，把加央卓嘎作爲修法對象用各種方式折磨而死。在靜修過程中，女屍舌頭連吐出兩次都未被他咬住，第三次吐出時他用牙終於咬住了屍舌，但由於功夫不深，未能將舌尖一口咬下，那屍體反把他舌根連着氣管以及肚裏的腸子一起拉了出來，當場死亡。加央卓嘎因此起死回生，裹着雪白的氆氌走出密室去了江對面一個叫薩瓦曼娘頓的尼姑廟出家當了尼姑。前不久旺美去夏隆宗路過榮巴雅朗山口還特意代表全廓康的村民看望了她，並在薩瓦曼娘頓尼姑廟裏奉獻了供品。

來人是個木匠，叫次多吉，住在廓康山背後走上半天路的邦堆莊園裏。他剛從拉薩來，自稱是旺美的胞弟，是受年邁的母親的囑託來找哥哥的。旺美只知道自己是個棄兒，不知道母親就住在邦堆，更不知道還有個弟弟，他打量着陌生人，狐疑地搖搖頭。長着一臉絡腮鬍的次多吉把哥哥拉到一邊，說出了他大腿根部有塊章噶爾（章噶爾——舊藏幣。）長的紅色胎記這個秘密的特徵後，他相信了。再說，細心的老婆發現哥兒倆眼珠都有點斜視，說話的時候也愛不自覺地微微聳起右肩，這下沒什麼可說的了。

廓康人圍坐在旺美家，屋角火塘裏熬着一大罐煮羊肉，陣陣飄發着饞人的肉香，大家盤腿邊喝碗裏浮着一層淡薄的酥油花的清茶，一邊聽次多吉講外面的見聞，次多吉接過米瑪老人遞來的牛角鼻煙壺，在大姆指甲蓋和食指中間關節上抖出一撮煙末，擤了把鼻涕開始慢慢講敘：情況像下弦月一樣黯淡，十三世聖僧大寶佛爺（聖僧大寶——對達賴喇嘛的尊稱。）剛剛結束了五年多的流亡日子，回拉薩不到三個月又被川軍趕到印度了。次多吉搖搖頭，全廓康人也跟着搖頭。他還談了一路上各種離奇古怪的見聞，最後談到他這次來是遵從母親的心願，她活不了多久，不無想念分離了四十多年的兒子，她當時並不是有意拋棄兒子，只是在逃難的路上一時眼花，背起婦女們放在一起的錐形柳條筐就跟着人們跑了。第二天才看清筐裏裝的是一個大蘿蔔。因終日皈依三寶，積德行善，菩薩有眼，前幾天神靈托夢告訴了她兒子的下落，這才打發小兒子次多吉照她夢中所指的方向和景象找到廓康來。再說，邦堆莊園的租地如果兩年之內無人種，德貢仁欽管家會派人沒收，並且照樣支付各種捐稅差役。

大家默不作聲。明天，陽光從山坡背後升起，這裏就只剩下一戶人家了。旺美的女人還沒來得及把罐裏的肉撈出來，米瑪老人撐起身，心事重重離開了旺美家，跟着，老伴察香也站起身來。

這一夜，廓康山溝裏顯得異常寂靜。黎明前一刻，萬籟俱寂，一切聲音都被哲拉山的重量壓得死死的。

察香醒來時天還沒亮，她感到身體有些異樣，摸了自己的肚子，隆起了拳頭大的一個包，她驚慌不安用腳蹬了睡在另一條薄墊上的米瑪，米瑪一夜思慮剛剛入睡被擂醒，他爬過來摸了摸，最後認定這症狀表明老伴懷孕了。

「哪有的事？」察香似哭似笑地說：「你想想，我們在精力旺盛的年輕時沒生下過孩子，在像成熟的果實般的中年時也沒有過孩子，如今頭髮像海螺般花白，嘴裏珍珠般的牙齒沒剩下幾顆，怎麼會有孩子呢？」

「這裏正是女人懷胎的地方，靠近右髀骨，那就是說一定是個女孩子。」米瑪嚷嚷道。

「你怎麼對女人的這些事知道的比我還多？」察香很惱火。

米瑪並不理會，弓起身在晝夜不熄的小佛燈昏暗的照映下，數着牆上劃的小白道：「喂，今天是供食的日子了，快準備吧。」

察香穿好衣服，開始生火熬茶。

山脊的遮擋，看不見東方微明，月光在溪水和草地下泛着亮光，察香提着把熱乎乎的茶壺和一小羊皮口袋糌粑輕輕開了門，一股清晨寒冷新鮮的空氣撲面而來，她悄悄走在一條隱隱可見的小道下，溪水擋住了去路，她看不清那上面間隔的幾塊墩石，便提起裙角，赤露的腳脖將小腿浸漫在刺骨透涼的溪水裏嘩嘩走了過去，來到高大陡峭的岩石下，岩石壁下有個陶壺大的洞，她蹲下身，臉正好對着洞口，它被地下雜蕪的荒草和盤纏在岩石根下的藤蔓所遮掩，平時很難發現。察香撩開雜草藤條，伸手輕輕取出一隻空茶壺和一隻空瓤的糌粑皮囊袋，把滿滿一壺熱茶和脹鼓鼓的皮囊袋伸進洞裏，裏面臺上墊着厚布。東西放進去無聲無息，爲的是不打擾在裏面隱居修行的大師。這一切完畢後，她重新合上草葉藤條，不留痕迹，退出幾步，跪在地下磕了三個頭，雙手合在胸前喃喃祈禱了一番六字眞言，這個時候，那邊旺美家也有了起床的動靜，一股濃濃的炊烟向四處彌漫，整個房子罩在了白色的烟霧中。

次多吉醒來悶悶不樂，他對自己做的夢懷有一種負罪感，他羞於告訴旺美，吃完早飯後還是忍不住告訴了他。

「這，沒什麼，我也常作這種夢，夢見自己啃一間房裏的柱子，廓康的人都作這種夢。」旺美不以爲然，他正緊張地收拾遷居的東西。

次多吉夢見自己啃吃一隻豐滿的大腿，它像是次多吉在隆子宗一個開酒店的情人的，又像是小時候他家中那個愛打瞌睡的姨媽的。如此說來，這裏必定是一個餓鬼之鄉，難怪沒剩幾戶人家，他想。

旺美一家在中午太陽往西偏移時離開此地了，大家把儲藏的最後一罐淡酒盛在碗裏，每人右手無名指尖在酒裏沾三下，朝空中彈開，表示平安吉祥和祝福，旺美的女人把所有能帶走的小雜貨紮成一個碩大的包袱在身後，她臉上幾道淚痕，眼睛紅腫，像是傷心大哭過一陣。次多吉頭上頂着幾對磨得露出了麥桿片的墊子，一手夾着一把矮桌；小女兒趕着十幾隻羊，旺美最後出來，他抱着被灌醉了酒睡得正香的兒子達朗交給米瑪：「這是我們全家的心意，這孩子，就當一隻小狗陪你們兩個孤單的老人作伴吧，他好養大，有一點殘茶剩飯扔給他吃就行。」

「這……」旺美是重情義的漢子，爲了幾十年的老鄰居，將愛子當作薄禮奉送。米瑪老人想起早晨察香身體出現的徵兆，不好收下孩子。但是難道他能開口對旺美說不久我們就會有自己的孩子了嗎？她已是快七十歲的老太婆了，誰會相信呢？

旺美一家走了兩個時辰才在山底的那片沙丘地帶拐過了山彎，一路上，旺美一家人都像喝醉了酒一樣腳底不穩，不時歪歪倒倒，次多吉頭上的薄墊也滾到山腳，老人站在瀑布邊高喊小心慢走，旺美剛轉身要揮手。又跌了一個跟頭。

達朗一覺醒來，發現不是躺在家裏，兩個老人滿是皺紋的鼻尖幾乎要挨着他臉頰死死盯住他。

「我爸爸呢？」他問。

老人直起身互相對視不知該怎樣回答。

「他們把我留在廓康了，是嗎？」他委屈地叫喊了一聲，從老人的胳肢窩下飛逃出了門。

次仁吉姆是在察香懷孕兩個月之後出生的，降生的那天，天空降下一場甘露般的雨水，灑落在帕布乃崗山區河谷平原正灌漿的麥田，接着天邊又出現一道七色彩虹，這一切都是吉祥的徵兆。四天後，兩個老人在沒有左鄰右舍、親朋好友前來祝賀的情況下，爲孩子做了淸除汚濁的禮儀，用指頭捏一點糌粑放在次仁吉姆的額頭上，並在門前堆了一堆小石子，在石堆旁燃燒起香草松枝，然後用酥油在次仁吉姆的臉上、額頭和茸茸的胎髮上亮亮地抹了一層，把她放在太陽下曬着，年邁的父母這時也坐在門前牆根下在炎熱的陽光下打起瞌睡來。米瑪不知什麼時候被吵醒，他看見達朗那孩子正抱起躺在草地上還不會說話的次仁吉姆逗着她玩，髒黑的手指捅捅她紅嫩嫩的臉窩，嘴裏反覆嚷嚷道：「你長大了要作我的女人。」一見兩個老人醒來面無表情地望着他，便放下次仁吉姆，像隻偷食的小貓三蹦兩跳跑掉了。他倆知道達朗沒有下山追趕遷居到邦堆的家人，他就在附近不遠的地方生活，但這一帶再沒有別的人家。他們不知道一個十幾歲的孩子是怎樣生活的。

就在旺美一家離開的第二天，米瑪開門便發現廓康一夜之間變得荒蕪蕭疏，像一座多年沒有人住的空蕩蕩死沉沉的村莊，到處殘壁頹垣。旺美家的門前掛滿了陳年的灰濛濛的蜘蛛網。門框綻開許多裂紋，像一根根難以支撐的朽木。壓着草坯木棍和硬土的屋頂中間陷塌下一塊，許多老鼠從屋裏、窗欄上爬來爬去，但是當天太陽落山的時候，那些以前只是在哲拉山背後那一片灌木叢深溝裏棲息的一大羣小腦袋、渾身滾圓、動作笨拙的貝母鷄拖着瑩藍的長尾巴高高地飛到廓康來了，它們大模大樣互相咯咯地召喚着在這些空無人迹的廢墟裏尋找糧食，接着又從山坡上竄來幾隻戰戰兢兢豎起警覺耳朵的灰色和淺栗色的野兔，又從高高的岩石上左右敏捷地蹦跳出兩隻獐子，它們身上發出強烈刺鼻的麝香味道，眼神如同初戀少女似的羞怯與溫柔，走到清澈的溪水邊，深深嗅了幾下廓康神秘的氣味，昂起的脖子又如同公主般的傲慢。從此，每天太陽剛剛出山和下山的時候，廓康便成了這些動物安全飲水的地方。

次仁吉姆長到兩歲便顯示出了種種與凡人不同的迹象，她沒事就蹲在地上劃着各種深奧的沙盤。米瑪不知女兒劃的就是關於人世間生死輪迴的圖盤，剛會走路就會跳一種步法幾乎沒有規律的舞，她在沙地上踩下的一個個腳印正好成爲一幅天空的星宿排列圖，米瑪同樣不知道這是一種在全西藏早已失傳的格魯金剛神舞，她從「一楞金剛」漸漸跳到了「五楞金剛」。但是這一切顯示出諸神化身的迹象很快被來到廓康的陌生人所冲沒，種種叫人驚奇不已的顯示變得無踪無影。她成了一個普普通通的山區女孩。

那天，察香開門去溪邊汲水，發現從岩石下冒出一個人頭，爲首的一個模樣奇特，嘴上一撮鬍子，臉上的皮膚又白又紅。她扔掉水桶大叫一聲慌忙跑進屋死死抵住門，歇斯底里高喊碰見了魔鬼。米瑪問是不是又爬上來一隻人熊？比那更可怕，察香的臉也像魔鬼一樣可怕地說，它長着紅頭髮。倆人抱着次仁吉姆跪在屋裏土臺上供奉着幾尊古舊的銅佛像前聲音顫抖地連連禱告，請求大慈大悲的菩薩保佑，驅除這羣魔鬼，別讓它們闖進來殘殺無辜的生命。這時，懷中的次仁吉姆拼命地哭叫起來，一個勁向外掙脫。外面有人說話，用尊敬的語言請求主人出來迎接辛勞的旅人，這種敬語是米瑪年輕時去夏隆宗向宗本老爺送去兩張火狐皮時聽見那些貴族們互相言談中所吐露出的。米瑪將門開了條縫，那岩石上的確坐着一個紅髮鬼，他衣着奇特，背一個沉重的囊袋，彎下腰，雙手按在分開的大腿上喘息，那樣子顯得非常疲倦，邊上還站着幾個赤腳的藏人，也背着很多東西，過一會兒又爬上一個跟紅髮鬼模樣相似的人，他倆嘰哩咕嚕說了一遍，後者顯得有氣無力，剛爬過岩石便倒在草地上痛苦地搖搖頭，爲首的紅髮鬼彎下腰拍了拍另一個臉。見門開了條縫，便用一口純熟流利的藏話招呼米瑪，邊走了過來。大約一個時辰，廓康的人才漸漸消除了恐懼和警覺，這倆人告訴老人，他們是英國人，不是什麼魔鬼，是爲考察雅魯藏布江最終流向何方，沿路來到帕布乃崗山區。他的同伴病了，走在山腳不見前面的村莊，用望遠鏡發現了隱藏在半山峽谷中的廓康，決定爬上來休息一夜。那幾個藏人則是服勞役的差民，英國人拿出了十三世達賴喇嘛和九世班禪活佛的照片給廓康人看。米瑪接過照片半信半疑，他不太相信這兩個不知那兒鑽出的英國人能夠把聖僧大寶的影子隨身帶着。當那個英國人遞給他一架雙筒望遠鏡，讓他舉在眼前往南邊山下廣闊的江面和遙遠的羣山眺望時，米瑪的心一下收緊了，那些景象一下跑到了他的跟前，連江面一隻牛皮船都看得清清楚楚，他半張着嚅動的嘴唇將那架頗有份量黑乎乎的望遠鏡惶惶不安地還給了英國人，相信了這些人也有自己的法術。察香便爲他們做飯燒茶，米瑪還發現了他們眼睛的顏色很怪，一個人是藍色的，另一個人是灰色的。吃飯的時候，英國人問起這一帶的地貌情況。米瑪竭力想使他們滿意，振奮起精神，滔滔不絕講起自己年輕時自由的狩獵生活。英國人聽着直皺眉頭，他們不再問什麼，飯後給了米瑪幾枚章噶爾。米瑪搖搖頭，他想要英國人的一件衣服，英國人困窘一陣，最後還是從背囊裏翻出一件半新的綠色咔嘰軍便服給了他。那些平時慣例來廓康飲水的貝母鷄、野兔和獐子憑着動物異乎尋常的本能嗅到了什麼，始終沒有飛到廓康溪水邊的草地上來，只是在百米之外的亂石縫裏叫喚着，英國人很有興趣地觀賞一陣，他摸出一把大號左輪手槍瞄了半天，總算沒有放槍。另一個生病的英國人被擡到了旺美原先的破房裏，跟隨的藏人用塊布在溪水裏打濕後放在他額頭上，看那樣子活不過這個晚上了，心腸慈善的察香便在佛像前跪下作了一番長時間的祈禱。另外那個身體健壯的英國人正坐在火塘邊寫什麼東西時，忽然腦袋上挨了一顆石頭，擡眼一看，一個十幾歲的少年從岩石上冒出機靈的小腦袋，英國人問米瑪是他的孩子嗎？米瑪搖頭。英國人便憤怒了，舉起槍便放了兩聲，米瑪大吃一驚，英國人笑笑，說他不過是用槍聲把這個討厭的小傢伙趕走。第二天那個昏沉沉的英國人沒事了，根本看不出生過一場大病。

他們臨走時才注意到像小動物般在大人腿下鑽來鑽去的次仁吉姆。病愈的英國人抱起了次仁吉姆，面有難色地看了看她那骯髒的小臉蛋，最後還是在她右臉頰上吻了一下。這一吻，使得次仁吉姆像被什麼扎疼了似地嚎啕大哭，捂着臉在草地上打滾。一行人離開了廓康，攀下並不險陡的岩石走進深谷時，米瑪發現他們不時地摔跟頭，有時連人帶包滾下好長一截爬不起來，十分狼狽，米瑪這才明白，凡是從廓康離開後不再上來的人下山都會摔跟頭。旺美一家也是摔跟頭下山的，他們不會再來看望老鄰居了。

這兩個英國人一個是F·M貝利中校，爲英國皇家地理學會會員，隨榮赫鵬遠征軍入藏，後任英印駐西藏春丕和江孜的貿易代表，四十年後，寫出《中國——西藏——阿薩姆》和《無護照西藏之行》等書，另一位是他的助手H·T·摩斯赫德上尉，在幾年後的第一次世界大戰中，他以勘測斯匹茲卑爾根羣島（斯匹茲卑爾根羣島——北冰洋上羣島，在北歐巴倫支海和格陵蘭海之間。），而聞名於歐洲，後來在緬甸遇害。

次仁吉姆自從被H·T·摩斯赫德上尉吻過一下後，右臉隆起了一塊紅腫，被那鋼針般粗硬的鬍子扎出了幾個小眼不停地流淌着濃液，米瑪氣得對那個英國人破口大罵，察香行動不便地爬到岩石下不知從哪兒拔來一些草葉在石頭上搗碎後拌着唾沫塗在女兒的臉上，並日夜祈禱，三天之後次仁吉姆臉上紅腫消失了，但是從此她的目光不再像以前那樣透射着神明的聰慧，也不會再劃沙盤，更不用說跳那種神秘的金剛舞，總之體現在她身上的種種度母化身的迹象從那以後全然消失。只是臉上永遠印着幾粒淺淺的黑痣。

次仁吉姆剛剛進入青春期就有一種洗浴狂，每隔幾天便脫光上身跪在山頂流下來的潔淨的雪水邊洗自己頭髮和身體，如果幾天不讓她洗她便扯住頭髮、衣服痛苦地呻吟說渾身奇癢難忍，任憑母親察香用什麼藥料塗抹在她身上也不管用，只有冰涼的水澆在她身上才感到很舒服。自從胸脯上漸漸隆起了一對結實渾圓的乳房，有一次她無意間手臂觸摸到乳頭，以後她總要忍不住去撫摸這塊惱人而又快樂的地方。忽然一雙粗糙的大手從她腰兩邊伸上來，像鉗子般的指頭夾住了她乳頭。回頭一看，又是那個美男子達郎。她感到揪心的酥麻，軟綿綿閉上了眼。達郎常常在她洗澡時從她身後竄出來摟她，他二十七八歲了，蓬頭垢面，十幾年在深山裏的獨居生活，使他變得行動異常敏捷，誰也不知道他住在什麼地方。但是他常常來勾引次仁吉姆，每逢這個時候，老得像乾木條的察香總要在門縫裏惡狠狠地監視女兒，發出一聲悲哀的嚎叫，達郎一聽見這聲音就像聽見了什麼詛咒一樣沮喪地逃開。事後女兒會受到嚴厲的責備。次仁吉姆漸漸長成了一個美貌的姑娘，而衣裙愈發的破爛，從衣衫裏露出的皮肉使得米瑪成天不好意思擡起眼睛，總像是在尋找地上的螞蟻。他受不了這光景，終於翻出十幾年前英國人留下的綠色軍便服扔給女兒。次仁吉姆新奇地穿到身上，這衣服像有什麼法術，次仁吉姆身上不再奇癢難忍，再不去溪邊洗澡，並且一直穿到死都沒脫下來過。

每隔一個月，年邁的父母便向岩石腳下那個被草葉枝藤遮掩的小黑洞裏給隱居修行的大師送食物，次仁吉姆早已看會了每次灌多少茶水，添多少糌粑，怎樣不發出一點聲響地在洞邊取出空茶壺和皮囊袋再送進新的。

「他在裏面住了多久？」她問。

「只有菩薩知道，」母親回答，「四十多年前我們搬到廓康時，剛有一位老人去世，據說他就在這兒向大師供奉了一輩子。」

「他爲什麼不出來？」

「呸！」女兒挨了一臉母親吐出的唾沫。

「你可不能懷疑這位僧人的存在，」父親在旁解釋，「他的靈魂常常隨意離開身體從小洞裏飛出來，在世間漫遊。如果你在山上看見一隻鳥，一匹馬，如果你看見從你面前刮走的一陣小旋風什麼的，都可能是大師種種化身的顯靈，萬萬不可傷害一切生靈。」

這是次仁吉姆五歲時與老人的一次迷惘的談話。從此，她知道該怎樣保守小洞裏的秘密，不可讓外人知道，父母一再叮嚀，並且，次仁吉姆也確信了大師的存在，因爲母親常常送完茶飯回來後激動不已地告訴丈夫：大師問話了，有時問小溪的水是不是變得昏濁些了？今天是否有隻大鷹從天上飛過等等一些看來無關緊要的話。

次仁吉姆常常抱着一隻願意在她懷裏小憩一陣的貝母鷄或撫摸一隻變得馴服的野兔發呆，她知道一旦父母去世，達郎就會從岩石後突然蹦出來娶她作妻子。他十幾年一直象鬼神般出沒在附近，就是在頑強地等待着那一天。但是米瑪自有打算。他知道自己在人世間的日子不多了，與老伴商量後，在一個黑魆魆的夜晚，拉着次仁吉姆全家跪倒在岩石小黑洞前的草地上，父母一遍遍輪番喃喃禱告祈求神秘的大師對女兒出家爲尼進行受戒加持。在此之前跟女兒說定了，如果洞裏沒有一點動靜，那麼在他們之後，次仁吉姆將按照自己的意念去生活。此刻靜悄悄的，這種異常的寧靜使人覺得隨時會爆發出奇蹟。果然，正當外面的人緩緩垂下了絕望的頭顱時，一縷隱隱的白色從洞裏飄然而出，一條純白的阿西哈達（阿西哈達爲一種質地名貴的哈達。）輕盈盈掛在了次仁吉姆的脖子上。米瑪見此，緊緊揪住胸口連聲顫抖地說：「看哪，這眞是吉祥的奇蹟，這難道不正是僧師賜予的灌頂加持嗎？」次仁吉姆像被電殛般昏倒在地。她被母親用涼水潑醒後，渾身無力地被扶進了屋裏。當晚，在昏暗的油燈下，父親用一把年代已久然而刀口鋒利的腰刀，在她頭上浸了水，削去了她馬蘭草般烏黑油亮的長髮。到了深夜，米瑪氣數已盡，臨死前忽然發出一聲慘叫：「三寶佛法僧啊，我愛女次仁吉姆在我之後繼續供養你，莫非是我米瑪今生未能積滿二資糧（二資糧——指佛教中的福德與智慧資糧。）所應得的報應？」說完便挺直了身體，察香的星相本該再活七年，聽丈夫臨死前這一番吶喊，便在驚厥與悲憤中與丈夫同逝。察香享年八十八歲，因生前積德行善，皈依三寶，戒除了女人天生所具有的「五毒」（五毒——即貪心、忿怒、愚痴、嬌矯、嫉妒。），功德圓滿。在洞中隱居的高僧默默爲其超度亡魂時，出現腦門突然破裂，腦漿飛迸出來的神蹟。察香的靈魂從頭顱裏飛出升向了天界。隨後屍體自動被擡起飄出門外，被一股無形的力量托向哲拉山的一塊奇峰上，在那裏早已密集着一羣老鷹。米瑪終年九十二歲，他的屍體飄出門外後，則沉重地墜入山腳，落到了雅魯藏布江中。

現在，達郎像隻雄鷹高高站在岩石上，一言不發默默地等待次仁吉姆從屋裏出來，一直等了三個時辰，毒辣的太陽曬得他汗水糊滿了眼睛和胸膛，他一動不動鐵錚錚地站立着，最後次仁吉姆低垂着頭慢慢走出來，手中端着一尊銅佛像，站在門前不敢擡頭望他，當達郎看清她滲冒着斑斑紅色血珠的光腦袋和拿在手中的佛像以及繫在脖子上雪白耀眼的哈達，他一下子傷心地哭出聲來，仰起脖子對空中使出全身的力氣，長長地叫出一聲毛骨悚然的哀嚎，把十八年一肚子的艱辛與漫漫期待的破滅全部發泄出來。

一八七七年的某一天，四十二歲的獵人米瑪爬上一座叫桑扎普的山頂狩獵，前面是一片斜坡草灘，背後是深不見底的懸崖，幾隻火球般的狐狸從遠處的草灘出現了，很快就會來到離他不遠的一條溪邊飲水，他肚子忽然一陣鼓脹絞痛，忍不住要解大便。晨風正從背後吹來，獵人知道狐狸嗅覺非常靈敏，爲了不讓糞便的氣味飄到前方，他悄悄離開原來的位置，挨到令人眩目的崖邊，撩起後衣擺，雙手小心抓住石縫裏伸出的高寒植物樹枝，整個身子懸在半空，一憋勁，一股體內的穢物滑脫噴泄而出。但那東西高高地墜入深淵沒有發出任何微小的回聲，使米瑪頓時產生一種空蕩蕩不踏實的感覺，他悄悄趕回原來的位置，這時，那幾隻渾身紅火的狐狸正衝着他奔來，它們舒展着一雙柔軟的爪子縱身前撲，身體騰空而起，跟着富有彈性的後腿緊緊收貼在腹部朝前輕輕站落在地又高高地躍起，全身茸茸的皮毛隨着身體的起伏在風中柔曼地飄逸，那根粗粗的長尾巴在身後左右擺掃，他們奔跑的姿勢像優美的舞姿令人如癡如醉，心花怒放，狐狸們來到溪水前並不急於探頭飲水，這種靜止的狀態正是獵人開槍的最佳時刻，它們一陣親昵的嬉鬧，互相原地追逐撲滾一番，發出尖細的歡叫聲，米瑪心煩意亂，腦子裏總有個甩不掉的怪念頭在纏繞，那堆糞便在輕悠悠地往下墜呀墜呀，卻永遠墜不到地上，這個念頭破壞了一個熟練的獵人鎮靜機警的本能，他失去了耐性，緊張地握着火銃槍托，狐狸不肯安寧的身影像一道道火焰上下飛滾，攪得米瑪眼花撩亂，他勾動了扳機。

一陣尖厲的呼嘯聲撕裂了空氣，飛速劃破一道長長的口子傳向遠方，狐狸們本能地貼下身，立刻後腿一蹬，把地上的草屑都高高掀了起來，拖着大尾巴像閃電般身體貼着草地，眨眼就變成遙遠的小點，無聲無息地消失在草灘的地平線裏，這時，山谷對面傳來長時間沉悶的回聲，像山神發出的一聲威嚴的嘆息。

一切又恢復到剛才的靜寂。

米瑪失望地拖着槍起身向草灘小溪走去，垂手可得的獵物轉眼間像夢一樣無踪無影，這個經驗富足的獵人還是頭一次碰到，這裏面總有什麼地方出了毛病，他實在想不通。

他坐在溪邊，愣愣地望着草地上清早沾在草葉尖上的露珠被狐狸們嬉戲時壓出的一片顏色變深了的濕痕，他寬厚的巴掌摸摸上面，彷彿感覺到了狐狸身體下的餘溫，他搧搧鼻孔，空氣中還彌留着他所熟悉的那股腥臊味。他忽然在旁邊的一堆亂石上看見一隻狐狸的腦袋，本能地舉槍瞄準。幻覺消失後，才看清那塊巨石上原來刻着一尊菩薩的浮雕像，在歲月的風吹日蝕下面目已模糊不清。他走去細細觀看，心裏哆嗦起來，菩薩的心臟部位有一處被硝煙熏黑的彈痕，他沾了下上面的黑粉湊到鼻子下，分明嗅到一股辛辣的火藥味，他一下癱坐在地上，心裏頓時咯噔一聲，好像有什麼東西從腹部一下把整個胸腔塡塞滿了。

米瑪因爲那個早晨闖下兩個大禍，一是槍擊菩薩雕像，一是從崖石上泄出的糞便落到了山底下一個正在閉目靜坐的僧人頭上，他原先住的村庄遭到了山石崩塌的滅頂之災。幸虧他早有準備，半夜聽見山頂發出了異樣的隆隆聲，把早已準備好的一點錢財和食物塞到女人察香手中，自己身背年邁多病的老母親摸黑逃命，向村外那片平坦的河岸邊逃去，到天亮，母親已硬挺挺死去，他知道這是應得的報應，默默地爲母親清洗身體時，從空中飄來一塊布片落在母親乾癟的胸脯上，他揀來一看，是張偈語，也沒給妻子看，將母親身子洗遍後，面對天空跪下，默默念誦了七七四十九遍六字眞言，將母親的遺體投入江中，又對着順水飄逝的母親祈禱一番，最後拉着妻子，照偈語中所指示的走到哲拉山一條坳裏，然後攀上流着瀑布的峽谷來到僻靜的廓康。這時廓康正有一位年歲已高的老人剛剛去逝，米瑪加入了廓康人爲老人送葬的行列。以後便在此定居下來。

一九二九——一九五〇

哲拉山位於帕布乃崗山區南部，是一座海拔五千三百公尺的巨大的錐形平頂山，層巒疊嶂，溝壑縱橫，山勢崎嶇不平，夏季的幾場暴雨沖刷着貧瘠的土地，衷走泥土，只剩下一堆亂石和幾道斷岸裂縫，地裏的莊稼像長了癬的老牛身上的毛，稀稀落落，東倒西歪。周圍的羣山在古老的雅魯藏布江邊綿延不斷，高低起伏伸展下去。哲拉山頂是一片浩瀚無垠、靜默荒涼的大平原，光禿禿地一望無盡，地上布滿着堅硬的土塊和碎石，平原的一側緊挨另一座叫嘎榮的雪峰，融化的雪水沿峰座下的淺溝從平原邊緣的豁口流下，穿過深谷牛山裏的幽靜的廓康飛躍到山腳，然後緩緩淌過江岸邊那傾斜的沙丘地帶匯入水中。平原另一側是望不見底的深淵，邦堆莊園就在懸崖下面。旁邊不到五百米外還有一座平原，只是面積小得多，從這端走到那端只要三頓飯時間就到。從江對面看去，整個哲拉山猶如兩級大平臺。最頂上的大平原正中央有一個圓得十分精確的湖，像一面平滑的鏡子倒映着天空的靛藍，沿湖邊有一圈很寬的青草地帶，是座水草茂盛的天然好牧場，足够餵養幾千隻牛羊。

在達朗之前，從沒有人上來過。

據存在桑耶寺書庫裏的古老經書所載，多年前，烏仗那的阿闍黎伯瑪炯勒蓮花生大師（烏仗那在今巴基斯坦為特河谷一帶。阿闍黎，梵語意為大宗師或大戒師。伯瑪炯勒蓮花生，烏仗那的第二佛祖。）就在哲拉山頂上攜帶他的兩個仙女化身的妻子駕着噴吐五色火焰的飛車離開西藏駛向了南方，神奇的火焰在平原中央噴出一個大圓坑，日後便形成了一座碧藍的深湖。

次仁吉姆是廓康唯一居民，除了供養岩石洞裏隱居修行的高僧，伴她度日的只有幾隻山羊，一羣貝母鷄和野兎，山羊每天自己在附近光禿禿的亂石縫裏一點點尋找小草，小草長得很低，猶如一塊塊苔蘚，羊幾乎是在啃地皮。達朗上到山頂時趕走了她家的十四隻山羊，其餘的什麼也沒拿，甚至沒有最後一次撫摸她。

除了用羊奶提煉成的酥油去換點茶葉、鹽巴和一些糧食，次仁吉姆極少下山，常常坐在門檻上提一串父母留下的佛珠，默默地數着，望着日出，望著日落，慢慢地回憶模糊不清的童年生活，她怎麼也回憶不起父母慈善的面容，但他們的聲音卻總是那麼眞切，她什麼時候想聽聽父母生前曾經說過的一些話，耳畔就響起來。在這種靜止的狀態中回憶往事時便靠在門框邊打一陣瞌睡。有時她心神不安東張西望一陣，總以為達朗立刻就會像以前一樣從什麼地方跳出來，現在沒有人管束她了，門縫裏邊不會有母親惡狠狠的監視，也不會聽見母親十分不滿的嚎叫，可是達朗再也不會來了。年輕的次仁吉姆姑娘嘆口氣，起身進屋，她平靜地生活在沒有時間概念的永恒的孤獨中。

因爲，從洞裏取出的茶壺和皮囊袋只要是空的，她就永遠不會離開這廢墟般荒寂的廓康。

山頂平原靠湖邊的草地上，立着一隻黑色帳篷，遠看像頭野牛在臥地休息。達朗放着一羣羊獨自熬過兩年後，實在忍受不住了，他每天都要花很多時間跑到平原和雪山交界、溪水流入峽谷的豁口邊俯瞰一陣隱藏在深谷裏的廓康，他能看見早晨從底下升起一縷小小的炊煙，還能看見次仁吉姆比黑螞蟻還小的身影在下面移動，當她走進陰影處，他便什麼也看不見了。如果當初我把她扛到山上來，讓她跟我在這兒一塊過日子，達朗常常想。他知道這是不可能的。於是他深深吸足一口高原純淨的空氣，打定主意，空着兩手從另一側下山了。

快入冬時，他帶回一個女人，年紀輕輕，頗有風韻。達朗背了支步槍，邊捻着毛線，女人溫順地牽着一匹馬，上面馱着一些將來在山上用得着的日用品。這女人不久前還是一位受人尊敬有身份的年輕太太，她丈夫是一位宗本老爺的總管，因爲她一胎生下三個女孩在方圓幾百里地引起了驚恐，人們一起撲向寺廟連連磕頭要求喇嘛降伏這位從陰間鑽出的妖女。驅妖儀式在當地那座小寺廟外的廣場上舉行，全體喇嘛念了一天一夜的咒經後，第二天一早把她帶來，她雙手反剪，倒騎一頭老毛驢，附近十幾個村落的村民騎馬步行紛紛趕來觀看這一場驅妖儀式。她的三個死胎用泥封好後裝在三隻法鉢裏，將要被埋在地下，上面立一塊白石牢牢地將這些孽種鎮在陰間。大家好奇地伸長了脖子等待觀看怎樣處置這位面目妖冶媚人的年輕女人，達朗路過此地，也湊過去圍觀，好奇地打聽了一番。那個年老的喇嘛示意兩個凶煞的中年婦女上前扒下妖女的衣服，兩個人憤怒得像猩猩，不住地衝着妖女唾口水，在她身邊左右亂跳，像扒皮似地瘋狂地剝下了妖女的衣服。她全身一絲不掛站在廣場中間，面無表情，似乎在愣神地回想什麼，人羣發出一聲轟然的笑聲。一見這女人毫無遮掩的肉體，達朗頓時着了魔，他眼球充血，不知從哪兒找來一根大棒發起瘋來亡命地衝進去，上下亂舞，嘴裏呀呀怪叫，把圍觀的村民百姓和執法的喇嘛們打得抱頭四處逃命，哭喊遇到惡魔鬼了。達朗抱起女人把一個呆若木鷄的官員撞翻在地，扶她上了官員身後的一匹白馬背上，又轉身從躺在地上翻白眼的官員身上摘下他的步槍，躍上馬飛逃而去。一路上他歡喜不盡，女人光裸的背在馬蹄的顛簸下摩擦着他前胸，激起一種從未有過的男人勇敢征服的自豪感。他就是要找到一個像兔子般生育的女人，在沉靜寂寥的哲拉山頂平坦坦的高原上爲他生兒育女，繁衍後代。女人果然沒有辜負他的期望，他倆相親相愛，如癡如醉，在短短的幾年中一連串生下五個孩子，其中兩個夭折，其餘三個腦袋圓滾的男孩便在高原火辣辣的陽光的沐浴下，在乾燥肆虐狂風的吹灌中，在父母像疼愛小動物般的撫養下結結實實地成長起來。

空蕩蕩茫茫無際的平原，在一個不尋常的沉沉黑夜裏，一股喚起萬物生機，夾着山谷馨香的春風，氣勢磅礴，滾捲着濃烈的塵埃從天邊刮來，它在平坦的高原上赤裸裸自由活潑地翻滾，狂漫橫掃，發出極度興奮的嘶鳴，向沉睡的大自然顯示出不可阻擋的強大力量，風一陣一陣撲過高原，黑沉沉彌漫了山谷，鋪遮了天空，它急疾迅猛貼着大地，把拳頭大的硬石塊如同流星般紛紛掀起整夜不息。

達朗和女人守坐在黑洞洞的帳篷裏，孩子們任憑外面世界震撼人心的吼嘯，安然神游在童年迷茫的夢幻中。春風像個不安分的大人惡作劇地猛烈搖曳着小小的黑帳篷，像是要把這一家困守在一起的男人女人和孩子帶到遙遠的天邊外。茫茫平原上孤獨佇立的帳篷雖然在狂風中可憐地東倒西歪，它的根基早已牢牢釘扎在了這塊堅硬的大地上，整座帳篷與高原連成了一體。狹小的空間裏，一個男人和一個女人久久地坐在一起，傾聽大自然生命的吶喊，他們互相看不見對方，彼此用心靈在呼喚對方，證實自己。這春風，喚醒了在漫漫難熬的寒冬裏被冰雪深深壓伏的情欲，全身的血管充滿了活力，猶如奔騰的江河一發不可阻擋。

「女人，你摸摸我的心。」達朗有力的手緊抓過她柔軟的手腕按在自己袒露的胸膛上。

「達朗，達朗。」女人一遍遍激動地呼喚。在黑暗中挨到他身邊。

夜，像潑墨般濃黑。最後一陣風帶着餘音掠過高原後，在突如其來的萬物俱寂中，大自然的沉默叫人感到受不了，這死一般的靜寂如同夢幻一般，使人覺得身體正在輕飄飄升入夜空，感到陣陣暈眩，眞渴望聽到一絲哪怕最微弱的聲息。這又是一個令人痛苦的期待。終於傳來一點動靜，一絲從遙遠遙遠的什麼地方飄來的非常眞實的聲音，像是隻野獸在尖叫，又像是嬰兒的啼哭，達朗和女人鑽出帳篷，手拉手站在從雲縫裏悄悄灑來的月光中，他倆沒穿一件衣服，月光潔淨地沐浴着兩個人強健的身體。這個神奇的夜色令他們着魔，他們佇立在月光下一動不動地側耳傾聽。那個不知從何而來的聲音也叫他們欣喜若狂。

「你看，我們不是孤獨的。」達朗親熱地摟着女人冰涼滑膩的肩膀。「哲拉山哪，它像神明一樣賜予了我們很多很多，我們周圍到處都有生命存在，到處都有靈性在顯現，它在我們頭上，在我們身邊，在腳下，爲什麼非要用眼睛去看見它們呢？我聽見了，嗅到了，我這裏感覺到了。」他戳戳自己的心窩。

次仁吉姆拔了一根草立在拇指背的第一道深深的橫紋上，拇指關節伸直後，草就被緊緊夾住立在上面倒不下來。她轉着身，指頭尖對着山下一片視野開闊的南方，想看看影子投在哪個方向以此來測量時間，這是米瑪教給她的。她細細看了半天，拇指背上竟然沒有投下一點陰影，這使她很惆悵，她不知道此刻是藏曆水鷄年十月三十日下午六點半。她向圍在她身邊的幾隻貝母鷄撒了一把青稞，走進了屋裏坐在羊皮墊上，取下纏在手腕上的佛珠，默默地一顆顆數起來。有人在外面低聲呼喚，她一下害怕起來，這幾年沒有一個人上廓康來，她不知是凶是吉，慢騰騰起身過去開了門，是達朗！他一點沒變，卷曲的頭髮，扁長的鼻子壓在嘴唇上，他還是那麼英俊，兩眼炯炯有神。

啊？你又想來捉弄我？你應該知道我已經是尼姑了。她困難地張開嘴。

我沒有這個念頭，你的身子已經被人擺弄够了。他厭惡地說。那片厚厚的嘴唇撅成了一堆。

除了你誰也沒碰過我，菩薩有眼。次仁吉姆委屈地叫道。

我真餓，你已過了三天也沒來給我送食物。他從寬鬆的衣袍裏取出那隻空茶壺和乾癟的皮囊袋放在她腳下。

三寶啊，原來我們一家世世代代供奉的是你呀？她驚喊道。

你知道我不會離開你很遠的地方去生活，我常常不够吃，但是到明年春天，日子會好過些。他不好意思地低下頭。

達朗啊，次仁吉姆一下有好多話要傾吐。你爲什麼總像魔鬼的影子一樣緊緊纏住我呢？我還在很小的時候，你就抱着我要我長大後做你的女人，如果那時我會講話，我要說我害怕。在我剛剛長成人時，你總在溪水邊伸過手來弄得我神魂顚倒。你離開廓康的時候趕走了我家的一羣羊，我以爲從此以後便可戒了女人的情欲，可是每到晚上總要作那些罪惡羞人的夢。原來你像個魔鬼一直躲在我腦子裏，你爬到了山頂不是在遠離我，是爲了高高在上征服我，連同整座哲拉山把我壓在下面，壓得我快憋死了。你難道不是在永遠擺布我嗎？她邊說邊傷心地哭泣。

那好，你既然說這樣的話，就應該有膽量離開廓康跟我上山頂去生活。

不！我不能離開。她驚恐道。

今天我來到你身邊，不但沒有得到麻雀嘴啄那麼一點點的食物，耳朵裏卻灌滿了比天上星星還多的難聽話。這個鬼地方。他看看四周，掏出打火石。我要把它燒得乾乾淨淨。

次仁吉姆毫無反應地看着他點燒火絨，用一絲布條引燃了火苗，然後塞進一堆乾草裏面，又搬來些木柴架上去，不到片刻，火勢騰騰地漫延起來。瞬時間，廓康一片濃煙滾滾把次仁吉姆裹在了中間，達朗一下逃得不知去向，次仁吉姆如大夢初醒開始往外衝，她身邊到處是呼呼的火焰伸出血舌貪婪地舔着她的皮肉，她被嗆人的煙霧熏得昏昏沉沉，連呻吟的力氣都沒有了，只覺得墜入了地獄的火燒中，腦子裏在焦急地呼救：我離開，別折磨我呀，求菩薩顯靈呀，讓我逃離火海。忽然空中飄來梵音般美妙的樂聲，昏昏沉沉聽見一個聲音在說：心不逃離，體逃何益？

夜色奇暗，潮濕的空氣瀰漫在空中，溪水嘩嘩流過，發出的聲音像要告訴人們什麼，它永無休止地在絮叨呀，也許直到有一天被人聽懂後才會安靜下來。整個峽谷的一石一木彷彿都在靜悄悄地睜着眼睛凝視夜的秘密，但它們會永遠把看見的東西深藏在沉默中。

次仁吉姆全身無力，她爬到供佛的土臺前，撥亮了油燈，端起一碗潔淨的聖水，仔細端詳着自己的面容，她還年輕，才二十三歲，有一雙明亮的大眼和挺秀氣的鼻子，嘴角邊一對淺淺的小窩隱隱顯露着整個面部微妙的表情，右臉頰灑着幾粒淺色小點，那是兩歲時英國人給她印下的永久的痕迹。她擡頭看看昏暗的牆壁，上面密密麻麻地劃着一排排各種橫道，豎道和斜道，這些歲月的記錄排列在一起，顯示出一種深奧的啟示。她數了數自己劃的新痕，不知怎的，果然給洞中高僧送食物的時間過了三天。

半夜時分，她提着裙角輕輕走向岩石洞口，天空上，遮擋住月亮的黑雲看起來像一座黑魆魆的奇峰怪石，形狀猙獰，旁邊的碎雲塊的輪廓也像一些鬼獸的爪尖和獠牙，恐怖的黑夜，彷彿一幅地獄裏陰森可怕的圖景倒懸在高高的蒼穹之中。忽然，她的心痙攣一下，差點沒失手將茶壺脫落。因爲從洞裏傳來了異常清晰眞實的聲音：「天上有護法神下界吧？」

次仁吉姆猶如傻了一般不作回答，雙腿一軟，身體像砍倒的樹幹撲通一下匍匐在地。

「足下原是瑜珈空行母的化身啊。」那聲音不帶任何感情色彩，平靜地點出了次仁吉姆的身世，眞像是晴空霹靂，次仁吉姆久久不能言語。

接着洞裏的聲音次仁吉姆一點聽不明白了，那些深奧的音節時而似流水潺潺，時而如海潮低鳴，但是她知道，此刻自己站在洞外已不是瑜珈空行母，只是一個普通的塵世凡人。她本能微妙地預感到，就在今夜，從未體驗的一種毀滅般的痛苦和夢幻般超脫的聖潔境界將在她身上得到完美的體現，這是一個最隱秘不可告人的神示，那場火焰燃燒的夢便是這一切的先兆。

「外面眞亮啊，」那聲音漸漸激動起來，「是火嗎？是極光嗎？」

「尊師，尊師，」次仁吉姆渾身像發虐疾般顫抖不止，她開始變得神志不清，意識進入了迷亂狂熱的朦朧狀態。

「太亮了，亮，」那聲音喊道：「擋住它，不能亮，擋住，我怕，怕，擋住它。」

次仁吉姆嗚嗚咽咽奮力爬去，張開雙臂，全身撲向了岩石洞口。

月亮穿出黑雲明晃晃地像把鋼刀泛着寒冷的青光。

次仁吉姆一動不動，像是背後射中了一支利箭被牢牢地釘在了岩石壁上。

次仁吉姆全身披着月光。

達朗坐在帳篷裏擦着那支很少使用的俄式步槍，槍管生銹了，他花了好長時間才把槍擦得鋥亮。女人在帳篷外一塊石頭上曬牛糞餅，大兒子和小兒子在幫母親幹活，二兒子札西尼瑪則機靈地看着父親擺弄槍。一聲從未聽見過的巨大的聲響把達朗引出了帳篷，聲音來自空中，還沒等他擡起頭辨別方向，女人像鬼魂附體指着達朗腦後大聲叫起來。一隻巨大的從沒見過的神鳥發出震耳的鳴響在他們頭上盤旋，似乎想降落在這裏。孩子們像小老鼠見了貓頭鷹似地嚇得躲進了帳篷，只有扎西尼瑪對那神鳥歡叫，女人扯破了嗓子邊叫邊拍巴掌，吐唾沫，驅趕那怪物。

「不能下來！你這個魔鬼。」達朗急了，舉槍照那怪物砰砰地射擊，那神鳥盤旋了幾圈，最後無可奈何地哀鳴着飛向東方。

這是一架四引擎的美國軍用運輸飛機，在二次大戰執行對日作戰的任務中從印度飛往中國的途中，由於迷失航向油料耗盡，本想在哲拉山頂這塊理想的天然降落場着陸，因受到下面當地牧民射擊的威脅不得不重新拉起機身，最後在哲拉山東部的桑耶寺附近名叫朵的一片沙灘上墜毀。機身傾斜，右側的翅膀深深插進沙地裏，美軍駕駛員克羅希爾僥倖還生。不久，機身的殘骸被有關當局清理後便遺棄在那裏。當地人豎起了一根木桿，把機身翅膀的殘片繫在那上面，直到六十年代後不知是誰取下來作了收藏。

西藏人在那個時候第一次見到了飛機。

達朗從平原的地平線上出現了，女人和孩子們站在帳篷前手搭涼棚遠遠地向前眺望。他扛着一只跟他身體差不多大小的獵物。槍管上的銀光在他腦後閃閃發亮。

「好傢伙，這麼大的獐子。」大兒子扎西達瓦說。

「不像。是頭犛牛。」二兒子扎西尼瑪說。

「偷的嗎？」老三問。

「磨什麼嘴皮。還不快去迎接。」母親喝了一聲，除了扎西尼瑪，其餘兩個兒子賽跑似地爭先上前。他只站在原地平靜地看着。

達朗扛來的是一個血人，差不多死了。連羊毛細的一絲氣息也停止了。他全身流出的血把達朗背後浸染得濕漉漉的。「唉，早知活不了，我幹嘛費這麼大勁從山下扛回來，難道我是天葬師嗎？」達朗沮喪地把死人扔在帳篷邊，坐在草地上大口地喘着氣，他已經五十多歲，身體開始蒼老了。在山下，他躲在一塊岩石後面目睹了一場強盜行刼的激烈戰鬪：一羣強盜藏在石縫裏，用步槍頻頻射擊峽谷中的一隊商幫，他們槍法準確，第一排槍就射中了幾百步之外的三個商幫。其餘的商幫一聲口哨，那些受訓練的騾子立刻形成一個環形臥倒在地，它們身上馱着沉重的從印度運來的各種毛料、手錶、金幣以及其它商品，商幫們用騾子作掩體也抽槍還擊，強盜不打騾子專打人。相持一陣後，強盜們紛紛跳上馬，喊着嘿嘿的怪叫手舉腰刀奔下山來，商幫們抵擋不住開始拋棄騾子逃命，被衝過來的強盜團團圍住開始了拼刀格鬪。那個小伙子砍翻了幾個強盜要去救遭馬蹄踐踏躺倒在地的父親，他身上被捅了好幾個血窟窿，最後慘叫一聲撲倒在父親的屍體上。強盜們把死去的同伴綁上馬背，趕着一大羣騾幫飛快出了峽谷，揚起一團瀰漫的灰塵，馬蹄敲磕在石頭上的脆響在峽谷中久久回盪。等一切又恢復了死一般的靜寂，達朗才跳出岩石，十幾個商幫被亂刀砍死的慘狀比飲彈身亡的人可怕得多。他見最後那個倒下的年輕人的腿還在微微抽搐，就彎腰把他扛了回來。

那人大難不死，當晚活了過來，三個兒子想在他身上搜取點什麼，除了一把德國造的二十響駁殼槍、幾件女人佩戴的金質項鏈以外，還有一疊面值不小的印度盧比，上面印有愛德華國王的頭像。這些對哲拉山頂上的人用處都不大。老三對那把手槍很感興趣，放在手中掂掂很沉重，他亂擺弄時槍走了火，子彈從扎西達瓦腋下飛過，擦過坐在帳篷裏喝茶的達朗的鼻尖，穿透帳篷，最後擊中一隻在湖邊吃草的公羊頭顱，它撲通一下就倒在地上，鮮血流漫到湖水裏。過了三個月，那人傷癒，身上留下了二十七處刀痕，大腿內側一處子彈擦痕，留在腦袋上的就有三道刀痕，其中一道從右額頭長長地斜拉在左下巴，整個面孔變了形，像兩片拼接的鏡子映照出似的。他是康巴人，是拉薩城有名的大富商邦達養壁騾幫的成員，臨走時別的東西全留下，只要回那把駁殼槍。他從此要去深山作強盜，尋找殺死父親的仇人。為了感謝達朗的救命之恩和女人的精心護理，他說在二十天內一定扛來一牛皮口袋金幣，他保證這金幣的數量足夠日後在拉薩買下一幢豪華的別墅，還能買到一個相當地位的官職。足夠牧人一家從此榮華富貴。

「不必費這個心。因爲我們不會離開這個地方，所以，金幣對於我們，不見得比牲口過冬的草料更重要。」達朗搖搖頭。

「除了天上的星星，恩人，你只管開口吧。」那人變形的臉猙獰可怕。

「兒子們都大了。你看見的。他們……經常無緣無故發瘋似地互相打得頭破血流。他們……精力旺盛，像發情的公牛。」達朗瞇起眼。牧場上，三個體魄健壯，皮膚黝黑，結實墩墩的小伙子正抱着一塊圓滾油亮的大石頭在比力氣。

三天後，那人又上山來，他牽匹馬，上面坐着一位年輕的姑娘，兩邊馱着兩大包鹽巴、布匹等日用品。兒子們在湖邊放牧，遠遠地注視來人，他們都很淸楚那個姑娘對於他們意味着什麼，但是沒有一個跑過去。直到天黑後，在母親長時間急切的呼喚下才蹣跚回到帳篷裏。年輕的康巴人來到達朗跟前，把繮繩交給他說：「請收下，願菩薩保佑你們幸福吉祥。」他連一碗茶也沒喝，留下女人和馬匹，逕直走向平原邊緣。

「次仁吉姆啊，難道這是前世的緣份嗎？」達朗望着眼前這位年輕的姑娘，頭暈目眩，不由得流出眼淚，「既然許多年前的你剪去了馬蘭草一般長長的秀髮，爲什麼今天卻又讓達朗我看見你永遠不衰老的仙女般的嬌容？讓達朗我回想起夢一樣的往事呢？」

年輕姑娘撫摸着馬頸的鬃毛，望着這遠遠近近的幾個男人，不知自己今夜將屬於誰。她困窘地說：「多謝主人用妙法得知我的名字，可是次仁吉姆我的頭髮生來沒有剪去過，在白天的日子和晚上的夢中也沒見過主人你。」

達朗猛然清醒，面對即將成爲兒媳婦的次仁吉姆十分尷尬，「嘿，嘿，姑娘你別在意，剛才我……」

「啊嘖嘖，」女人剛才不知跑到哪兒去了，像一陣風刮來，站在姑娘面前。「你會擠奶嗎？」

「會，」

「會提煉酥油，做衣服，做飯嗎？」

姑娘點點頭。

「會讀經書嗎？」

「我……不識字。」

「沒關係，」女人親熱地摟她肩膀，「沒關係，只要能生孩子，這是最要緊的。」

次仁吉姆當晚在達朗家三個兒子的帳篷裏住下，成了他們的妻子。

達朗這以後蒼老了許多，臉皮鬆弛下來，眼神暗淡無光，白天精神恍惚，常常對着家犬，對着帳篷的繩子，對着牛糞自言自語。早飯時，次仁吉姆把茶恭順地端到他眼前，他接過來哆嗦幾下就打翻了。他巡視草場時常常會被什麼東西絆倒在地，爬起來看看身後，什麼也沒有，次仁吉姆挽起袖子提着桶去擠奶從他身邊走過，他總是嗅到一股廓康那陰鬱霉潮的氣息。

「他媽的！」他十分惱火地獨自嚷嚷起來。

有一天，次仁吉姆在整日平靜的生活中開始了繁忙的勞動，她把那四五間荒廢已久，殘壁斷垣的石頭一塊塊扒下來，整整齊齊地堆在草地上，把那些腐朽的樑柱，門框的木頭也拆下來放在另一邊。整整幹了一年多，把那些破房全拆除得乾乾淨淨。只留下自己住的一間石屋。她知道，不久的年月，廓康將常有人來，不管她願意不願意。她不想讓來人看見這幅衰敗的景象。

她想起自己多年沒有再洗澡了，於是脫了衣服畏畏縮縮鑽進了冰涼的溪水裏。她再不會像年輕時發出興奮的叫喊，在沒有半點激情和思緒中，她撫摩自己漸漸失去彈性的皮膚和下垂的乳房，浸泡在水中，只露出個腦袋，在清澈透明的水底下的身體像一堆奇形怪狀的東西。這時，她看見山腳下狂風飛揚，瀰漫着濃霧般滾滾的塵埃，那沙丘地帶上，正行走着一隊黑色。風改變了方向，沿着山坳往山上湧，嗖嗖地貼着岩石刮上來，把峽谷吹得嗡嗡響，次仁吉姆躲在水中觀看這一奇景，那下面有塊紅顏色在空中向廓康飛去。她激動不已，斷定這是一帖神賜的偈語，當那塊紅布從她頭頂飄過，她從水中迅速起身，伸手抓住了它。它差不多有次仁吉姆的半間屋大，是塊長方形，上面醒目地繡着幾個黃色符號，她怎麼也不認識這符號，剛一愣神，那紅布一下又從她手中飛走，高高地在廓康上空翻了幾圈，又被一股回旋風捲下山去。

那是一面紅旗，上面繡着幾個漢字：「進軍西藏！」

那塊牛頭大的白石塊一直在悄悄移動，它爬行得比月照的影子還慢。如果長時間盯住它，會覺得它跟普普通通的石頭一樣靜靜地臥躺在那裏許多年了，但是眼睛望望別處，或者幹件什麼事情再回過頭，它不知什麼時候又悄悄往前挪了一點。達朗是有一天偶然發現的，他半夜鑽出帳篷去小便被這東西絆了一跤，過去帳篷邊沒這塊石頭，起先他以爲是次仁吉姆搬來砸牛腿骨取出骨髓熬湯用的，但是第二天就發現了它在動，向兒子們住的帳篷那邊移動。他什麼也沒說。

次仁吉姆是個賢慧的好妻子，不但盡力滿足三個丈夫的各種要求，並且把他們調理得像幾隻綿羊，大家和和睦睦，說說笑笑地過日子。黎明時，她最早起來生火熬茶，然後把打好的茶倒進圓陶壺裏，先走進老人們的帳篷給他們敬上一碗，又提到自己帳篷裏斟給丈夫們。取出糌粑以及其他食物攤在矮桌上，自己先提着木桶去牛羊圈裏擠奶，擠出的第一勺奶首先對空中喃喃祈禱一番撒出去。那女人起來後，也舀起一勺酥油茶走出帳篷，面對空曠無垠的大平原，撒向空中，大聲呼喊着釋迦牟尼和其他保護神，空行母的名字，呼喊山神的名字祈求保佑。這聲音大得出奇，遠遠地傳到平原盡頭。兒子們吃過飯後，把牛羊的繩索解開，打着忽哨，揮動軟鞭拋石器，把牲畜趕到湖邊茂盛的草地上讓它們自由走動。那些羊羔牛犢則拴在帳篷附近。這時，次仁吉姆去把一夜間的牛糞揉成一餅一餅地攤曬在太陽下，乾後則作爲燃料。

次仁吉姆更依戀於老二扎西尼瑪，他的身體並不比其他兄弟健壯，也沒過人的特殊本領。但是他有一雙更加深邃沉鬱的眼睛，次仁吉姆從他時常孤寂地站在牧場上眺眼凝視遠山的目光中，感到他的一顆騷亂不安的年輕的心飛越了茫茫坦蕩的平原，飛越了哲拉山，飛向更遙遠的未知世界。她晚上總喜歡將耳朵貼在丈夫袒露寬厚的胸脯上，那發達結實的胸脯像一堵堅不可摧的城牆，使她有一種安謐的依賴感，男人的胸脯裏跳搏的心音錚錚有力，猶如生命不熄的腳步，伴隨她進入夢境。扎西尼瑪的心音，雖不像鼓聲咚咚，卻更有一番美妙的樂音，交織着傾訴和惆悵，追尋與渴望，次仁吉姆從這心音中聽出了扎西尼瑪將成爲一個了不起的人。他的靈魂正在自己幻想和創造出的世界中自由翺翔、昇華。他的生命不會在荒漠無邊的哲拉山頂平原上如同孤寂的小旋風一樣默默無聲地運行，最後在默默無聲中消隱，總有一天他會像雄鷹似地遠走高飛。

那塊白石移挪到離兒子們的帳篷只有五六步遠了，達朗認爲時機已到，便指派了扎西尼瑪趕一羣羊和幾頭牛以及大坨黃澄澄的酥油包，幾十串乾奶酪和幾十張柔軟的皮子下山去和農民進行貿易交換，換取一些鹽巴、茶葉、糧食、布匹以及牧人所需的用品。其餘兩個兒子也想下山去開開眼界，達朗不允許。冬天快到了，得轉移牧場，先把家中的四百多隻羊和八十頭犛牛，還有十幾匹馬趕到雪峰底下的草場去，等那塊草場吃得差不多，再趕回湖邊。還有許多事情要做，男人們在外放牧時要邊捻着羊毛或不停地揉搓浸過油的皮子，老人和女人們在家護養羊羔牛犢，用紡好的羊毛織各種氈墊。有力氣的男人還要屠宰一些牛羊，風乾後貯藏起來度過一個漫長的冬天。秋天是繁忙的季節。

在父母和弟兄們的同意下，扎西尼瑪帶上了次仁吉姆一同下山。因為她懂得一個主婦需要給家庭添加點什麼用品。

五天以後，達朗一早走出帳篷，發現那塊移動的白石已經鑽進了兒子們的帳篷裏。次仁吉姆照常提着奶桶走向牛羣。她是半夜歸來的，需要換取的東西她全帶回來了，扎西達瓦告訴父親。但是扎西尼瑪沒有回來。而次仁吉姆惶惑不安地說她從來沒有跟過一個叫扎西尼瑪的人下過山。自從來到哲拉山頂，外面世界的一切景象都從她的記憶中抹去了，她只知道自己已很幸福地生活在兩個丈夫中間，不知道還有另外一個什麼人。她拍着漸漸隆起的肚子問丈夫：難道我有一個夜晚離開過這個帳篷嗎？對於這樣一個令人疑惑費解的問題，男人們很快便拋在腦後，他們不願在冥思苦想中仔細分析這一切的前因後果，也沒有那個時間。昨天既然已經不復存在，那以前發生的一切難道不像是一場夢嗎？他們要幹的事很多，這一切只有等到不再與生活拚搏的晚年時坐在帳篷門口，手搖經筒，一面對神佛喃喃祈禱，一面閉起眼對自己一生走過的數不清的路，發生過的數不清的事情，再從頭開始慢慢地理順。

達朗老人感到一陣輕鬆，罩住心頭一年多的陰影驅散了，他滿意地吐了一口唾沫，當晚跪在帳篷最裏邊供奉着銅佛像，燃着晝夜不熄的佛燈供臺下，進行了一番長長的祈禱和祝頌。可是第二天嘴上還是長出個疔瘡，難熬的疼痛一連折磨了他五天。

一九五三——一九八五

達朗示意兩個兒子放下槍，自己也垂下了槍口，他們人多，武器精良。只有那兩條毛絨絨紅色頸圈的兇悍的獒犬齜咧着尖牙朝這羣陌生人瘋狂地咆哮，它們被鐵鏈拴住，憤怒得上竄下跳，把地上刨出了兩個深坑。

一個山下的農民站在穿黃衣褲背手槍人的身邊當翻譯，竭力消除達朗一家人的敵意和緊張，我們是中國人民解放軍，是爲了幫助和解救受苦的人們而來的。嚮導說了很多，最後拿出一封信遞給達朗，裏面有張照片，是扎西尼瑪，他穿着跟眼前這些人一樣的衣服，威武英俊。這張照片頓時消除了對眼前這些人的敵意，達朗把他們請進了帳篷，他們受到了牧人尊敬的接待。扎西達瓦和羅布次旦兩兄弟你爭我搶地看着照片，他們對兄弟扎西尼瑪的面容能印在這光亮的紙片上很感興趣，他們把次仁吉姆叫來。你說你從來不知還有別的什麼人，難道你忘記了扎西尼瑪？你不是一同跟他下的山嗎？向護法僧三寶起誓我眞的不認識這上面的人，我怎麼會呢？次仁吉姆急得流出了淚。哦哦，沒關係，不認識也沒關係，反正我們是有一個兄弟，我們三人在一個母親的懷裏長大，一見這張圖，過去的許多東西都能回想起來。次仁吉姆不認識這個人，沒關係，可是，你怎麼會不認識呢？算了，你快去給客人們敬茶。

信上說：他下山不久參加了革命，還立了功，馬上要和妻子次仁吉姆一同去內地上學讀書，懂得更多的知識，生活往後會變得美好的。他時刻想念山上的父母和兄弟，信中最後寫道。

解放軍是來發放農貸的，給牧人一家送了一些銀元，還贈送了一張錦緞刺繡像，他叫毛澤東，他們指着那上面告訴達朗。

達朗對這張像細細琢磨了一個下午，這時，扎西達瓦跑來告訴他，外面有兩頭牛同時要生產了，達朗歡歡喜喜跑出去，很順利地接生下兩隻牛犢，這是一個吉兆，他回到帳篷再看看那像，認定是他給牧人帶來了好福氣，便把這像端端正正掛在了供臺上。他稱呼這些軍人叫菩薩兵，他們很驚奇，許多藏族人都不約而同地這樣稱呼他們，他們說。

大兒子扎西達瓦很想跟這些人下山。他們徵求達朗的意見。達朗一言不發。山下有女人嗎？扎西達瓦問。有！他們困窘了一陣，山下有的是漂亮健壯的農家姑娘，扎西達瓦決定讓弟弟和次仁吉姆留在山上與年邁的父母一同過日子，他對父親說他不會去很遠的地方，就住在山下邦堆村裏，他會常來看望家人。達朗默許了。生活……，哲拉山頂不會再像幾十年前那樣空無一人，孫子們正在帳篷外的草地上摟着比他們還高大的牧狗在玩耍。

廓康這些年常有人來，他們發現這裏只住着一個穿着奇特的孤老太婆，還有堆得整整齊齊的一大堆石塊和一堆木材，很是不解，幾次說服老太婆搬下山去。如今山下的人再也不會去支差和交稅了，日子過得很好，你下山會得到鄉政府的幫助，他們說。次仁吉姆感激地接受了他們帶來的東西，卻謝絕了他們好心的勸告。

扎西達瓦當了邦堆村的貧協主任，他上廓康來的次數最多，每次都要呆呆地凝視這條穿過廓康流下山底的溪水，這溪水被山上一道道滾圓的石堆所分割，它們在中間巧妙彎曲地穿過後又匯集成一股，左右旋繞過橫在中間的岩石，時而在鬆軟苔蘚平地上綿綿舒展，時而從懸崖上飛瀉而下，躍入峽谷，撞到亂石上飛濺起白雪般的泡沫，清脆的急流在幽暗的谷底深澗變成了低沉的轟鳴。流過廓康這片平坦的青草灘時徜徉般回旋，潺潺輕漫，漣漪蕩漾，流過草灘又逕直而下，高高地墜入另一個深潭。

不知扎西達瓦在琢磨什麼？

「原來，從山頂上能看見廓康。」他自言自語道。「怪不得他每天跑到那頂上坐一陣。」

「誰在上面？」次仁吉姆問。

「我爸爸，達朗。」

「你是達朗的兒子？」

「是的。」

「哦——」

「阿媽啦，你——」

「他老了，我也老了。」次仁吉姆合上眼皮，「可這水呀，誰也不知道流了多少年月，以前所有的日子都跟着這水流走了。」

「阿媽啦，你不明白我心裏所想的，這水呀……」

「別說了，孩子，別說了，這水證實了廓康以前是有人住的。你不知道，唉！」次仁吉姆知道，她會永遠在這裏生活，直到有一天悄悄離開人間，因爲多少個春夏秋冬，她從岩石小洞裏取出的茶壺和皮囊袋都是空空的。她命中注定今生要盡力供奉隱居的高僧。三十多年前那個空中顯出奇峰怪石般黑雲的深夜，洞中的尊師結束了一切神秘的儀式後說了如下的一段話：「從今往後，悲海沉沉，空寂無聲，終得善果，你當盡心，廣積資糧，皈依三寶，吉祥圓滿。」當卽從裏面發出一聲輕微脆響的噹啷聲，像一個金屬物件落在了地上。從此，洞裏再沒發出任何聲響。

有一天，從山下開來一支浩浩蕩蕩的民工隊伍上了廓康，公社黨支部書記扎西達瓦舉着紅旗走在最前面，在他心裏深藏了幾年的雄心壯志得到了實現，他將領導全公社的社員在廓康修築一座水庫，誓叫雪水在翻身農奴的手中爲時代造福，要成爲人類改造自然的象徵。一時間，多年在廓康棲息的各種飛禽走獸紛紛遠走高飛，再也不見半點影子。一百多個日日夜夜，鐵錘錚錚，炮聲隆隆，鋼釺、鐵鍬、紅旗標語、火把、人羣，亂轟轟的轟吵鬧，激昂的歌聲，廓康在千百年的沉寂中喧囂起來。次仁吉姆大病一場，躺在屋裏日夜遭受各種夢魘的折磨。工程進度一步步向高大聳立的岩石邊推進，只要聽見鋼釺擊在岩石上的噹啷一聲，她便心安了。但是人們不知不覺避開了岩石，整座水庫的深坑修在了岩石的前面，那些十幾年前次仁吉姆碼好的一堆石塊正好被用來鋪設底部。工地上一片掀石挖坑，築壩夯土的熱火朝天的景象，一條新開出的彎曲的渠岸像巨蛇纏繞在山腰。岩洞安然無恙。水壩一天天築起，溪水上漲，成了一座小湖，淹沒了過去那些搬遷已久的房屋根基，次仁吉姆的房子在水庫十步之遙的上方。

出現了令人困惑的事，水庫白天貯滿了水，被閘門緊緊攔住，第二天卻漏得不知去向，只留下一灘淺淺昏濁的水窪。它既然沒有流入渠道，也沒有從水壩底下漏到峽谷去，那麼神秘的失踪便不得而知了。扎西達瓦望着只能漫過腳脖的淺水窪滿心狐疑，不知所措。有人揭發山下村子裏極個別不守管制的壞人散布流言蜚語，說哲拉山是神山，雪山的水匯入江河本是神的安排，硬要它改變流向是得不償失，這不，它從底下漏走了，另一頭冒進了江裏，誰也看不見。扎西達瓦拉回隊伍，在全公社首先開出了一個聲勢浩大的批鬥會，把那幾個當年的領主富農和代理人批得痛哭流涕，腰彎得直到死再也沒伸直過。接着大家想辦法，出主意。誓叫荒山變良田，向「九大」獻禮。有一個人喝茶時沒帶碗，他掏出一隻薄薄的透明塑料袋裝了茶，不一會噗哧一下破了，濺了別人一身。扎西達瓦頓時受到啟發，塑料袋破了是因為茶太燙，雪山的水永遠是涼的。這個大膽的想法在公社支委會上拋出來後立刻被採納。於是幾輛拖拉機去縣城拉回滿滿的幾十卷塑料薄膜，大伙扛着第二次上廓康。工匠們用燒紅的鐵棍把一卷卷塑料薄膜黏接成大大的一張鋪墊在水庫底下，上上下下天衣無縫地一共鋪了十三張，邊緣用混凝土牢牢抹在石頭上不留下一絲縫隙。這個人間奇蹟據說在世界上絕無僅有，這是在沒有專家、沒有設計人員、沒有圖紙、沒有技術指導、沒有機器設備的條件下由一羣幹勁衝天的農民建成的。從此，漏水的難關終於突破了，溪水沿着人們挖出的渠道拐過四十九道山彎一直流向哲拉山頂平原下的一片海拔四千八百米的小平原上。人們在那裏已開墾出三千畝荒地，這片荒地上一層厚厚的海綿般鬆軟的肥沃土質，是人們用錐形底小柳筐從山腳那些良田上取出一筐筐背上來的，每人平均每天能運三趟，每筐只消鏟進兩鐵鍬沃土便填得滿滿的。就這樣，在螞蟻搬食的戰術下，山下百分之九十的土層被搬上了山。第二年秋天在世界最高的田野上創造出了畝產六百斤多小麥的奇蹟。從此邦堆公社猶如格桑花的飄香名揚四方。城裏的幹部、記者們像嗅到花香的蜜蜂紛紛湧來參觀取經。邦堆的名字上了報紙，邦堆的人們上了鏡頭。廓康的水庫自然是整個參觀項目頂重要的一項，於是參觀的人們在公社講解員的引導下，戴着草帽，背着水壺和裝着幾個饅頭的挎包，揣着筆記本，頭頂烈日驕陽，花上兩個小時疲憊地爬上三千畝良田的平原參觀完後，又沿着漫長的渠道行走兩個小時來到水庫。公社年輕的講解員站在堤壩上像背書似地重複着念了無數次早已滾瓜爛熟的講解詞，從不多一個字，也不少一個字，二十七分鐘的講解時間每次分秒不差。參觀者紛紛攤開筆記本，幾乎一字不漏地記錄這些豐功偉績，不住地發出嘖嘖的讚嘆聲。接下來小憩片刻，每人蹲在石梯邊舀起一捧據說像甘露般清甜的水喝上幾口，再吃點乾糧，然後都掏出指甲刀、小剪刀之類的銳器在水庫邊的岩石上刻字留念。有人打開照像機在此留影。臨走時有的人還灌滿一壺水作爲珍貴的禮物帶回家。有人看見一個幽靈般的老太婆一聲不吭，表情痴呆地坐在破爛的石屋門前，忍不住好奇地問講解員。這是個瘋老太婆，她回答，是在偉大時代的洪流中被淘汰的渣滓。兩個北京大學生被老太婆那件看起來挺怪誕襤褸骯髒的衣服所吸引，壯起膽子過去看了半天，在左臂上看見了一塊盾形的藍色臂章，原來是一件外國軍服。這兩個軍事學愛好者立刻爲哪國軍服爭論不休：我覺得像印度軍服。你見過印軍服裝資料上有這一種嗎？像美國坦克兵服。得！美國部隊什麼時候來過西藏？那，應該是英國軍裝。這還差不多。是什麼軍種呢？至少二次大戰穿這種樣式。你想想英軍入侵西藏是什麼時候。不知道。那讓我告訴你吧，我也不知道。可這臂章上A下面的5是什麼意思呢？嗨！這還不明白？A軍團第五師嘛。A軍團，是哪個將軍率領的？你想知道嗎？告訴你吧，連我也不知道。它怎麼會穿在老太婆的身上？倆人百思不得其解，最後終於作出個一致的結論：這老太婆年輕時一定是A軍團第五師某個白臉英國人的情婦。他們滿意而去。太髒，髒得噁心，要不然可以拿來作收藏。一路上他倆嘟嘟咕咕。等到廓康又陷入以往的寧靜後，次仁吉姆拄着拐杖走到被千百個參觀者刻滿了密密麻麻題詞留念的岩石壁前。深藏在雜草叢中的小黑洞一直未被人發現。每次來人參觀，她就幽幽坐在門檻上，提心吊膽注視這些人的舉止。只有一次，一個冒失的小伙子發現了這個小洞，大概他以爲是鴿子窩之類的鳥巢，好奇地伸手想摸出幾個鳥蛋，手指剛伸進一點，立刻像被電殛般彈了出來。他惘然四顧，甩甩手，困惑地走開了。次仁吉姆將耳朵貼在洞口邊，裏面什麼聲音也沒有，但她對高僧在此隱居這點永遠確信不疑。她又用手摸摸那些她看不懂的符號：「日喀則地委農牧科窮達留字」，「自治區辦公廳黃小英一九七〇年十月八日刻」，「向英雄的邦堆人民學習」，「北京吳衛紅到此一遊」，「四川韓勁樂……」，「拉薩……」，這些在次仁吉姆眼裏如同一串串神秘的咒語，她拿來一柄凹凸變形的長把銅勺，舀起了水庫裏潔淨的水一瓢瓢撒向岩壁。她相信這樣能把那上面不祥的東西沖洗掉。

「老阿爸，您別發火呀，喲！千萬別動扳機呵！你你這樣要受到法律的制裁。你聽我說，哎哎你看看哪，我是中國UFO飛碟協會會員，我有證件哪。哎，證件，這一點不假，眞嚇死我了。我說你槍口別老衝着我呀，要是這一走火。我走，行行馬上走，你可別在我背後打黑槍。我走，唉，眞沒治，奶奶的怎會也聽不懂我的話。好我走。哎咿，我說老阿爸，我這樣兒哪兒像是幹什麼壞事的，我正寫一篇論文。唉他眞聽不懂。你只要讓我在這兒呆一個小時，不多，就一個小時，不多，就一個小時。只要我能收集到點兒什麼。你知道這個地方和納斯長平谷(納斯長平谷——地處秘魯南部的安第斯高原。)多麼相似，有可能我會證實這兒的確是遠古時代宇宙人的降落場。呀，這是什麼？這個這個石頭，啊！妙哇。哎哎哎老阿爸，我只要揀這一塊石頭。你別打死我！我我我求你！求求你了！」背旅行囊戴眼鏡的大學生萬般無奈，雙腿跪下，不住地向眼前這位端着槍隨時可能勾動扳機的老人磕頭告饒，一隻激動得哆嗦的手卻悄悄摸過去把那塊像玻璃樣透明瑩亮的石頭緊緊握在了手中。他知道這個不懂漢話，不懂法律，更不懂UFO的山區牧人稍有一點疑惑就會毫不在乎地將他的屍體永遠留在此地。

「你要幹什麼？如果你是辛苦的旅人路過這裏，我會把你當着客人接待，可是你的眼睛一直在盯着地下找什麼東西。這不行，我不許你用妖魔的巫術來褻瀆這塊地方。你什麼也別想帶走，一根草也不許。」年歲已高的老人走過去踢了年輕人一腳。他彎下身，從年輕人手中奪回了那塊石頭攤在自己掌上。這的確是塊不尋常的石頭，它透明晶亮，瑩光爍爍，裏面還藏着一些古怪的圖案和符號。老人在這個地方生活了大半輩子也沒看見，卻被這剛爬上來不到一頓飯時辰的小夥子發現了，他頭腦裏的確有什麼不一般的地方。但這塊石頭既然在這片土地上躺了許多年，就應該讓它永遠留在這裏而不允許外來人順手揀走。於是，老人奮力揮臂將那石頭撲通一聲扔進了湖裏。

年輕人阻擋不及，湖水濺起一朵浪花，層層漣漪向岸邊擴散。

「好糊塗哇！」年輕人張開雙臂，心痛得大叫一聲，一陣捶胸頓足，接着蹲在地上抱頭嚎啕大哭，那悲痛欲絕的樣子令老人不知所措。

「它莫非是你爸爸的化身？要不，你是來找一個什麼靈魂？」老人俯下身搖搖神志不清的年輕人。大學生遲鈍地望着他，茫然點點頭，又搖搖頭，慢慢站起身，喪魂落魄地提着旅行袋，像喝醉了似地踉踉蹌蹌離開了老人。

「你別走，聽我說。」老人擋住他，「它到底是個什麼東西？你是不是想告訴我一點這裏的什麼秘密？對，一定是。」

年輕人絲毫不理睬，兩眼無神地望着遠方，走向平原的盡頭。

「回來！孩子，你回來！」老人高聲喊叫，他舉起步槍連連射擊，子彈從大學生頭上呼嘯而過，他頭也不回，彷彿全然不知慢慢走下了邊緣地帶。

老人頹然坐在草地上，抱着槍愣愣地望着湖水，他忽然覺得自己幹了一件蠢事，那個戴着眼鏡的人一定知道哲拉山上的什麼秘密，一個他多少年渴望解開卻又不知道想解開什麼的奧秘。這個謎又和他這一輩子的艱難歷程連在一起。要不他在找什麼呢？在老人一生漫長的歲月中，他扛來的女人、撫養過的孩子、救過的強盜、接待過的解放軍以及在山下見到的許多男人、女人、農民、喇嘛、乞丐、老爺、工匠、藝人都算不了什麼，這個年輕人悲憤離去的情景永遠刻在了他心底。如果有一天年輕人還會上來的話，他想，一定把他當作聖人接待。他需要尋找什麼東西讓他自由地找尋，因爲那人總有一天會解開自己隱藏在心底的理不清的思緒，比如他爲什麼來到人間又被父母遺棄？爲什麼終生熄滅不了對一個女人如此強烈的欲望卻又終生沒能得到她？是什麼驅使他來到這片浩瀚的平原上頑強生存，繁衍生命？他生活的世界是屬於他的嗎？是眞實的嗎？羣山之外是不是還有一個對於他更加熟悉更眞實的世界？

他開始默默祈禱。

一連三天，廓康再也沒有燃起淡淡的炊煙。從平原與雪峰連接的溪水豁口邊往下望去，水庫猶如一個淺淺的凹坑，裏面早已乾枯。當年轟動一時的奇蹟如今靜靜地被荒廢遺棄了。雪山流下的溪水從水庫邊上流過，像從前一樣深深墜入深潭，流向山腳下的沙丘地帶，匯入江河。那間石屋的顏色與峽谷的顏色一樣，座落在廓康裏分辨不出輪廓。達朗老人在山頂平原生活的日子裏，沒有一天不來到這裏凝望廓康。早先年輕力壯時，靠兩條腿跑來，如今騎在一匹跟他一樣蒼老的深栗色公馬背上一路昏沉沉打着瞌睡而來。

他對着平原中遠處的帳篷，手指塞進嘴裏迸足全身力氣打出一聲長長的忽哨，這一聲吹得他眼冒金花，筋疲力盡，彷彿僅剩的一點力氣被這聲忽哨耗乾了。那個小時候被一隻母羊壓折了腿的十五歲的曾孫騎了匹白馬趕來，他讓曾孫下山去邦堆叫人來廓康，他們應該去看看廓康最後的一個人。說完，達朗拄着拐杖向陡峭的懸崖走去。

「老爺爺，危險啊！」曾孫大叫。

「胡說！這條路我走過。」達朗對曾孫吹鬍子瞪眼，那樣子像要跟他打上一架。對，當年我就是沿這兒爬上來的，爬了多久哇？記不清了，到山頂已經天黑了，我就在上面石頭下睡了一夜。第二天，一睜眼，哈！老天爺呀這是什麼地方呵，好像世界上只剩下我一個人了。對，我還踩過這塊石頭，伸出手去抓那棵小樹呢？它已經死了。是啊，萬物皆有生死。廓康的山羊沒走過這麼險的地方，我怎麼趕也不走，四隻蹄子生了根似地釘在岩石縫邊。拉呀拉呀，那時候我可眞了不起。唉喲！踩空了，菩薩喲誰來救我？達朗頭朝下，雙腳離開了岩石，他看見了廓康白線似的溪水一晃而過，周圍的山在他眼前翻滾，他身體在空中往下沉落，什麼也挨不着。他緊緊抓住了一樣東西，這東西沒有絲毫份量跟着他一直下墜，原來是握在手中的拐杖。他的心提到了嗓子眼上，身體的內臟像被掏盡了似的空空蕩蕩。哎呀呀，原來人飛起來的感覺是這樣的難受，人的雙腳離開了大地眞是活不下去，到底是在往上飄還是往下飄誰也不知道。身體在旋轉，身體在空中翻跟頭，怎麼永遠也挨不到頭？最痛苦的不是怎樣生存，怎樣死去，而是身體什麼也觸碰不到，就像在陰間地府中漫遊。這麼說我還是與次仁吉姆前世有緣，終於能看見她了。可是那個頂頂重要的願望呢？我最後期待的不正是那個戴眼鏡的人再次來到哲拉山頂嗎？

次仁吉姆躺在低矮的羊皮墊上等他，賣弄着風情。她雙拳支托着下巴，眼睛嫵媚地斜乜着達朗。儘管屋裏的燈光黯淡，達朗仍淸晰地看着她眼中盈盈的水波。次仁吉姆衣服凌亂，腰帶鬆解，她輕輕唱着歌在羊皮墊上挑逗般輾轉反側。她什麼也不說，只是低吟輕唱，偶爾痛苦和深情地望一眼達朗。

「現在，廓康就我一個人了。」次仁吉姆說。

「還有我呢。」達朗說。

「你，你總在外面鬼混。」

「我沒有鬼混，我一直想娶你。」

「現在，你可以娶我了。」次仁吉姆走上前、關上了門。她走過來時鬆散的衣裙已經把全身袒露了出來。

達朗開始用腳踢門，大聲喊道：「喂！相親的隊伍抱着禮物來了，一路上口乾舌燥爲什麼到了門口把我們關在外面，是捨不得你們家的姑娘出嫁還是嫌禮品太少。」

「是誰像乞丐一樣在外面大吵大鬧，」次仁吉姆在裏面問：「踢破了我家的木門只怕你用扇金門也賠不起。」說着她開了門。

「這個醜八怪是誰？什麼地方有下馬石？瞧你穿得多髒，多破爛。接待迎親的人都滾哪兒去了？」

倆人一陣嘻笑對駡，算是完成了迎親儀式，然後關了門，親熱地坐在墊上。在此良辰，次仁吉姆端來了一壺茶，兩碗新磨的糌粑和兩碗新鮮酥油，端來一隻插着青稞苗的「切瑪」盒（一種新年或喜慶日子用的斗形裝飾盒，一邊堆糌粑，一邊堆麥粒，中間插一箭牌，上面裝飾各種顏色的酥油花。），向供奉的佛像一一敬獻三次，兩人祝禱：「佛法僧三寶是失去保護人的庇護者，是無依無靠人的救星，願菩薩保佑我倆相親相愛，無災無難，永不分離，如願以償。」完畢，次仁吉姆站起身，她肩頭一抖，披在身上的衣裙一起褪到了腳下，達朗一雙粗糙的手伸了過去，昏沉沉有一千個念頭在腦子裏混雜……我是個男人嗎？回來吧，我那失去已久的靈魂。細嫩的綠草尖原來是能夠刺痛皮膚的。哲拉山沒有顯靈，但它的確是有靈性的啊。你能感覺到這片荒涼貧瘠的高地上永恒的美和粗獷的柔和感嗎？你可曾看見從亂石縫裏鑽出的一隻離羣的羔羊？可看見遠處草地斜坡上一隻毫無怨色等待死亡的孤寂的老牛？看見了不知從那兒刮來的風？還有在峽谷裏，平原上悄悄出生悄悄死去的人？山頂牧人坐在石頭上面對寂寞綿綿的羣山，面對高深玄奧的藍天，面對存在於萬物之中的空氣默默體會世界的高度，聞嗅山谷的清香，傾聽大自然的沉默，冥想自己置身於空間的層次，尋求自己早已脫離軀體的靈魂，聽見了一首歌，一首在心中孕育了歲歲年年變得喑啞無聲的歌，它永遠埋藏在心底不能從胸腔爆發出來傳向遙遠的那方。可是你聽見了嗎？聽見了嗎聽見了嗎？整個山谷都在回響你聽見了嗎？

曾孫叫了人來，他腿不好，沒有來廓康，從邦堆那邊回山頂了。來人是如今仍住在山下的扎西達瓦，他那神話般的事迹早已被人遺忘，和普通的現代農民一樣，跟女人和孩子們一起生活，大女兒出嫁了，生下個胖兒子。他和女人經營着七畝地，兩個兒子買了輛拖拉機成天在外跑運輸。跟他來廓康的還有兩個農民，他們仍然像當年一樣崇拜着扎西達瓦。最後一個跟來的是掛藥箱的二十四五歲的姑娘，她父親是全西藏最高首腦機關屈指可數的高級官員之一，常在電視上露面。她是跟中央衛生部的一個科研小組來帕布乃崗山區進行一種高原病的普查。在來廓康的途中，她一路盤算什麼時候普查結束，回到拉薩還要抓緊時間複習英語，她不久就要去美國加州醫學院留學，她立志要在這短短的幾年裏，在西藏的藏族女子中第一個成爲國外高等院校頒發的醫學博士稱號的獲得者。

次仁吉姆靜靜地平臥在羊皮墊上，面目安詳，布滿皺紋的臉上幾乎看不清眼睛的縫隙。油烏稀落的短髮像柄毛刷，她還穿着那件百孔千瘡，早已看不出原來顏色的老式英軍服，皇家工兵制服的袖口和衣襟邊緣磨得碎條縷縷，腳上套着一隻露出趾頭的土毛線襪。那盞油燈還在忽閃，碗盞裏的油差不多耗盡了，彷彿一直竭力拖延時間等待外面的來人，好讓他們能看見次仁吉姆的遺容。她身邊放着一把灌滿酥油茶的陶壺和一口袋糌粑。茶早已冰涼，打開蓋能看見裏面一層凝固的油脂。誰也不知是作什麼用的，一定是她臨死前忽然想通了，準備離開這個地方，山下來的農民猜測。

「我還以爲是個病人。」年輕的女醫生嘆口氣。她離開空氣昏濁的小屋，好奇地巡視廓康周圍。外面水庫的石壩雖已殘缺不全，但仍可窺視出當年的氣派，溪水把周圍的渠岸和閘門口沖得亂七八糟。

農民卸下門板，把次仁吉姆擡了出來。他們不明白扎西達瓦爲什麼要他們擡下山去。

「等一等。」女醫生跑過去，看了看次仁吉姆一眼，擡手在她毫無彈性的臉上輕輕按了兩下，「還用得着解剖嗎？」

「不用了。」扎西達瓦說。

「最好別讓山下的人看見她的臉。」她掏出一塊白手絹蓋在自己外祖母的臉上。「你們先走吧，我腳上打了個泡。不用管我，我慢慢跟下來。」

三個人擡着次仁吉姆下山了，廓康只剩下一個膽子大得出奇的姑娘。

她不知在尋找什麼，終於發現了一條被乾草覆蓋的小道。她跨過溪流，用腳掃清了上面的碎石，沿小道走到堵在眼前的岩石壁下。除了當年刻下的依稀可見的題詞，什麼也沒有。她伸手輕輕敲了下岩壁，發出了空洞的回音。又敲一下，聽見咔咔的裂聲，敲第三下時，她身前落下一整塊岩片，掉在她腳下紛紛墜成碎塊，把她腳背砸得好疼。「啊！」她輕輕尖叫一聲。眼前是一個十分狹小的壁洞，膝蓋高的臺上有一副完整的白色人體骨架，顯出一種半腿打坐的姿式，右骨骼關節折成一個彎放在右髖骨上，左手置在髀位邊，這是一付罕見的菩薩跏趺狀。這副骨架早已變成了化石，像是岩壁上的浮雕，與整個岩壁渾然一體。骨架下鋪着一層乾草，邊上放着一隻銅質金剛杵鈴，上面斑點着綠色的銅銹；還有一只木碗和幾尊古舊的銅佛像。骨骼身後的石壁上留着許多手足的印迹。

年輕的女醫生像欣賞一件藝術品似地站在骨架前。根據她的初步判斷，這骨架是個男性，年齡在二十四五歲左右，年代已久。她正可惜這副已成了石頭的完整骨架不能拿回醫院作標本……背後聽見響聲，猛回頭。

不知從何處掉下來一串佛珠，竟然沒有散開。她提起來看看四周。

「次仁吉姆。」一個聲音就在她耳邊響起。

「啦！」姑娘應道，她的雙腿軟了。她不知道那岩壁上剛才看見的骨架和此刻正盤坐着一個老人誰是幻覺中出現的影子，分辨不出誰更眞實。

「我知道，廓康永遠不會荒涼，總有人在。」那老人無精打采地坐在壁洞上，身體斜靠着。

「我，我不是……。」

「次仁吉姆，你數數上面的珠數。」老人招招手。

「它有一百零八顆。」次仁吉姆脫口而出。

「這上面每一顆就是一段歲月，每一顆就是次仁吉姆，次仁吉姆就是每一個女人。」老人睜開眼，莊重地凝視了她半天。最後，一語道出了這個從不爲世人所知的眞諦。

奇蹟時刻在發生，但歲月的河流只有一條，它容納着漫長的歷史，容納着千千萬萬的男人和女人……。

【短篇小說四題】

智者的沉默

剛才那一陣轟鳴響過之後，這座深宅大院又重新籠罩在一片神秘的靜謐中。看門人神經質地東張西望。這院裏從沒進過一個小偷。連狗也不敢從牆洞鑽進來，它們嗅覺非常靈敏，從外面的牆根下夾起尾巴匆匆跑過，一刻也不敢停留。

看門人老得只剩下一顆大門牙。院裏的青石板地打掃得乾乾淨淨，蘋果園的樹上結出的小蘋果像少女結實的小乳房。這座二層樓住宅的寬大石階上正廳的朱門半虛着，兩只生銹的銅環靜靜地懸吊着，幾扇漆着黑色寬邊的窗戶終日緊閉，白色的石牆在陽光下耀目得叫人不敢正視。

看門人心中有了某種預感。

每天上午二樓左邊向陽的那扇窗戶裏總要準時響起一陣短促的電話聲。看門人向那扇窗戶張望了好幾次，憂心忡忡地等待那聲音。

主人家的少爺剛才推出他那輛紅色大摩托，罩着一隻銀光閃閃的頭盔。看門人拉開沉重的大門，外面好幾輛摩托上坐着七八個臉色陰森的年輕男女。他們戴着五顏六色的頭盔，一起發動了摩托。

「少爺，」看門人還沒來得及喊出聲。所有的摩托像羣馬般吼叫着消失在翻滾的塵土中。少爺是個好心人，他酷愛體育，在一家報社當記者。

整座院裏總是那麼寂靜。看門人永遠不知道主人們在這座古老氣派的住宅裏是怎樣生活的，到晚上甚至連音樂都聽不見。屋頂豎着一架電視天線，但是任何時候外面都聽不見收看電視節目的聲音。他的職責就是每天無數次開門關門，然後把院裏打掃得不留一片樹葉，然後整理蘋果園。最愉快的莫過於聽見外面喇叭輕聲一響，他立刻從大門旁的小土屋裏鑽出來迅速拉開包着雙層鐵皮的大門，「吱——」的一聲。老爺從政協開會回來，坐在一輛豪華小轎車的後排，茶色擋風玻璃裏看不清他的模樣。

樓上窗戶裏那聲音還沒響起，已經過了一個半小時了。

看門人拉開小門，外面門邊下坐着一位衣衫襤褸的老頭，還有一隻神色悲哀的放生羊趴在他身邊，全身散發出熏人的膻臊味。

「你知不知道你在這兒坐了有二十年？」二十年來，看門人今天第一次跟他說話。老頭睜開一隻驚恐的眼睛。

「你守在這兒沒討上一口糌粑和一口茶水，怎麼還沒死哪？」看門老人說。

「我是智者。」老頭第一次開口，喉嚨裏擠出呼嚕呼嚕的怪聲。

「我要叫警察！」看門人威脅道。

「你在等電話，是嗎？」老頭那隻眼又瞇了起來。

看門人嚇了一跳：他也許眞是個智者。

那隻老羊發出一聲令人心顫的叫喚。

「你該把牠趕走。」看門人說。

「牠老跟着我。牠什麼都明白。」

看門人勸智者離大門口遠點，當心眼花耳聾輾死在老爺的車輪下。智者不為所動，漫不經心地在身上捉虱子。

「眞不該跟你說話，二十年來我都熬過來了。」看門人垂頭喪氣地說，「看來今天是個不吉利的日子。」

「你在等誰的電話？」智者問道。

「不，是打給老爺的姐姐的電話，她是個老處女。」

「誰來的？」智者越來越有興趣了。

「這個。我不能告訴你。」看門人搖搖頭。

「你早告訴我就好了。」智者得意洋洋地說。

「你是個災星。」看門人盯住他，一字一句地說。

智者惶惑地看他一眼。沉默不語。

看門人的預感大概沒錯。到下午，少爺被人擡了回來，他頭部被打得血肉橫飛，據說是中了兩槍。據警察初步調查，他在做黑市交易。跟一個走私販談了筆生意，買進對方價值兩萬元的黃金，說好在郊外一個峽谷裏碰頭。他打算白吃對方的黃金，便帶了個會武藝的幫手。對方也懷有同樣動機，想搶他的錢。雙方各空着手去了，他們兩個對一個撲了上去，對方卻掏出手槍對着他臉連擊兩發，他的幫手在逃跑中也中了一彈，趴在地上裝死才僥倖活命。

院裏一片混亂，警察們出出進進，連看門人也被盤問了半天，折騰了幾個小時才走。

看門人送走最後一個警察，剛要關大門，看見坐在地上的智者。

「少爺死了。」他冷冷地盯着智者，「你眞是個災星。」

智者耷拉着腦袋，沉默不語。

那隻羊卻昂着頭激動不安地叫喚。

院裏又是一片神秘的靜謐，沒有一聲哭響，死一般的靜寂叫人不寒而慄。看門人不敢邁進院裏，他覺得眼前有一個人陪着心裏踏實一些。

看門人忽然發現那隻羊總是看着他，牠居然長着一對人類的眼睛，那形狀、那眼神、那快迅眨巴的眼皮。黑色的瞳仁分明閃出思想和智慧，充滿憂傷的感情向他在訴說什麼。

「這羊，是怎麼回事？」看門人驚訝得連連後退。

「我忘了跟你說，牠是我哥哥。」智者把牠摟過來，夾住牠脖子說。

看門人兩眼發直，「嘔」地怪叫一聲，忽然跑進大門，又提了根棍子出來要趕他們。

「我長到十二歲，」智者盯着他手中揮舞的棍子飛快地解釋，「有一天我騎了別人家的馬去河邊玩，回來被我哥哥痛打一頓，打得我三天爬不起來。他沒幾天就暴病死去。前幾年，它出現在我腳下，我一眼就認出牠是我哥哥。我是轉世活佛眞身。他終因毆打活佛，落得如此一個畜生的異熟之果。」

看門人忽然聯想起眼前這位自稱轉世活佛的智者與這座住宅的關係了。原來這座住宅也曾出現過一個轉世活佛。多年以前，他父親還是這裏的看門人時，當時的主人是位上校。那一天門口坐着一個乞丐女，抱着兩個孩子。正是智者現在坐的地方。他父親施捨給他們母子三人一些剩飯後，那女人卻不動身，說懷中的小兒子不讓走，果然那女人一轉身，孩子就又哭又鬧。這時過來一隊騎馬的官員，說是從西方而來正尋找一位轉世活佛的靈童，根據跳神師打卦時顯現出的幻像，正是眼前這幅情景。大門忽然開了，上校的妻子也抱出一個與乞丐女的孩子同樣大小的男孩，於是，這兩個孩子被帶走確認眞身。驗證結果，上校的公子爲前世活佛的眞正化身。

「當年乞丐女的兒子就是你嗎？」看門人認出來了，又沮喪地說，「那時我正在床上睡覺。我爸爸沒敢把我抱出去。」

智者神秘莫測地咧咧嘴，撫摸着溫順的羊腦袋。

「你喊它一聲。」看門人癡癡地說。

「哥。」智者蒼老地喊了一聲。

「咩。」羊立刻應道。

「是這麼回事吧？」智者問它。

牠老老實實點點頭，想起前世做下的孽業，不由得流出幾滴眼淚。

「現在，你該告訴我，給那老處女打電話的人是誰？」智者睜開了另一隻眼。

「每天上午都要響一次，有二十年吶——不！」看門人咬咬牙，又拍拍自己嘴巴。終於沒說出來。

「噢。」智者似懂非懂地點點頭。

「少爺死了。」看門人又想起來，傷心地說。他望着裏面空蕩無聲的院，心神不安地走了進去，最後從門縫裏擠出個腦袋說，「這也算是報應嗎？神仙有時也會變成災星，我知道。」

大門「吱——」的一聲沉重地關閉了。

第二天一早，看門人急忙開了門。外面卻空蕩蕩沒有一個人，在這坐了二十年的智者和羊都不見了。地上只留下一灘尿迹，還在冒着熱氣。

他出來是想告訴智者關於住在二樓的老處女的事。他所知道的事並不多，他沒見過老處女。只知道她體弱多病，從不下樓。那電話是她一個從沒見過面的情人打來的，二十年來，她靠着每天上午接一次情人的電話維持生命。但是昨天沒打來電話。老處女半夜喊叫着情人的名字直到凌晨才死去。看門人剛剛才發現，原來這根維持生命的電話線是被老鼠咬斷的。

看門人出來最後想問智者，他所看見的一切是不是作夢。

但是眼前留下的只是一灘尿迹，不知是智者的還是羊的。

於是，他原地轉圈吐了三口唾沫表示驅邪，戰戰兢兢進去重新把大門關上，急忙在裏面加了道鎖，似乎永遠不打算再開門。

黃房子前面

他攙扶着鄰居家一位乾瘦的老太太從這條路上走過。街上的店舖一家挨一家，門框都很矮，要低下頭進去，裏面幽暗狹窄，玻璃框裏堆放着各種印度貨，有首飾、耳環、項鍊、西裝、布料、皮靴和各種化妝品，牆上歪貼着幾張異國的風光畫片，店裏混合着各種香料的氣味，香得叫人腦袋發懵。店舖外面又有更多的地攤充斥着街道。那些操持宗教職業的人們坐在這條環形街道的馬路上。幾個戴尖形紅帽的喇嘛一手搖起用頭蓋骨做成的達魯鼓，一手搖響銅鈴發出唱詩班似的誦經聲。一個瘋癲的游方僧人手中轉動黃色的幢傘，那上面和他身上掛滿了各種別針、項鍊、戒指、耳環、古幣和文革時期曾大量發行過的大大小小的紀念章，他怪誕的模樣使人聯想起西方的嬉皮士。還有塑泥菩薩的女人坐在角落裏把一只只小泥佛片像工藝品似的擺在一只木箱上。還有磕長頭的信徒，健壯的體魄和厚實的護套像中世紀身披盔甲的武士。還有許許多多坐地行乞的男男女女們。

他扶着鄰居老太太，冷眼觀看這一切。他每天總是找出各種藉口來到這裏，包括陪老太太來這裏轉經，他要找的是那些六世達賴喇嘛的情人的黃房子。街道邊立着一座高大的佛龕，善男信女們路過時都往方形灶口投進一束香草，一捆柏枝撒些糌粑麵或潑一些高濃度的酒，裏面烈火熊熊，冒出的濃煙四處飄散。他看見煙霧中時隱時現有一個虛幻飄渺的影子。

「有很多事情呀，早被人忘了。」老太太不停地說着話。因爲吃過晚飯她要收看香港古裝武打系列片的電視節目，便在落日前金色的黃昏提前來轉經。這個年輕人對老太太酷愛收看電視懷有一種忿忿的憎恨。他挨着她，感到老人身上的骨頭已經腐朽，說不準什麼時候嘩啦一下就散架了。他的眼光是冷冰冰的，表情是冷冰冰的，老太太在他身邊覺得黃昏時熱烘烘的空氣也變得有幾分涼意。

「你簡直是塊冰砣砣。」老太太哆嗦了一下。「三十多年前，我去德格的路上，很遠哪，要走上大半年的時間……」

「奶奶您不是在拉薩住了有五十年，怎麼又去了德格？」年輕人發現了漏洞，這漏洞裏透出了一線曙光。

「當然是去朝佛，西藏有哪一座神山聖湖和有名的寺廟我沒朝拜過？就連阿里的崗仁波欽雪山我都去過兩次。後來我差點去克什米爾不回來了。」

年輕人盯住那濃重的青煙，他看清裏面出現的影像了。

「我走累了，咱們歇一會兒，我眞冷。」老太太向那影像走去。

在白色的佛龕傍坐着一位刻經人，年紀跟他差不多大，戴一頂草帽，穿黃色短布衫。刻經人身邊堆放一疊青石板，他用墨斗線在這些呈自然形狀的青石板上彈出一道道橫線，然後用鑽子和榔頭沿橫線刻出一排排整齊的經文。

「我從來沒在這馬路沿上坐下來過。」年輕人不滿地嘟咕。他知道什麼人才坐在這馬路沿上。

「坐下來吧。」老太太用很大的力氣一把將他拽在自己身邊。他們不再說話，默默地看着刻經人的鑽子在青石板上一點一點刻出了白色的字母。

「我們三個尼姑走在懸崖峭壁的小道上，總有一頭黑猪跟在我們後面，我知道牠也是去德格。我一眼就認出了牠。」她瞟了一眼刻經人。

年輕人想起了查理・卓別琳的一部影片「淘金者」的片頭，一隻熊跟在流浪漢的身後搖搖晃晃往山下走去。

「德格的印經院你知道嗎？」老太太問。

年輕人點點頭，同時他看見刻經人也點了點頭。

「它名揚四方，多少人都千里迢迢趕來朝拜它，然後趴在牆外的水溝旁喝一些從裏面流出來的洗印經板的黑水。你想啊，那個女人袖筒裏藏着刀子，她今天就要去見老爺了，我總懷疑見了老爺她會從袖子裏甩出刀來刺死他。」

「是誰？」年輕人東張西望。「指給我看看。」

「等我回去打開電視就指給你看。已經演了二十三集，聽說還長哪。」

「呀——呀——呀——」年輕人咬牙切齒。老太太對武功片如此着迷使他感到無比的憤怒。

「我也喝了一肚子洗印經板的黑水，喝完了就拉稀，拉出來的全是黑顏色。你別笑呀，喝了它不但能除病滅災，也等於念了許多經文。我聽說現在有學問有文化的人，像你吧，一說起來就是有一肚墨水，我當年喝的那一肚子墨水眞是差點撐破了肚皮，够你沾着筆尖一輩子也寫不完。」

「您說的黃房子到底在哪兒？」年輕人忍不住要發怒。

「我沒說。」刻經人背朝他氣呼呼地回答。「我不會告訴你。」

年輕人變了臉，看看他，又看看老太太。

老太太擠眉弄眼，點頭噘嘴地不知在向他暗示着什麼。

「我沒跟你說話。」過一會兒，年輕人氣呼呼地說。

刻經人沒回話，正一點一點刻着石板上的經文。

「當桑旺波情人住的房子在哪裏？在哪裏？」年輕人躁亂地嚷叫起來。

「我決不告訴你！」刻經人用更大的聲音賭氣般地叫道。

年輕人嚇得不敢再吱聲，朝老太太投去怯生生納悶的眼光：這傢伙怎麼啦，幹嘛老捅嘴？

老太太又是一番擠眉弄眼，點頭噘嘴的樣子叫人看着不舒服，完全是《薩迦格言》中所描繪出的小人的特徵。年輕人沒有把握地探過身，眼光掠過刻經人肩頭朝前望去，才發現他刻的根本不是什麼經文。

「嘔！」他忍不住興奮地叫出聲響，這是一個重大的發現。

「我不告訴你。」刻經人感到了背後的窺視者，有氣無力地又重複了一遍。

老太太臉上泛出十分得意的紅暈像兩隻乾癟的蘋果。

「我也不告訴你。」年輕人也有些得意地說。他發現刻經人在石板上刻錯了兩個字母。那上面刻的正是六世達賴喇嘛倉央嘉措的《情歌集》，他知道自己就要找到這個幽靈了。

「你爲什麼要把這首歌刻在石板上呢？」年輕人友好地問道。

「我已經刻完了四十八首。可這一首總也刻不好。」

「其他的，那四十八首呢？」

「他每刻完一首就把石板塞進一所黃房子的屋簷上了。」老太太開始一步步揭示出他的秘密。

「快告訴我，」他一把揪住刻經人。「我知道當年那些黃房子都他媽塗抹成白色了，快指給我看，哪些房子是當桑旺波情人的。」

刻經人舉起榔頭要敲他腦門，他嚇得鬆了手。

「求求你。」他嗚咽道。

刻經人不再理睬，當他擡手擦汗時，短衫下面露出了背後的皮肉，皮膚上印着密密麻麻的字迹。年輕人好奇地剛要伸手撩起他的短衫，他躱閃一下，回過頭驚恐地望着他。

「都看見了。」

刻經人聽後萬分緊張。

「一定是密咒。」

「我從來不知道那上面寫的是什麼，眞的，我向佛法僧三寶起誓。我眼睛看不見自己的背。」

「笨蛋！你得用鏡子，用兩塊鏡子，一前一後，你看前面的一塊。」

「我試過。」刻經人笑起來。「我站在兩塊大鏡子中間，你猜我看見了什麼？看見的是千千萬萬個自己越來越遠，排成一排，全是一個動作一個模樣，我嚇壞了。」

「別的，你沒看見你的背後？」

「我嚇壞了。」他搖搖頭。

老太太用胳膊肘狠狠搗了一下年輕人的後腰，搗得他差點岔了氣，她用懇求的目光制止他對刻經人的糾纏。趁刻經人不注意，他迅速撩起他背後的短衫，飛快地掃了幾眼。

「嗨！」他趕緊放下。

「怎麼樣？不聽我勸告。」老太太得意地說。

「我生來就有。除了你沒第二個人發現。」刻經人接着好奇地問。「那上面寫的是什麼？」

年輕人又小心翼翼重新撩起一角，另一手指沾了點唾液在他皮膚上使勁蹭擦幾下，除了搓下幾根污垢，那上面的字像是長在皮肉上的胎記，一點沒擦掉。他跳起身拔腿就跑，被老太太揪住衣角一把拖了回來。

「我得回家去取照像機。」年輕人激動得喘不過氣來。「我得把這紋身拍下來！」

老太太一隻手死死揪住他不放，她閉了眼輕聲哼道：「白紙寫下的黑字，一經風雨就沒了；未曾寫出的心迹，想擦卻無從擦起。」

老太太哼出的，石板上刻出的與刻經人背上印着的正是同一首歌。年輕人覺得這一切發生了不可思議的變化，他一個勁拍打着自己不够用的腦袋瓜。

「別把自己的腦袋拍傻了。你應該像我一樣安安穩穩坐下來，然後……要我告訴你嗎？」

「不，不需要。」

「那你什麼也弄不清楚。」

「我這不還是坐下來了嗎？」他可從來沒想過坐在馬路沿上。這樣一來，他終於發現這位鄰居老太太並不僅僅只是一個叫人討厭的電視迷。

「眞正的《情歌集》只有六十六首，記住，六十六首，其餘的都是後人杜撰的。除了手抄本和木刻還有別的版本，每首情歌還分別印在全藏區六十六個人或動物身體的不同部位上，通過轉世和移身一代一代傳下來，永遠不會失傳。孩子，你今天找到的是第一個，等你找到六十六個以後，我還會告訴你一些事情。」

年輕人癡癡聽入了迷。

「有些事情呀，早就被人忘了，回去問問你的奶奶吧，一提起來她就知道。那一年，我去德格的前幾天，我跟你奶奶一塊在這街上轉經，就在這座佛龕邊呵。那天黃昏，也是這個時候，有一頭猪從人羣裏竄出來，就像是後面有個舉刀的屠夫在追牠，牠拼死嚎叫，把幾個老人和孩子都撞倒了。人們罵着躲着給牠閃出道路，牠就跑到這座佛龕前面站住了，然後不緊不慢繞着佛龕轉了三圈後，就往東的方向跑去了。當時有一位高僧雙手合掌，對着猪去的方向進行了一番祝福禱告，有人問他爲什麼這頭猪繞着佛龕轉三圈，他什麼也沒說。後來去德格的路上，那頭猪一直跑在我們後面，像條狗似的聽話，到了德格就再也沒見到牠了。記得要離開德格的那天下午，我們幾個尼姑正繞着印經院轉完最後幾圈，剛走到大門口。聽見有猪的叫喚。我跑過去，那頭猪從大門裏跑出來從我腿下竄逃了，追出來一個小喇嘛，手裏舉着一塊印經板。我問他爲什麼要趕牠，我說牠可是一路上從拉薩跑來的。小喇嘛說他在作坊裏打了個盹一醒來，發現這頭猪不知從哪兒鑽了進來，正來啃他剛印好的《情歌集》，他順手抄起塗着墨汁的印經板在牠背上打了一下就追趕出來，我接過板子一看，正是現在這首情歌。要知道，它是一頭黑猪。」

等年輕人再回過頭看看那個刻經人時，眼前只是一堆重重疊疊還沒刻過字迹的青石板。

「呀！他沒了。」

「我一眼就認出來了。」老太太忽然打起精神說，「我想這回肯定是跑不掉了，有很多人都埋伏在屋裏呢。」

「在哪裏？」他四處張望。

「走吧，電視快開始了。」她撐起身，「開始我就指給你看。聽說今晚要演三集。」

年輕人不再多問，低下頭跟老太太回家。現在他心裏想的只有一件事：怎樣用電線短路的方法燒毀她的電視機。

懸岩之光

官方的露天宴會是很排場的，被邀請者是一位四十多歲的男人，他其貌不揚，長相卑瑣瘦小，也不是什麼政府要員或藝術家，卻被人尊稱爲「博士先生」。據說他擁有數以萬計的財產是因爲他長有四條胳膊，其中兩條長在背上和肚皮上，那是不讓人看見的。所有的官員們都恭順地圍着他，包括這個地區的最高行政長官和軍事首腦。我不知道自己幹嘛竄到這個地方來，沒人來盤問我，也就自由自在地晃來晃去。這是在一座氣派雄偉的建築物頂的大平臺上，雖然貴賓席頂上搭起一幅巨大的遮陽篷，太陽還是從正面斜照過來直射在每個人臉上。他們面前的矮桌上擺滿了各種點心和飲料，一排漂亮的姑娘在貴賓們面前翩翩起舞。「博士先生」顯得很傲慢，對姑娘們的舞姿掃過冷漠的一眼，微側起頭聽旁邊最高行政長官獻媚的低語。我站在遠處發現自己長長的影子正投在「博士先生」的臉上。我嚇了一跳，心想這可糟了，這是對「博士先生」的褻瀆和冒犯。果然，過來兩個穿西裝的大漢，問我是幹什麼的。一看就知道他們是「博士先生」的保鏢。我聽說「博士先生」擁有一支私人衛隊，他的保鏢們都在首都警官學校受過專門訓練，還會識別僞裝術，他們總是前呼後擁地護着「博士先生」，對當地警方的安全防護能力表現出蔑視和懷疑。我無法回答兩位先生的盤問，隨卽被帶到一邊。又被審問一番，沒發現我有什麼可疑之處，他們要我把平臺邊上的一道木欄卸下來。我不敢多問，接過工具動手幹了起來。木欄其實是畫在一塊長布上的，看起來像眞的一樣，我用刀子劃開一條長長的口子，一直拉到邊上，麻煩的是那裏站立着一匹白馬用嘴咬住畫布的終端不放，我只附在馬的嘴角邊劃了一刀。那木欄倒下時居然很沉重，幾個保鏢慌忙衝上前扶住它然後吃力地將木欄擡走了。我想這匹白馬一定是「博士先生」的坐騎，要是有人發現我把牠弄傷了可不得了，小心翼翼湊上前仔細看了看白馬的嘴角，既沒傷口也沒流血，牠只是狠狠瞪了我一眼，我鬆了口氣。站在平臺邊上如同站在高高的懸岩邊，探頭朝下望去。樓底下黑壓壓聚集了一羣百姓正昂首翹望，見了我便發出莫名其妙的叫喊。

我的妻子不願讓我孤獨難堪地出現在這種場合，她過來陪我。她是個很有身份的女人，我倆總是親熱得沒法說。她挽起我的胳膊像一對紳士淑女大模大樣從貴賓席前面走過。我不知道自己的影子是否再次從貴賓們臉上掃過，但是我想他們是不高興了。其實我發現這裏面混進來的無賴也不少，只不過他們衣着體面行爲規矩地坐在達官貴人們中間使警察和保鏢們難以發現，他們混進來只不過是爲了享受一下人的尊嚴。可不是嘛，連我的女朋友也混在貴婦人堆裏，她打扮成記者的模樣掛了兩架照相機，手裏還拎一只袖珍錄音機。她是一家公司的普通打字員，長得有幾分性感，作夢都想當一名記者。她見了我很像那麼回事地擡手打了個招呼。我倆是在冬夜一個冷清的大街上認識的。我妻子當然知道這女孩是我新交結的女友，也知道我喜歡她，但她從不干涉我的私生活，她知道這方面從沒影響過我們夫妻之間好得沒法說的感情。

「喂！我的技術怎麼樣？」女朋友問我。

「不錯。」

我知道她是問我她在床上的技術，我挺滿意的。見妻子挽着我的手，她顯出幾分困惑和憂鬱。我和妻子走進一間沒人的休息室裏，坐在一條長沙發上緊緊摟在一起，感到陣陣幸福和寧靜。這時，我的女友不知什麼時候已站在門口，像一個受到冷落而感到委屈傷心的小孩子，我疼愛地招呼她過來，她噘起嘴巴走來坐在我身邊，我友好地撫摸着她的大腿，發現她比以前更加漂亮可愛了。我們上一次見面是在什麼時候呢？我正苦苦回想，她說：「回到公司我告訴經理，就說我上個月去西部地區採訪了。」

她總幻想着自己是一名記者。我終於想起來最後一次見她是在一個雨天：她所在的那家公司的辦公樓在大雨中倒塌了，人們從泥濘的廢墟裏扒出她的屍體時，我正撐着雨傘遠遠站在一旁觀望。她的頭被擡她的救護隊員的身體擋住，我只看見一隻被泡得發白的手在搬運中垂懸晃動，還有從她身上滴在雨水中的污血。我害怕看見死人，捂住臉轉身跑掉。

「眞對不起，」我說，「送葬的那天，我病倒了。」

「不，不是那麼回事。」她不快地說。「我是沿西洛姆河流考察採訪，坐在直升飛機上面，我經受不住氣流的顚簸，一會兒睡着了，一會兒又醒來，很難受。後來，我什麼都不知道了。」

我不想再說什麼，轉過頭往窗外望去，沒心思聽她和我妻子手拉手興致勃勃地閑聊些什麼。遠處的山谷像山洪爆發一般正翻滾起洶湧澎湃的怒潮，我被這壯觀的景象所震驚，我的眼睛像照相機的變焦鏡頭一下子把山谷的遠景拉得很近又很清晰：那是成千上萬的野牛和草鹿從山上撕搏而下，飛揚起衝天的塵土，草鹿們死傷無數，被野牛的犄角高高挑起，剛摔在地上就被無數的蹄子踩成了肉餅。它們擠成一團，弱者用一點可憐的力量拚命抵擋又被捲走，野牛和草鹿在喧囂和混戰中滾捲而去，留下的是遍地累累的草鹿的屍體。

「親愛的！」一個甜軟的聲音在我耳後響起，我一時沒法分辨出是妻子還是女友的呼喚。我太愛她們了。

我回過頭，又是剛才那兩個穿西裝的漢子臉色陰沉地朝我走來。

「你們幹嘛老纏着我！」我不耐煩地大聲嚷嚷。

「你把『博士先生』挑死了。」其中一個冷冰冰地說。

「我？」

「對，你的影子。」

「你呀！」妻子嗔怪地說，「別人離『博士先生』這麼近，影子也沒投在他身上，瞧瞧你自己吧。」

我走出門外，站在太陽底下，果然看見自己長長的影子一直拉到這排房子的盡頭，這下我沒什麼可說的了。我的女友對我作了個飛吻，她晃晃手中的錄音機表示她還有採訪任務，要先走一步。我頭腦很清醒，我知道她在兩個月前已經死去，現在顯現出的只是她當記者的願望未能得以實現的靈魂。當我的眼睛被已戴上的手銬金屬的反光晃照了一下，我想起古老聖經裏的一句話：「上帝說要有光，於是就有了光。」

於是就有了這他媽倒霉的影子。

「這不公平！」在我被兩個大漢押走之前，我對妻子說。

她含着眼淚，大聲地說：「親愛的，帶着人世間的不平和苦難走吧，讓它們見鬼去吧！」

風馬之耀

烏金走進營地，四五十座破爛的帳篷堆擠在這塊像垃圾場似的空地上。剛下過雨，炎熱的太陽騰起的熱浪把營地裏面所有的氣味從各個角落蒸發出來，人和狗的屎尿味，霉潮的皮革、馬糞、羊皮的羶臊，醱酵的酒酸和人體的汗酸，汽油和塑料，野狗的屍體和老人身下透出來的腐爛死亡的氣息，廉價的香水和發餿的殘湯剩飯。他聽見頭頂劃過一陣隆隆的轟鳴，擡眼望去，一架飛機駛過城市上空，將巨大的聲音拖在後面。接着，營地寂靜得出奇，聽不見一絲生靈的嘆息，彷彿飛機的轟鳴把所有的聲音通通吸走了。趴在地上的野狗身上沾着密密的蒼蠅，看不出是在睡大覺還是一具死屍。闖進這座營地使烏金感到悲哀。空空蕩蕩，死氣沉沉，骯髒衰破的一座廢棄的營地不是一個理想的藏身地。但是這裏面肯定有人，他們也許正從帳篷的縫隙和破洞眼裏窺視他。他站在空地的一塊水窪旁，暴露在光天化日之下，一舉一動受到裏面所有人的監視。他後腦勺裏面敲鐘似地噹噹響了兩聲，這是一個預示。一個不知從哪兒竄出來的男孩向他走來，光圓的頭上箍一道污髒的毛巾，穿一件長過膝的大人外套像披風似的敞開，裏面的肚皮上沾着泥漿。男孩嘴裏叼一根煙，手拿一只紅色鞭炮向煙頭湊去，走近烏金身邊將手一揚。烏金看見冒着滋滋火花的鞭炮朝自己臉上飛來，他像趕蒼蠅似的一揮把它緊緊握在手中，引火捻的燃燒就像蒼蠅翅膀的搧動在手心感到痲酥酥的。他剛想起這不是一隻嗡嗡叫的蒼蠅而是一只隨時要爆炸的鞭炮，手掌還沒有來得及張開它就爆炸了，痛得他甩手亂跑，覺得灼燙的手心濕漉漉的，以爲炸出了血，湊到眼前一看，是一灘黃綠色的透明液體，再一聞，分明是尿水味。他把炸痛的手緊緊抓在大腿褲子上去追那男孩，三繞兩繞，男孩不知鑽進了哪座帳篷裏。

支撐帳篷的繩索縱橫交錯，被木橛和鐵鈎釘在地上，雨過之後地被雨水泡軟了，有些木橛和鐵鈎把地皮掀起一塊，繩索失去了牽引力，帳篷的一角塌陷下來。烏金用腳把撥起的木橛和鐵鈎重新踩進地裏，這只能是一種象徵，繩索仍舊軟綿綿扯不起帳篷角。他掀開了好幾座帳篷的門帘裏面都沒人。他隨意地挨個兒掀開。在一座帳篷裏，他看見一個老太婆勾着腰在數一堆古幣，聽見門帘有動靜，身體一拱就把腦袋深深扎進雙腿中間再也不肯動彈，好像在做什麼見不得人的事。還有一座裏面有人蒙頭大睡。又有一座裏面有個姑娘趴在牛毛破毯上獨自玩一副又髒又破的撲克牌。

「哦囉，善男子。」他聽見一座帳篷裏有聲音，走過去撩開麻袋做成的門帘。

一個消瘦的女人躺在卡墊上，頭髮凌亂，兩隻深凹進去的黑眼眶像是畫上去的一副眼鏡。她身上蓋着各種舊衣服，身邊裹着一個嬰兒。烏金被裏面一股極其強烈的怪味熏得幾乎窒息。這怪味他從沒聞到過，羶臭腥臊像是一頭怪獸散發出的氣味。

「大哥，我渴。」女人指指對面。帳篷外的三塊石頭上架着一只鍋，裏面還剩小半鍋茶水。

「涼的。」他說。

「沒關係，碗在這裏。」

他舀了一碗遞過去。

「男孩還是女孩？」

女人沒回答。

「這裏面氣味眞受不了，你一定還沒給孩子淸除污穢。」

女人沒回答。

烏金捏着鼻子說話：「娘兒們，英雄我進來可不是給你遞茶水當佣人的。我是來找一個人。」

「我男人走了，走了好久啦。」女人說。

「不是找你男人，我找一個叫『貢覺的厤子索朗仁增』。」

「你找他做什麼？」

「不關你們女人的事。」他鬆開鼻子呼了口氣又繼續捏着。

「他就是我男人。走了有一個月啦。」

烏金知道她在騙人。他在她身邊看見一只黑色的四方托盤裏盛放着一柄帶黑穗的四稜尖錐，這是黑教巫師唸密咒時所用的法器。他知道這女人是個巫師，弄不好會讓他的鼻孔裏流出污黑的濃血。這時他看見嬰兒動了一下，從襁褓裏冒出一個腦袋，他兩眼中間長着一隻小小的綠色的角，臉上像長滿皺紋般地刻着道道，其醜無比。原來這股令人作嘔的氣味就是從這頭小怪物身上散發出來的。烏金膽顫心驚捂住鼻子退了出去。

有三個男人站在烏金剛才站過的水窪旁，彷彿在那裏站了很久。他們都很魁梧高大，差不多都在一米八以上，其中一個頭上盤着黑絲穗的個子更高，另一個年輕點的臉色猙獰，還有一個在玩一枚戒指。他們全都看着他。

「伙計，打聽一個人。」烏金遠遠地說。

他們像塑像般一動不動，眯起眼打量着他。

「要是不想開口的話，那就算了。」烏金覺得這三個人正感到無聊，弄不好會過來找碴。他可不想再惹些什麼麻煩。

「我們耳朶沒關門。」盤黑絲穗的人說。

「『貢覺的瘋子索朗仁增』住這兒嗎？」

半晌，年輕的人說：「他死了。」

烏金有些發懵，他摸摸自己的小圓頭，聽見後腦勺裏面響起狗的兩聲嗷嗷叫，用拳頭砸了一下，那聲音消失了。

「多久死的？」

「哦，有四五個月了。聽說是這樣。」玩戒指的人插進話來。

烏金不再問什麼。只是不停地眨巴眼睛。彷彿眼睛裏落進了一隻小蟲。他轉身要走。

「是你親戚？」玩戒指的人問。

「不。你見過他？」

「聽說。誰都想見識見識他。是不是？」

「他沒什麼好見識的。」一年輕人惡聲惡氣地說完懶洋洋打了個哈欠，一個人離開了他們。烏金感到這人有股邪氣，他說「貢覺的痳子索朗仁增」死了。他想弄個明白。

「你叫烏金。」一盤黑穗的人陰沉地問。

他不知該怎麼回答，只好點點頭。

「前天晚上，警察又來這裏搜捕。拿着你的相片。」

「是大前天，阿旺麥隆。」玩戒指的糾正道。

「都一樣。」一盤黑絲穗的阿旺麥隆說，「那晚上你在哪兒？」

「強盜林卡。」

「我猜得不錯。」阿旺麥隆對同伴點點頭。「早先，我爺爺也在那裏面躲過。他沒犯什麼大罪，把一家尼泊爾商人的一臺收音機抱走了，他沒見過那玩意。在林子裏把收音機拆得亂七八糟，還是沒從裏面揪出一個能說會道的小人來。」

「今晚警察是不會來了。」玩戒指的人說。

「我不在乎。」烏金看看別處。

「塔吉，幫他找一個藏身的地方。」高大的阿旺麥隆對玩戒指的人說。

塔吉看看烏金，他大概有點喜歡這個眼下被警察追捕的殺人犯。他說：「你半夜不會給我提一顆人頭回來吧？」

「聽着，我是二十八歲的人了，不喜歡這種玩笑。」

「是的，大叔，我才二十九歲。」塔吉笑嘻嘻地說。

「喂！你們，該走了。」年輕人在遠處朝他們揮手舞着圓圈。

「你找五十三號帳篷，自己弄點吃的。要是睏了你睡靠電話機的舖位。」塔吉說。

「還有電話，通哪兒？」烏金警覺地問。

「通我的屁股眼。」他嘿嘿一笑。「撿來的，擺擺官樣。」

「記住，別讓看門人認出你。」阿旺麥隆說。「他是警察的耳朵。」

「呀呀。」烏金不耐煩地揮揮手，「我不是來學手藝活的，用不着別人咿裏哇啦對我指點。」

「對，你是來找『貢覺的麻子索朗仁增』的，殺人犯，可他死了，聽說。」塔吉擠眉弄眼。他是個樂觀而瀟灑的年輕人。

那個穿牛仔褲胸領開得很低的女孩一聽是找「貢覺的麻子索朗仁增」，搖搖頭說裏面沒聽說有這個人，倒是有一個叫索朗仁增的，只是臉上沒麻子，看樣子也不是貢覺縣人。她指了指裏面靠牆座位上一個穿西裝的年輕人，烏金昏頭脹腦地闖了進去。這是一家很熱鬧的酒吧，門廳上方一串像隨便舞劃出來的誰也不認識的一種字母鑲着霓虹燈，紅得耀眼。讓人聯想到自己浸泡在鮮血之中。門邊的牆上釘着一塊銅牌，上面刻着幾行規規矩矩的洋文和一些數字。銅牌上的這幾行洋文和霓虹燈字母莫名其妙地深深刻進了烏金的腦海裏，終身不忘，以至後來面對警察和法官的審訊，他憑着準確的記憶將銅牌上的洋文和霓虹燈字母一筆一劃地描出時，使得警方大爲困惑，最終給自己招來了殺身之禍。進出酒吧的人都穿得花裏胡哨，個個舉止魯莽，談笑粗野，看起來全是外國人。裏面烏煙瘴氣混雜着奇異的香味，幽暗的紅綠燈隨着音樂的節拍忽明忽暗，彷彿所有的人都在不停地搖晃。兩個穿摩托服手提頭盔的青年臉色陰沉迎面走出，把站在過道中間東張西望的烏金毫不客氣地用寬闊的肩膀撞開。雖然烏金是慓悍的康巴漢子，腰中揷着長刀，但是酒吧裏的人似乎個個都像是不怕死的亡命歹徒，誰也不去注意他進來。索朗仁增一個人守坐在一張桌旁，面前放了一杯濃黑的咖啡，顯得有些無聊。他無疑是這裏的常客，此刻他熟識的人好像都還沒來。烏金不聲不響坐在他對面冷冷地將眼光定在他臉上。他懷疑他不是「貢覺的麻子索朗仁增」。一副地地道道城裏人打扮，筆挺的西裝在變幻的燈光下分辨不出顏色只能看清衣料是隱條紋的，做工考究十分合體，領帶點綴着金片像野獸在黑暗中閃出的瘋狂的兇光。他頭髮烏亮，文雅大方，這裏面只有他的臉型看起來還像個西藏人。烏金可沒想到情況是這樣，本以爲見到的應該是跟自己一樣裝束的康巴人。他不喜歡眼前這位十分乾淨還有幾分派頭的傢伙。先生，烏金湊過身體跟他攀談起來，對方或許由於職業的關係習慣於跟各種各樣的人打交道。他十分友好並且饒有興趣地回答了烏金提出的一個個問題：不錯，我就是你要找的人。他撫摸着臉不好意思地笑笑。這麼多年還有人記着他的綽號。當然只有家鄉人才知道這個綽號。其實他臉上一點麻子也沒有，也不知怎的就被人叫上了。也許小時候臉上有過麻子，記不清了。是的家鄉在貢覺縣。你想喝點什麼？哦你喝不來咖啡來杯啤酒怎麼樣？好吧。烏金一步步仔細探詢，對方合作得很好。「貢覺的麻子索朗仁增」的身份得到越來越確鑿的證實。談談我父母？哈哈你這人眞怪，總不會是打哪兒冒出的一位親戚吧？他媽的我遇着的全是窮親戚跟你一樣。你叫什麼名字？烏金。幹嘛打聽我父母？對，爸爸叫阿布德朗，媽媽叫察降曲珍。我們家過去是熱芭家族，你都知道了。我正準備寫寫他們。現在許多東西慢慢消失了，那個時代呀！索朗仁增用手托着一邊臉頰，閉上眼，情不自禁地回想起父輩充滿辛酸和傳奇的賣藝生涯。阿布德朗曾經是昌都一帶名揚四方的熱芭藝人，他的「躺身平轉旋子」的藝技堪稱一絕，場子上七十二枚銅幣撒成一個大大的圓圈，在全體家族藝人擊鼓搖鈴的伴奏聲中他身體向空中飛旋如大鵬展翅，如烏龍翻捲，一連七十二個騰空翻躍的旋子掃完一大圈後，地上的銅幣一枚不剩。通通被他撿起，贏得村民們陣陣嘖嘖的驚嘆。流浪的生涯艱辛又漫長，在寂靜荒涼的山谷裏，那遠處的一聲槍響美妙而悠揚，驚碎了在母親懷中的索朗仁增兒時的夢幻，他永遠忘不了從槍聲中睜開眼睛，看見的是藍天白雲，黃色的山谷，熱芭藝人的馬隊行進在谷底蜿蜒的小道上。槍聲過後，周圍死一般寂靜，接着是一匹馬躁亂不安的扭動，搖響了頸上噹啷啷的細鈴。又是一聲槍響，還是那麼美妙而悠揚，在整個山谷中間久久迴盪。母親尖叫了一聲，把他緊緊抱住，當他的腦袋被母親有力的手按回她胸前寬鬆悶熱的袍子裏的一刹間他看見母親前面一個男人軟綿綿從馬背上翻落下來。多年以後他才知道那是他的一位拉胡琴的舅舅。在驚慌的騷亂中他被母親捂在懷裏，捂得嚴嚴實實喘不過氣來。沉靜的山谷喧鬧起來，馬在驚恐地嘶鳴，人在低聲咒駡，子彈在空中呼嘯。他頑強地從母親的袍子裏冒出頭來，睜大眼注視這一場戰鬪。他看見遠處高高的山崗上有幾個非常渺小的人影在移動，山谷發出充滿野性力量的叫喊：「啊嘿嘿——」父親阿布德朗不僅僅是一名身懷絕技的藝人，也是一名出色的槍手。他一連幾個滾翻躲在一塊石頭後面，不慌不忙架起步槍，拉開槍機向山崗的黑影開了一槍，只見一個黑影搖搖晃晃倒下了。他再次被母親的一隻手按進懷裏使他的腦袋再也沒有鑽出來目睹這場戰鬥的機會。直到許多年後看見父親阿布德朗整日像撿牛糞似地勾着腰再也直不起身才知道就是在那場與劫道土匪的槍戰中受的傷。後來父親腰上的槍傷復發，這位在江湖上闖蕩了一輩子的熱芭藝人，因爲最終沒能把一身絕技傳給後代而痛苦萬分，懷着深深的遺憾離開了人間。他死的時候兒子太小，剛剛會走路。的確如此，眼前這位穿西裝的熱芭人的後代如果當初學到父親的那一身絕技，也許會輕而易舉地躲過烏金不慌不忙地朝他刺來的致命的一刀。烏金知道對方說的全是眞話。在那場戰鬥中，他與索朗仁增所感受到的大體相同，也同樣在母親的懷中。同樣目擊了幾個終生難忘的場面，只不過他所處的位置在另一個角度而已。索朗仁增束手無援站起來驚駭地看着他。烏金繞過桌子走近他，手中的長刀像捅破幾層報紙似的毫不費力刺破了索朗仁增的幾層衣服穿進了他的肚皮。他手腕又往上狠命一挑向心臟部位捅去。他聽見裏面骨頭碎裂的卡嚓聲，看見流淌濃稠鮮血的刀尖從對方左肩骨透着衣服穿出來。烏金原以爲一刀刺穿人的肉體是件困難的事，這以前他曾經無數次練習刺殺擡刀刺向粗大的樹幹。刀身刺進有七八公分深，得用腳蹬着樹幹雙手把刀拔出來。他仍然懷疑這力量能否將仇人致於死地，現在才知道這一刀足以穿透兩個人。索朗仁增臉上的肌肉東一塊西一塊地抽搐，似乎這一塊塊肌肉在他生前從未好好利用過現在才做最後的展露，他發出冷笑般的兩聲哼哼，腦袋一耷拉，身體倒下來。酒吧裏一下啞然無聲，坐在裏面的人不知是對這種事已經習慣了還是嚇呆了，都一動不動默默地看着烏金。至少還有一個人是條漢子，他把手中的一張撲克牌熟練地扔在桌上，肘子碰碰鄰座又用指頭彈彈桌面意思是該你出牌了。鄰座看看牌，手腕一抖翻出一張黑桃A吃掉了對方。烏金將刀在死者的西裝上揩掉血跡，那上面沒有印上血的顏色，他想死者穿的大概是一件血紅色的西裝。他無論如何沒見過有人穿這種顏色的西裝。他提刀走出酒吧沒有任何人攔住他，倚靠在門口的那位穿牛仔褲胸領開得很低的女孩也許不知道裏面發生的事，對他手中的刀並不在意，叼着香煙雙手抱在胸前，用一副冷漠的目光乜斜着他。這使他想起什麼時候在電影裏見過的那種女人。「臭婊子！」他罵了一聲。沒有路燈的大街漆黑一片，沒有任何人來追趕他或攔截他。他聽見一陣嘩嘩的滾動聲。因爲他從未聽過海邊的波濤聲，所以他認爲這附近可能有個大廣場這聲音就是萬人集會的鼓掌聲。他沒有目的地行走在黑暗中腦子裏不時地響起寂靜的山谷裏那一聲美妙悠揚的槍響。這樣動人的故事也許將來不會有人經歷了，總之他結束了這一切，於是覺得渾身輕鬆自在。苦苦追尋了這些年，磨破了多少雙靴底，耗費了多少精力，沒睡過一個安穩覺。現在總算完事了，將來有人一提起他的名字會豎起拇指爲他驕傲的。他不在乎能不能看見這一切，他感到身後有無數的影子鬼鬼祟祟地尾隨着他，回頭一看，他身後閃爍起一片綠色的星光，如同死者領帶上綴着的金點。原來是一大羣野狗悄悄地聚集在他身後，彷彿隨時會撲上來將他撕成碎片。他不相信死者的靈魂會這麼快變成野狗來報復他，他掂掂手中的刀隨時準備進行一場拚殺，一看就慌神了，再摸摸刀鞘是空的。他不明白分明一直握在手中的殺了人的鋼刀什麼時候就變成了一條風乾的羊腿肉，放在鼻子底下聞聞有股帶血腥的人肉味，厭惡地朝遠處扔去，只見一羣野狗像閃電般吼叫着飛快朝羊腿撲去，從他身邊掠過一陣風摻雜着烘臭的腐爛氣味。那邊的黑暗中立刻傳來野狗們爭搶食物相互撕咬的嗷嗷叫。烏金鬆了一口氣想道：反正跟隨多年的刀已經毫無用處了，他並不想再殺第二個人。嘿！那串神奇輝耀的字母是哪一國的呀？彎彎扭扭連在一起叫人看着就想跳舞或者找個女人痛快一番。當年呑彌桑布扎創造文字時肯定也沒見過有這種字，那銅牌上寫的是什麼呢？有機會一定再來一趟，不是去殺人是去喝酒，那裏的啤酒味道不錯，然後如果那個站在門口的臭婊子不大喊大叫的話……算起來有好些日子沒跟女人睡過覺了。

一清早，流浪的康巴人從低矮的帳篷裏鑽出來貪婪地吸上一口清新的空氣。男人和女人們臉色浮腫頭髮散亂站在外面穿衣繫帶。一股股藍色的炊煙充滿了刺鼻辣眼的水泥橡膠和各種化學異味從每座帳篷前升起。早起的老人們已經圍着拉薩城轉完了一圈，他們總是試圖與結件而行的拉薩城的老人們在轉經的路上友好地攀談幾句。拉薩的老人們一個個精神飽滿牽着自己心愛的小哈叭狗或肥碩聽話的放生羊。由於祖祖輩輩就與東部的康巴人結下了不友好的關係所以誰也不想搭理這些年輕時可能做過盜馬賊小偷強盜好鬪成性的殺人歹徒或騙子而今已白髮蒼蒼進入風燭殘年行囊空空一無所有的流浪老人。年邁的流浪人並不在乎這點，他們與城裏的老人朝拜的是一個佛，走在一條路上，用同樣的方式進行祈禱。至於來世誰更幸福，還得在今生漫漫轉經路上走着瞧。他們對神聖的布達拉宮從各個角度進行了一番祝頌祈禱，口乾舌燥搖着經筒正陸陸續續回到城邊的帳篷營地。

吃早飯的時候，大門口開進一輛頂部裝有紅燈的藍色警車停在空地上，跳出五個警察。這大多數久居在這裏的流浪人早已習慣了警察先生們的隨時闖入。只要城裏一旦發生案情，這裏便是重點搜捕的目標。他們常常在深夜進行突襲，尖厲的警報器和急促的喝斥聲把光着身子摟在一起的男男女女們從帳篷裏趕了出來。搜出了窩藏在帳篷營地裏的各種贓物常常使警察們張大嘴巴難以置信。他們搜出了沉重的汽車發動機，輪胎和各種汽車零件。嶄新的摩托車和各種牌子的新舊不一的自行車，墨綠色的還沒能啟開門的保險箱，裏面躺着成千上萬的一疊疊人民幣，成捆的布匹和成箱的食品罐頭，還搜出了醫院裏的助產椅和賓館衛生間的高級抽水馬桶。甚至還抱出來一個金髮碧眼的歐洲嬰兒，據說是從來西藏旅遊的一對外國夫婦背後偷走的。不知出於什麼用意，警察們給這個流浪人的營地取了個名字叫「導彈發射基地」。一個戴墨鏡的警察用威嚴冰冷的聲音說明來意，命令這裏除每座帳篷可以留下一人守家外，其餘所有人集合排隊去文化宮廣場參加萬人公判大會。

很多人弄不清是個什麼樣的會，跟自己有什麼關係。

「是為了嚇唬我們，要我們在拉薩老實地呆着。」阿旺麥隆說。他正在繫鞋帶，發現皮鞋底的前掌裂了個口子。他身高一米八二，睡覺時只得把兩隻腳伸出狹小的帳篷外面，野狗們常常把這雙露在外面的腳誤認為是美味的夜餐，咬得他從夢中驚醒哇哇大叫。

「就是說，要殺人了。」他提高嗓門。擡起寬厚的巴掌在頸上一劃。

「眞可憐。」西嘎說。她給阿旺麥隆和滿臉猙獰的哥哥多布吉各倒了一碗茶，把一小皮口袋糌粑放在他們中間，糌粑袋上插一把銀勺。

塔吉還沒來，他住五十三號擺了電話機的帳篷裏。

「你爲什麼不多放點酥油。」多布吉對妹妹西嘎發牢騷。

「我還得省下些給珠拉康的佛燈添油。」

「得了吧。」

「塔吉還不來喝茶。」西嘎說。

「殺人。哼！」多布吉說。

「你閉嘴！」她惱怒地叫道。

兩個警察從帳篷前走過，勾下身看看裏面。其中一個向他們戳戳自己手腕的錶。

「快點。八點半都得出來。」警察說完起身走了。

「狗！」多布吉說。警察沒聽見。

「誰留下？」阿旺麥隆問。

「西嘎，你。」

「不。我跟你們一起去。」

「聽着，我一大早拳頭都在癢。」

「那中午的飯誰去給你們討。」

「你每天討來的菜裏總見不到幾片肉。再說，那米飯都臭了。」

「拉薩人對我們很吝嗇，天也熱呀。」她眼珠朝上一翻。「哦嘖，他還總想要吃點好的。」

「你留下。中午回來吃糌粑，燒點茶。」

塔吉站在外面，彎下腰說：「喂，咱們今天能見到烏金。」

裏面的人不作聲響。

「這傢伙今天得死了。」他鑽了進來。

「你別亂咒人。」她說。

「打賭。」

她避開了他撩人的目光。

「五十塊錢。」多布吉說。

「噝——」他揮揮手。

「好吧，一輛自行車。」

「全新。」

「你這混蛋。」他伸手朝塔吉手心擊了一掌，算是成交。

「你別想贏。」塔吉說。

「你快把茶喝了嘛。」阿旺麥隆說。

塔吉從他的聲調裏聽出有些不妙，不敢多言，端起茶碗。西嘎故意沒往他的碗裏放一塊油脂，清清淡淡，大概是向他暗示一種情思。他端起碗正要喝第一口。看見茶水裏顯現出時隱時現的圖影幻像，先是看見一座白石累累插着經幡旗和纏着羊毛的瑪尼堆。又看見從一片平靜碧綠的湖水中漂盪起一個字母，白淨的沙灘上印着一個人體的壓痕。他哆哆嗦嗦端着碗衝出了帳篷。其餘的人沒理睬他，以爲他從碗裏發現了一隻死老鼠。他捧着碗一直奔向三十六號帳篷，龍娜老太太住在裏面。她年輕時是一位鄉村降神師，如今常常用不剩一顆牙的嘴詛咒這個世界。她說如今是妖魔鬼怪興風作浪的時代，菩薩沉默了，威嚴的護法神也鎮不住它們。雖然拉薩城外的金碧輝煌的寺廟每逢莊嚴的宗教節日喇嘛們低鳴的長號聲不息地迴盪在城市上空，身裏猩紅色袈裟頭戴黃色鷄冠帽雙肩高高撥起如同鷂鷹般兇猛的鐵棒喇嘛手中鑲銅皮的菱形鎮威棒握在手中不時往地上一頓，威攝了四方朝聖的善男信女使他們全都匐伏在地不敢動彈半分。龍娜老太太一閉眼說：「可就是鎮不住邪惡的鬼神。不過是擺出來讓外國人拍電影拍照片的。」她總是用一只袖筒搗住鼻子抱怨說這塊高原聖地的空氣污染上了不祥的塵埃，並且經常用梳子在銀絲白髮上一遍遍梳理將梳下來的雜質攏在手裏朝火堆扔去，一陣噼啪亂響蹦起火星，她開心地大笑說又燒死了幾個魔鬼。別人說燒死的只不過是長在她頭髮裏的跳蚤虱子。她伸出長長的指甲在塔吉臉上輕輕劃過一道表示歡迎他的光臨，然後閉上眼聽完了他的來意。兩個人挨坐在一起像觀望一缸金魚似的四隻眼睛盯着碗裏混濁的茶水。塔吉得不出什麼結果來，但碗裏的確顯現出一些異乎尋常的圖像。龍娜從懷裏摸出一顆水晶石朝石頭上啐了三口唾沫，開始一陣含糊不清的念咒。在龍娜的幫助下茶碗裏的圖像越來越清晰，她在塔吉背後輕輕一拍將他推進了圖像中。荒原上掠過輕微乾燥的風，這裏像是一片很少有人久住的牧場，草勢惡劣如同苔蘚般泛着淡淡的土黃連接地皮，一條隱約的小道延伸到崗坡起伏的天邊。什麼地方飄來馬糞濕潤餘溫的氣息。細細一聽，空氣中留下了孤寂旅人坐騎下如天國飄來的樂音般悅耳的細鈴聲，塔吉順着那餘音在荒原上行走。荒原也許消逝了，也許他走到荒原的盡頭，腳下是令人頭暈目眩的深淵。從深淵下面刮來陣陣的寒氣，淵底是一條洶湧咆哮的江河。他站在懸岩邊成爲一樁兇殺案的目擊者，同時又顯得那麼漫不經心，好像這一切與他無關。他看見了多布吉和另一個陌生男人正揮舞長刀跳來跳去，還有一位年輕的女子坐在不遠處的岩石上低頭縫補衣服。他仔細一看，卻是西嘎，手中縫的正是他身上的一件襯衣。他想起前一天企圖翻越豪華的拉薩飯店的鐵柵欄遇到戴大蓋帽褲子鑲金邊的門衛一面將對講機放在嘴前呼喚一面舉着警棍朝他衝來，他跳下地逃跑時腋下被鐵柵欄尖刮破一道長口。他走到西嘎身邊問她縫好沒有，西嘎並不理睬，他發現自己光裸着上身，氣憤地一把搶過她手中的衣服。他很淸楚了，這是她哥哥多布吉和一個叫「貢覺的麻子索朗仁增」在拚殺。西嘎身上佩戴一塊珍貴無比的玉石麒麟，據說是漢地的大皇帝贈給五世達賴喇嘛的聖物，收藏在布達拉宮珍寶倉庫裏，也不知怎的後來流落到民間戴在了西嘎的頸上。在兄妹倆人去拉薩朝佛的古道上，被「貢覺的麻子索朗仁增」盯上了，途中與他們結伴而行，不知是看上了西嘎脖子上的珍品還是看上了西嘎的容貌，也許兩樣都看上了。多布吉知道妹妹一無所有，一旦要向她的情人贈送愛情的信物，便是那塊玉石麒麟。關鍵的是他討厭這個「貢覺的麻子索朗仁增」。當發現他一雙色迷迷的眼光從妹妹白淨的脖子上掛着的玉石麒麟滑到她胸脯又繼續往下滑，一雙手碰向她腰間後，於是一場格鬬爆發了。塔吉看見「貢覺的麻子索朗仁增」已經躺在血泊中死去。西嘎奮不顧身地跑到死者身旁抱起他的頭顱跟他行了個碰額禮，摘下玉石掛在他的脖子上，又對多布吉說了些什麼。這幾句至關重要的話塔吉沒聽清，他無論如何沒法靠近他們，中間像隔了一道玻璃門。多布吉抱起屍體走向懸岩邊向下一扔，屍體便墜入深淵。倆人並不看塔吉一眼，繼續向前趕路，走得很快，彷彿有一股無形的力量推着他倆朝前飄移，轉眼無影無踪。這時塔吉發現屍體並沒有被扔進江裏，照樣躺在剛才的地方。有一位牧羊人和幾個農家姑娘從他身邊走過，看看屍體，又看看塔吉，他們似乎對二者之間的關係很明白了。塔吉一時慌亂不知該怎樣對他們解釋眼前的一切。

烏金不合時宜地突然闖入使得塔吉幾乎氣歪了臉。他並不理睬這兩個人在帳篷裏面做些什麼。自顧把一堆破氈毯和底下的塑料布推開，掀起一大塊木板，底下露出一個大坑，大得足可以藏下一頭犛牛。坑底鋪着鐵皮，四周鑲滿了厚實光滑的絕緣膠木板，用來隔擋泥土和潮氣。裏面藏有不少贓物，大都是沒什麼價值的廢銅爛鐵，只有一副整套全新的皮革馬具和幾隻套在塑料袋裏的電動手鑽還能值兩個錢。他在裏面稀裏嘩啦地翻動尋找什麼。塔吉嘆了一口氣，鬆開摟在懷裏的西嘎，她整理一下頭髮繫好衣鈕，罵了一聲災星，起身鑽出了帳篷。

「你在找什麼？」

烏金不回答。

塔吉罵起來，說他大白天進進出出，就像是去開勞模大會似的大模大樣生怕別人認不出他來，警察處處在搜捕他，他一點也不避避風。塔吉威脅道他發誓要向警察報告把他重新投入監獄省得他再來打擾他和西嘎的幽會，他傷心地抱怨說烏金已經不是頭一次闖進來衝散了他倆的好事，這簡直是太殘酷了，幾乎是蓄意破壞。

「我撿回的那個照相機呢？」烏金問他。

「幹什麼？」

「在哪兒？」

「賣了。」

烏金放下木板坐在上面：「賣了多少錢？」

「三百，也許三百五。記不清了。」

「真他媽糟透了。」他沮喪地搔搔頭皮。

「是你托我賣的。」

「你以爲是在賣破爛哪，三百塊就賣出去了。你看見的，我從那個大鼻子外國佬身上弄下來差點沒被他發現。」

「可買主看了半天說一個零件壞了，值不了什麼錢。」

「他肯定在騙你。」

「也許。你要它做什麼？」

「給一個人談好了，送他一個照相機，他告訴我貢覺的痲子住哪兒。」

塔吉推開他，把暗坑重新隱蔽好，鋪上破氈毯恢復了原樣，撿起掀翻在地的電話機鄭重其事地擺在鋪邊的空肥皂箱上。

「他已經死了。」塔吉說。

「沒有，我知道。」

「你已經殺了一個人，要是再殺第二個，你也就完了。」

「也許，根本就沒有一個叫什麼『貢覺的痲子索朗仁增』的。」烏金癡癡地說。

「有倒是有哇。」塔吉說，「聽說。」

「你看清了嗎？」

「好像是旁邊的第三個。」

「太遠，看不清。」

「我可不喜歡是這樣，頭都要炸了。這麼多人，如果是在開大祈禱法會我心裏會高興一點。」

「下午要起風了。」

「菩薩可不喜歡看見這樣的事。」

阿旺麥隆、塔吉和多布吉三個壯實的男人勾肩搭背站在場外，就像是站在沖賽康市場等待跟人交換身上的珠寶。剛才過來一個警察低聲喝令他們回到人羣中自己的位置上去，他們沒有理睬。到處是警察，叫人感到不自在。只有阿旺麥隆認得出穿夏天綠制服的是武裝警察，穿秋天綠制服的是治安和刑事警察。他們身上的腰刀被警察解除後留在了營地。平時站立時總是習慣地將手按在刀的兩端，現在身體就像缺少了某個部位似的一雙手蕩來蕩去感到沒處放。他們這一羣大約二百多人的康巴人隊伍在警察的帶領下走進會場被安排在指定的位置上，不論在什麼場合都喜歡開點玩笑的拉薩人見他們扶老携幼拖着疲憊蹣跚的腳步睜大了眼東張西望擠在一堆，立刻像迎接貴賓似的朝他們熱烈鼓掌一片歡呼。康巴人自己對這一切也覺得很可笑，你看我我看你，我們是來幹啥的？互相都莫名其妙地笑起來。有人抱怨他們坐的位置離廣場臺子的距離太遠什麼也看不見。「喂先生，演什麼戲？來了這麼多人。」有人向坐在他們左右的拉薩人打聽。「《最後的判決》」。「沒聽說。是仙女戲還是歌舞？」天眞而透着憨傻的問話引得拉薩人哈哈大笑。

宣判臺上站着一溜犯人，其中有三個已判了死刑的犯人在公判大會結束後將押赴郊外的刑場立即執刑。一個是開槍打死一名打傷兩名警察的拉薩青年；一個是從銀行金庫中盜竊了三十多萬元人民幣的農民；另一個就是殺人越獄的烏金。警察在郊外一座山谷裏發現了一具屍體。根據目擊者一個牧羊人和幾個農家姑娘的證詞和對烏金本人的辨認，以及從現場勘查到的作案工具——一把英式步槍刺刀手柄上的指紋，死者生前與罪犯搏鬥時指甲縫裏留下罪犯的頭髮，現場附近的腳印，死者生前與罪犯的關係和作案時間，完全證實烏金構成故意殺人罪。死者叫索朗仁增，有人叫他「貢覺的瘸子索朗仁增」。被害的原因是他父親與罪犯的父親結下過寃債而遭報復。罪犯烏金被捕後又越獄潛逃流竄在社會中。烏金對於法律程序一竅不通，他承認自己殺了人，但時間、地點和被他殺害的那個人都不是警察所認定的那個案子。他老老實實交待了整個作案過程。時間在一個晚上，地點是城裏某一家酒吧裏，殺害的是一個穿西裝叫「貢覺的痲子索朗仁增」的男人。除了詳細地敍述了酒吧裏的環境氣氛圍他還憑着準確無誤的記憶一筆一劃繪出酒吧門廳上的霓虹燈字母和刻在銅牌上的一行洋文，沒有一個警察認得。警察們聽完後覺得案情變得很複雜，懷疑他是否還犯有第二樁殺人案。他們把烏金帶上警車在拉薩城各條大街小巷轉遍了也沒找到那家酒吧。烏金說那晚天黑他記不清是在哪一帶了。警察經過多方了解認爲烏金所招供的這一案子純屬虛構，故意攪亂偵破工作，蔑視法律。首先這期間城裏沒有發生任何凶殺案，再說被害像烏金所說的死於眾目睽睽之下不可能沒人來報案。另外據烏金指出的那些字母鬼才知道是什麼意思，也許是在瞎編。霓虹燈，別說是一家不三不四的人混進混出的低級酒吧，到目前爲止，拉薩任何一座豪華的現代化飯店賓館也沒安置霓虹燈，就是說目前根本還沒有一根霓虹燈管在拉薩夜空閃爍。據有關專家說那是因爲晝夜溫差較大的緣故不宜在這一地區安裝這種燈。烏金氣昏了頭，他承認的一樁殺人案警察卻說是純屬虛構，同時又把一樁他根本就不知道的殺人案栽到他頭上。他不懂法律不懂科學只懂得相信自己的眼睛和記憶。於是他從監獄裏逃出來試圖證明他所說的那家酒吧確實存在。當他還沒來得及找到那地方又再次被捕入獄。也許他本來可以免於死刑，但是他後來的種種行爲加重了自己的罪行終於被列進了死亡名單。

「他們弄錯了，烏金沒有殺人，我知道。」塔吉搖搖頭說。他們已經被趕回到自己的位置上，坐在茫茫的人海中。烈日當頭，無數的人將報紙書本手帕放在頭頂上遮擱陽光。

「我不在乎這個。」阿旺麥隆說。

「你現在是怎麼想的？」塔吉轉過臉悄聲問多布吉。

「我現在想撒尿。」

「是的是的。藏得住心事憋不住屎尿。」

「是龍娜瘋婆給你玩了套把戲吧？」

「她把我推了進去，我看得淸淸楚楚。」

「我不信。」多布吉詭秘一笑。

「我一直納悶，他們爲什麼一直沒提到那塊聖物玉石呢？」

多布吉一聽大吃一驚：「他媽的那個時候我還不認識你呀。」

「『貢覺的痲子索朗仁增』是你殺死的。」

「你腦子出毛病了。」多布吉用陌生的眼光打量着他。

「西嘎把那塊玉石掛在他脖子上了。」

「要是換個地方，我會把你像虱子一樣掐成肉餅。」

「那你就把我掐成肉餅好了。」塔吉說。他忽然指着阿旺麥隆問道：「這傢伙要幹什麼？」

阿旺麥隆擠在白髮蒼蒼的龍娜身邊像一位苦難的兒子將頭深埋在她懷裏，兩人鬼鬼祟祟地像在策劃一件陰謀。誰也沒注意到這兩個人古怪的舉止。

「他什麼都看出來了，他知道烏金殺了人，也知道他是寃枉的。他想救他。」多布吉說。

「刼法場？」塔吉皺起鼻子問。

「總有辦法。」

大會結束前，阿旺麥隆離開人羣向公判臺那邊走去，大約過了十幾分鐘他又回來。他對警察自稱是烏金在營地裏的朋友，都知道烏金在這裏沒有一個親人，他希望能够跟隨行刑的車隊去刑場，事完之後由他和後面來的幾個朋友幫助處理烏金的屍體。警察聽了同意給他留個座位隨車去刑場。不一會兒會場喧鬧起來，公判大會結束了，人們從被太陽烤燙的水泥地上紛紛起來扭動着酸痲的腰身。許多人湧向臺邊想清楚地看一眼三個即將死去的犯人。阿旺麥隆對塔吉和多布吉說他先走一步隨車去刑場照料烏金的屍體，讓他倆隨後趕到。犯人被押上了刑車，周圍布滿了警察和士兵，一輛輛開道的摩托車發動起來在緩緩的行進中排好了隊形。有不少善男信女們騷動不安地擠在刑車旁苦苦哀求士兵們不要殺人作孽。武裝警察的士兵端着衝鋒槍在卡車上分站成兩排，圍觀的百姓中有人朝他們啐唾沫、拍巴掌、咒罵亂叫，甚至暗中飛來幾塊石頭。士兵們塑像般筆直站立紋絲不動。路邊上治安警察們在維持秩序推攘人羣。前面的摩托車隊形像行駛在大海中的船頭將人潮划向道路兩邊，後面一長列車隊出發了。接着又是十幾輛由烏合之眾組成的摩托車羣尾隨在車隊後面，這羣開摩托車的小伙子據說是那個殺了警察的罪犯的哥兒們趕赴刑場爲他送葬。據說那個農民犯人的親屬早已準備好一輛拖拉機停在刑場警戒好等候收屍。塔吉和多布吉沒有任何交通工具，只好快步行走。

太陽被滾捲而來的烏雲籠罩，遠處的山邊灰濛濛一片，大約不久就要刮風了。爲了減輕一點不痛快的感覺，他們一路上不停地講話。

「過兩天，我就回家了，」多布吉說：「你呢？」

「我想留在這裏，我喜歡這個地方。在這裏安家，以後，我們下一代就會成爲拉薩人。」

「我得把西嘎也帶走，她有些不願意。」

「她是個好姑娘。」

「她喜歡你，這誰都看得出，可是不行老兄，我得帶她回去。」

「隨你的便。」

「要是有一天你眞願意，到我家鄉來求親。」

「現在我才知道，她給我用的那隻茶碗是一位大活佛用過的，所以能顯靈從碗裏看出一些東西。」

「向三寶起誓！我不知道。我不知道我到底殺了人沒有。」

「我明白。我看見的事情也許是你將來做的，也許是你前世已經做過了。誰知道呢？」

「我們跟驢一樣，什麼也不知道。」

「烏金。嘿！這傢伙還欠我三千塊錢。」

「他到處借錢。」

「你知道他在做什麼嗎？」

「不知道。」

「你打算買一塊金磚獻給珠拉康裏的釋迦牟尼佛，請喇嘛爲佛臉鍍一塊金。」

「這不公平！」多布吉憤怒地叫道。「他們手無寸鐵，被綁住手腳，然後被殺死。他們是男人，不是羊子。」

「我們都是羊子，一位活佛講經時說過，觀世音菩薩就是西藏的牧羊人，他來到世上就是爲了把我們趕進安全的羊圈裏，只要還有最後一隻羊沒有進圈，他是不會離開我們去天國的。」

「向無所不在的佛法僧三寶致敬。」多布吉轉身對已遠遠落在後面的布達拉山合掌閉目喃喃祈禱「願你的聖地和無上的智慧成爲我們遠離家鄉人的庇護所。」

他們大約走了兩個多小時才到刑場。這是延伸到山腳的一片傾斜的黃沙坡地，寸草不生，四周空曠寂靜。一切早已結束，只有幾隻鷹在空中戀戀不捨地盤旋。老遠就看見阿旺麥隆坐在坡地上的身影。他孤零零一個人守着烏金躺在血泊中的屍體，用寬邊禮帽在烏金身上和臉上輕輕揮舞驅趕着嗡嗡亂叫的蒼蠅。後來的兩個男人站在他身後，長久無言。夕陽把三個人的影子長長鋪在荒寂的沙坡上。凝固在沙地上的一灘灘血跡掩藏在陰影下黑得像油塊。

阿旺麥隆臉上毫無表情，既沒有痛苦也沒有悲哀。他伸長了手臂繼續在烏金身上輕輕揮舞，使人想起街上擺烤羊肉串的小販在揮舞扇子搧着肉串下的火苗。他彷彿自言自語道：「還好，一槍就倒下。他什麼話也不留，光看我。好像沒想到我會來。我怎麼能不來。這些討厭的蒼蠅。」

起風了，捲起的黃沙從他們腳下流過，陣陣沙粒撲向烏金的屍體，似乎想把這個人的身體從大地上匆匆抹去。

這時，從濛濛的沙霧中出現一個人影，他騎在馬背上向這邊走來。三個人一見大驚，他像一位浪跡天涯的英雄好漢，壓得很低的帽沿遮住眼睛，印滿深深淺淺麻子的臉上顯出一付不可戰勝的傲氣。他嘴裏像嚼着肉乾似的漫不經心地翕動。看看眼前的三條漢子，又看看雙手反剪着蜷臥在血泊中的烏金的屍體，談談一笑，說：「誰也別想殺死我。」

「喂，你就是『貢覺的麻子索朗仁增』嗎？」塔吉壯起膽子擡頭問道。他根本就不是多布吉殺死的那個人。

「貢覺的麻子索朗仁增」沒有回答，露出一絲傲慢的微笑。他雙腿一夾馬肚，掉轉繮繩，栗色公馬一聲長嘶衝向迷濛的沙霧中。

法醫在驗屍時，從烏金的懷裏翻出個紙片，上面還是他描出的那一串字母和一行洋文。底下用藏文寫道：「你們好好找找，有這個地方。」他當卽交給一位負責這一案子的警官。警官的妻子在旅遊局作翻譯，他讓妻子把這幾行外文翻譯出來，妻子看了看說這不像是英文，也不像是法文。正巧碰上一位剛從北京來的認識這種文字的高級翻譯，他說是西班牙文，很快就譯了出來。花裏胡哨的字母是「藍星」下面幾行字是：「卡亞俄港薩恩斯・貝涅大街五十七號。」他說看來是一個確切的地址。不像是隨便寫出來的。警官拿着地址在上高中的兒子的幫助下趴在屬於西班牙語國家的世界地圖上仔細查找了很久，才發現是南美洲秘魯的一個海港城市，「藍星」大概是一家酒吧的名字，下面的是詳細地址。這位從未離開過西藏區域對世界地理知識十分貧乏的警官百思不解，那個已經死去的幾乎沒有一點文化的犯人烏金怎麼會寫出這樣的一個地址來。來自遙遠國家的一個地址與發生在西藏的一起典型的仇殺案件究竟有什麼神秘的聯繫。除非烏金去秘魯的那個海港城市的酒吧殺過一個人。這無論如何是荒唐而不可能的，這個謎看來將終生纏繞着他，直到解開爲止。但警官知道他永遠也沒有辦法解開了。他安慰自己：「這個奇怪的地址並不能證明烏金是無罪的，儘管他臨死也不承認自己在山谷裏所犯的罪行。」

那一聲槍響注定了烏金長大成爲一條漢子後踏上了流浪的征途。承擔起將一個遠古悲壯的英雄神話在遼闊的西藏高原無限延續下去的神聖使命。憑着一把刀尖上凝結着祖先幽靈的鋼刀向這個開闢了遊旅線路的現代社會進行孤獨無援堅毅的挑戰。在美妙而悠揚的槍聲裏他看見父親手中的步槍落下去了。他轉過身，痛苦扭曲的臉上閃現出一種奇異的光彩，他似乎生生要把自己扭成一條堅硬的鐵棍，一抹黃色的鼻烟沫沾在稀落的鬍子上，蒼老的嘴角掛着一絲口涎像根皮筋上下滑動最後掛在胸前。他踉蹌幾步倒在地上翻滾幾下又奇蹟般站起來拚命拍起像陷在泥潭裏的軟綿綿的腳走出兩步又撲倒在地。他盯着前方像石頭般站立不動的妻子和她懷中的兒子。他失敗了，被山下的人一槍擊中了要害，結束了這個土匪世家的最後一場戰鬪，他還沒來得及把兒子培養成爲一個江洋大盜，沒來得及親眼看見對兒子的最後一關考驗，兒子將持槍站在一百步之外面對他的母親，瞄準她頭飾上懸吊的一只堵滿糌粑的玉石戒指，一顆子彈將離母親頭顱一巴掌遠的距離穿透玉石戒指的圓心。他再也看不到那個驚心動魄而又無比自豪的時刻了。他不該去刼熱芭藝人的道，沒想到赫赫有名的藝人阿布德朗有如此凶狠的槍法。年輕的妻子爲卽將死去的丈夫惋惜地搖着頭，她出嫁以前曾經看過阿布德朗的表演，那時熱芭人的馬車捲起濃濃的塵土像風一般地衝進村子，村子裏的孩子和小狗歡叫着迎趕馬車，她羞羞答答站在自家的屋頂上觀看了歡樂的熱芭歌舞和阿布德朗精湛的表演。丈夫爬到妻子的身邊，用沾滿血的手指在兒子白淨的額頭上畫出一個醒目的卍。他嘿嘿一笑，說完最後的話：「媽的，到處都在殺呀，用刀殺，用槍殺，用心殺。這就是生活。」然後，烏金看見母親抽出父親腰上的長刀放在自己身上，他胸口被這把對他來說沉重不堪的刀壓得喘不過氣，他永遠忘不了冰涼的刀身貼在他的臉蛋像通了電似的使他激動的顫慄，父親最後摸摸他的小臉滿意地笑了，然後死去。二十多年後一個灰濛濛的中午，當行刑手的步槍對準他背後的最後時刻，烏金悲哀地感到活在這個世上，對於他來說，最大的悲哀不在於失敗或死亡，而是永遠被深不可測巨大的謎一般的困惑所纏繞。究竟爲什麼要去殺那個從未見過面的「貢覺的痲子索朗仁增」。究竟殺死他沒有。他究竟殺了人沒有。那家門廳上裝有霓虹燈的酒吧究竟是否存在。他究竟有什麼願望。他突然明白了：男人活在世上最大的願望是有一個兒子，這一繁衍生息的強烈願望所產生的求生的本能使他被勒緊的身體出現了異乎尋常強大的爆發力量，隨着怒獅般驚天動地一聲大吼身體向前一躍，所有的神經血管骨頭肌肉一齊全部向外拚掙，這一刻間，槍響了！

烏金猛地蹦起身，張大嘴氣喘吁吁，眼前一片朦朧。

「嗞！」的一聲有人劃亮了火柴移到半根蠟燭上，烏金看見塔吉同樣瞪大眼睛坐起身。

隔在他們中間放在空肥皂箱上的那臺沒有電話線的電話機鈴聲大作，震得在木箱上跳來跳去，倆人狐疑地看了它很久，塔吉戰戰兢兢抓起聽筒。「喂！」他把聽筒遞給烏金：「找你的。」

他惶惶不安地接過來對着話筒：「誰找我？」

對方不語，聽得見平靜的呼吸聲，烏金本能地感到打電話來的是誰了。過一會，那邊才傳來聲音：「還有興趣來找我嗎？」

「不，不想了。」他搖搖頭。

「那你還想要什麼？」

他想了想：「兒子。」說完把話筒壓上了。

「是『貢覺的痲子索朗仁增』打來的吧？」塔吉問。

烏金不回答。

「我們見過面。中午，在刑場上。」

「我沒死嗎？」烏金不知所措地問。

「這個，你去問阿旺麥隆和三十六號帳篷裏的龍娜奶奶，他們會告訴你的。」塔吉抱起電話機左看右看，拍拍它說：「怪了，電話沒線怎麼會有聲？」

烏金雙手枕在腦後，透過帳篷頂上一溜狹縫望着滿天晶藍的星光。刑場，歷歷在目，他不知道現在自己到底是活着還是死去，但是他知道他現在還能思想，他想要個兒子。他覺得這想法很好。

後記

張軍

扎西達娃這個名字是同當代西藏虛幻小說連在一起的。如今，我們一說到他，便會想起〈西藏，繫在皮繩結上的魂〉，這部小說開了西藏虛幻小說的先河，它同隨後出現的〈西藏，隱秘歲月〉（扎西達娃）、〈幻鳴〉（色波）、〈巴戈的傳說〉（李啟達）以及金志國、子文等人的作品一起，構成了一個迷人的文學現象，在當代文壇產生了極大的影響。但是，扎西達娃的小說創作並不是從〈西藏，繫在皮繩結上的魂〉開始的，在此之前，他已經創作了大量的寫實小說，並已取得相當的成就。〈朝佛〉、〈歸途小夜曲〉等作品先後均獲得各種獎勵。這些作品大都具有新現實主義的風格：親切、直觀、充滿樸素的人道主義精神。那時的扎西達娃，在一種強烈的責任感和使命感的驅使下，穿梭於巴廓街頭，盤桓於康巴營地，從生活現象中去尋找、挖掘他心目中的理想圖景，如果現實不能滿足這種圖景，他便把他的全部情感—對人生充滿希望的憧憬—投射在他筆下的人物身上，重建一幅在人與人之間充滿溫馨的抒情畫卷，不論是〈巴桑和她的弟妹們〉的相濡以沫的手足情，還是〈沒有星光的夜〉的寬容和以恩報怨，或者是〈歸宿小夜曲〉那如聖水一般的純情，都洋溢着對人的柔情憐意。這些作品也確實如高原清新的空氣一般，沁人心脾，令人陶醉，給劫後餘生的人們以深深的感情慰藉。當然，從這些作品中，我們也可以感受到扎西達娃那種重建道德新神話的雄心壯志。

如果說扎西達娃在八五年以前是個情感型的作家的話，那麼八五年以後他則步入了思想型作家的行列。當然，在他從〈西藏，繫在皮繩結上的魂〉開始的虛幻小說中仍然是感情充沛的，不用說在〈泛音〉、〈夏天酸溜溜的日子〉這樣的小說中，眞摯的同情，由衷的關心，乃至情感上的認同瀰漫於字裏行間，就是〈懸岩之光〉也力透着不惜獻身的愛心。不同的是，在這些作品中明顯地增添了冷靜的思索，而不再僅僅是一廂情願的熱情。我們可以這樣說，讀他前期的寫實小說，宛如置身於教堂聽彌撒曲，全身心都沐浴在聖潔之中，而讀他後期的虛幻小說，則猶如聽流浪藝人的吟唱，於撲朔迷離之中感悟人生。

這種創作上的轉變，是一個複雜而痛苦的過程。隨着他對民族歷史與現實更深入的了解，隨着他對人的更仔細的觀察和更冷靜的分析，他就不可能繼續滿足於那種道德理想的抒發，因爲現實並不像他所暢想的那樣，大多數時間裏，它充滿械鬬、流血和難以設想的悲劇，也充滿了苦悶與煩躁，喧囂與騷動。那麼，是什麼東西使人們成了這個樣的呢？正是這種對現代人的處境的深切關注，促使扎西達娃開始了更漫長、更艱難的尋訪歷程。現在，他不是在暢想、抒發，而是在沉思冥想。這種沉思冥想不僅流露於直接取材於當代生活的〈泛音〉、〈夏天酸溜溜的日子〉等作品中，也貫穿於他從〈西藏，繫在皮繩結上的魂〉開始的集神話、傳奇與幻想於一體的所有虛幻作品之中。

扎西達娃的沉思冥想是一種從歷史與現實綜合切入的沉思冥想，因爲他已經永遠失去了隨着民族的自然進程去直接體驗民族的性格、心理和羣體意識的機會，他只能從現在出發；倒不僅僅是對過去了的一切進行一番回顧，而是穿越時間的限制，在一個更高的層次，把過去已經發生的、現在正在發生的和將來可能發生的溶於一爐，並揭示出被歷史細節和現實表象所掩蓋了的那些更爲本質的東西。於是，他在自己的心靈深處搭設了一個舞臺，在這個舞臺上重新搬演人的那些沒完沒了的故事，說不盡道不完的命運。〈風馬之耀〉的烏金到處尋找他的殺父仇人的兒子「貢覺的麻子索朗仁增」，而這個索朗仁增無處不在，可烏金始終也無法確定究竟哪個索朗仁增才是他的仇人，但這並不是他的悲劇所在，眞正使他悲哀的是他始終都被謎一般的困惑所纏繞，以及他被「山谷裏那美妙的一槍」所註定要「承擔起將一個遠古悲壯的英雄神話在遼闊的西藏高原無限延續下去的神聖使命」，直到行刑手的步槍對準他的背後的時刻，他才醒悟到：他的責任不是對先人行爲的延續，而是繁衍生息。而〈世紀之邀〉則在一個雙向運作中，展示了現實與願望的背離，以及人的思緒如何導致人的迷失。〈古宅〉更像一則現代寓言，權力異化竟然發生在做了大半輩子奴隸的朗欽身上，事實上權利革命雖然可以重新安排統治者與被統治者的社會關係，但卻並不能立卽改變他們的心理和意識，朗欽的悲劇正在於他已經徹底被「古宅」所代表的權利意識所同化。扎西達娃的這些沉思冥想和搬演，使他逐漸超越了西藏。

在扎西達娃的這些小說中，充滿了神秘感和不可知性。這不是扎西達娃強加進去的，而是在西藏本身神秘色彩的感召下形成的。西藏這個地方的確不同一般，由於地處高原，空氣稀薄，時空常常造成人們感官上的錯覺，從而產生不眞實感；而自然環境的險惡，又造成生產力水平的低下，它延緩了知識的進化速度，迫使生活在這樣的環境中的人們的自然觀停留在神學的階段，於是，宗教應運而生，成爲支撑人們生活的精神力量，滲透於人們日常生活的各個細節。正是這樣的自然環境，生產力水平和宗教意識帶來了西藏的神秘。與前期相比較，扎西達娃在面對這樣的神秘世界時，不再是用主觀願望去抹掉它，而是去感受、認識、再現它，這樣，在他的小說中神秘感便由然而生。不要說〈風馬之耀〉、〈世紀之邀〉、〈懸岩之光〉這樣的作品神秘莫測，撲朔迷離，就是〈泛音〉、〈夏天酸溜溜的日子〉這樣一類較少虛幻性的作品，也到處都是讓人不可思議的現象。次巴所尋找的那個「先祖的聲音」究竟是一種什麼聲音？何以他明明聽見卻又錄不下來呢？扎羅禮服背後的那些小音符同他關於故鄉的回憶又是一種怎樣的關係呢？貝拉的小說章節爲何跑到伊蘇那裏？而伊蘇最後又跑到哪裏去了呢……？這些在小說中都是懸而未決的，成了永遠無法解開的謎。扎西達娃無意於編纂一些神秘兮兮的故事來嘩衆取寵，對於他所講述的故事，他自己雖不全信，卻又不能不信，我們於小說中感到不可思議的地方，他自己依然感到不可思議，否則他還沉思什麼呢？扎西達娃面對這種神秘的現象並沒有用任何簡單的解釋來搪塞我們，應該說，他在尊重他自己的感覺的同時，也尊重了他的小說的讀者。當然，扎西達娃並不像馬原那樣迷戀神秘，在他的作品裏，我們感到的是一種對神秘現象的無可奈何的承受。世界本身的確是神秘的，而我們的認識能力並非無限強大，如像〈地脂〉的結尾那樣，究竟是人創造了傳說，還是傳說包容了人，這又有誰說得清楚呢？正是這種神秘感顯示了不可知性，並導致扎西達娃近期的作品有一種宿命的氣息。彷彿有一個無處不在，而又無處尋跡的神秘力量在操縱着人們的行爲和命運。對此，我們還是不要忙着下結論的好，事實上許多先知哲人在探索了一輩子以後，又回到了起點。我總覺得在這裏面深深地體現了生命的悲劇意識和現代堂吉訶德精神。因而，扎西達娃的小說從這種意義上來說，就是他以樸素的人道精神與不可知的命運的一場沒有絕對把握的較量。正像他在〈懸岩之光〉的結尾所說的那樣：「親愛的，帶着人間的不平和苦難走吧，讓它們見鬼去吧！」

與這種神秘感相應，在小說形態上則顯示出濃郁的虛幻色彩，這種虛幻使我們無法直接將小說世界與現實世界進行類比，它是超現實的。在這個虛幻的世界裏，時延是無序的，因果原則被摒棄，而圓形意識則無處不在；這樣，荒誕不經就不再是反常的現象，而是一種合理的存在。由於這種神秘感和虛幻色彩，致使扎西達娃的小說難懂，但並不晦澀。難懂是指他的作品，我們往往不能用一般的閱讀習慣來對待，而必須把自己投進去，隨同作者一道四處流浪，去體味，去尋找，去效量；另外，也指他的作品難於歸結爲幾個我們所熟習的主題，每一次閱讀，我們都會從中發現新的東西，也就是說，扎西達娃小說的意義是隨着讀者的閱讀行爲和過程一起運行的。雖然如此，扎西達娃仍致力於小說的可讀性，他力圖使自己的作品能贏得更多讀者的理解和認同。這些作品在情節和對話上的睿智和幽默，懸疑的頗爲別致的設計，語言的流動感和力度，都使我們在閱讀時欲罷不能。

扎西達娃始終把自己稱爲實驗作家。我認爲，這種實驗性是兩方面的。一方面是他對人的處境和命運的關注和探索，而這種探索不可能是唯一的，也不可能尋找到可以使我們一勞永逸的最終答案，勿寧說它是啟示性的，以促使人們對自身存在的關注和思索，從而引導人們的行動；另一方面則是他在小說形式上的開拓，他在敍述能指的廣泛領域都進行了大量有益的嘗試，在他那裏，文體不僅僅是他關注人的處境和命運的途徑，而且也是關注本身，這就是他的風格學和人類學的統一。

扎西達娃的小說創作的確深受當代拉美文學的影響，這種影響主要是一種藝術策略和審視角度的借鑒，歸根結底，他的小說產生於西藏的人文背景，而不是「魔幻現實主義」的翻版。一位藏族青年曾這樣對我談起扎西達娃，他說：扎西達娃要麼是釋迦牟尼，要麼是蓮花生大師。這當然是一種比喻，而且是極爲誇張的比喻，但它卻是一個藏族作家所能贏得的最高獎賞。

一九九〇年二月中旬於成都·西南民院

扎西達娃傳略

扎西達娃，男，藏族，四川巴塘縣人，一九五九年生。童年和少年在四川和西藏渡過。一九七四年在西藏自治區藏劇團從事舞臺美術設計。一九七八年作編劇工作。一九七九年開始發表小說。一九八五年在西藏文聯作家協會從事專業創作。作品曾獲「全國少數民族文學獎」，「一九八五—一九八六全國優秀短篇小說獎」。現爲中國作家協會會員，中國作家協會西藏分會常務理事，《西藏文學》編委。

扎西達娃著作年表

一、集子

一九八六年　《西藏，繫在皮繩上的魂》（天津：百花文藝出版社）收作品二十一篇：〈朝邊〉、〈沉寂的正午〉、〈歸途小夜曲〉、〈導演與色珍〉、〈閑人〉、〈江那佛〉、〈在河灘〉、〈白楊林·花環·夢〉、〈沒有星光的夜〉、〈流〉、〈星期天〉、〈在甜茶館裏〉、〈夏天的藍色棒球帽〉、〈謎樣的黃昏〉、〈陽光下〉、〈寵兒〉、〈秘歲月〉、〈西藏，繫在皮繩結上的魂〉、〈自由人契米〉、〈西藏，隱秘歲月〉、〈巴桑和她的弟妹們〉、〈冥〉。

二、短篇小說

一九八〇年 〈朝佛〉《西藏文藝》，第四期，頁三至十。

一九八二年 〈沉寂的正午〉《西藏文藝》，第二期，頁五至七。

〈歸途小夜曲〉《萌芽》，第二期，頁二十二至二十五。

〈導演與色珍〉《西藏文藝》，第三期，頁十八至二十一。

〈閑人〉《民族文學》，第四期。

〈江那邊〉《西藏文藝》，第五期，頁十二至十七。

〈白楊林·花環·夢〉《西藏文藝》，第六期，頁二十四至二十九。

一九八三年 〈沒有星光的夜〉《民族文學》，第一期。

〈流〉《西藏文學》，第二期，頁十二至二十二。

〈星期天〉《西藏文學》，第三期，頁十至十四。

一九八四年 〈在河灘〉《西藏文學》，第一期，頁十九至二十二。

〈夏天的藍色棒球帽〉《拉薩河》，第一期。

一九八五年

〈謎樣的黃昏〉《西藏文學》，第六期，頁三十至三十六。

〈陽光下〉《西藏文學》，第十一期，頁二十四至二十七。

〈寵兒〉《萌芽》，第一期，頁二十八至三十一。

〈在甜茶館裏〉《南方文學》，第一期。

〈西藏，繫在皮繩結上的魂〉《西藏文學》，第一期，頁三至十五。

〈自由人契米〉《拉薩河》，第二期，頁五十二至五十六。

一九八六年

〈冥〉《西藏文學》，第八、九期合刊，頁一三〇至一三四。

〈去拉薩路上〉《民族文學》，第四期，頁四至十四。

〈泛音〉《青春》，第五期，頁二至十三。

〈智者的沉默〉《人民文學》，第十期，頁四十四至四十六。

〈媽媽無言〉《西藏文學》，第十一、十二期合刊，頁三十五至三十七。

一九八七年

〈黃房子前面〉《西藏羣眾文藝》，第四期，頁二十六至二十九。

〈古宅〉《鐘山》，第六期，頁一二五至一三一。

〈風馬之耀〉《西藏文學》，第九期，頁三至十三。

一九八八年　〈世紀之邀〉《鐘山》，第二期，頁五十至五十七。

〈在地鐵裏〉《主人》，第二期，頁五十四至五十六。

〈懸岩之光〉《收穫》，第六期，頁一一三至一一五。

三、中篇小說

一九八五年　〈巴桑和她的弟妹們〉《收穫》，第三期，頁一一八至一五九。

〈西藏，隱秘歲月〉《西藏文學》，第六期，頁三至二十一。

一九八八年　〈夏天酸溜溜的日子〉《鐘山》，第二期，頁五十七至八十四。

〈地脂〉《花城》，第六期，頁一四四至一六六。

關於扎西達娃的評介書目

1 田文・〈我凝視這高原的黃昏〉・《西藏文學》，一九八三年第四期，頁七八至八一。
2 田婭・〈非理性主義的消極悲歌〉・《西藏文學》，一九八三年第四期，頁八二。
3 李雲中，旺秋・〈對眞善美的執著追求〉・《西藏文學》，一九八三年第四期，頁八三。
4 洪婭華，康健・〈「失落感」的回聲〉・《西藏文學》，一九八三年第四期，頁八四。
5 陳理明・〈高原文壇上昇起的一顆新星——扎西達娃短篇小說創作漫評〉・《民族文學研究》，一九八五年第四期，頁六至六五。
6 劉志華・〈欣賞的緣起〉・《青春》，一九八六年第五期，頁一四。
7 王文平・〈抽象的追求〉・《民族文學研究》，一九八七年第二期，頁八一至八五。
8 沈惠雲・〈西藏牡牛扎西達娃——一個海拔最低的人想跟你聊聊〉、《西藏文學》，一九八八年第四期，頁五四至五八。
9 張軍・〈風馬之耀〉的敍述能指〉・《西藏文學》，一九八八年第四期，頁五九至六四。
10 尹荒彬・〈神話與象徵——扎西達娃小說的世界〉・《西藏文學》，一九九〇年第一期，頁九九至一〇四。

遠方有個女兒國

白樺著　平：230／精：290

遙　遠的川滇邊境，有個摩梭族，我們稱它—女兒國。在那兒，他們沒有婚姻，但是有愛情；我們的很多夫婦有婚姻，恰恰是沒有愛情。我覺得他們比我們更道德……

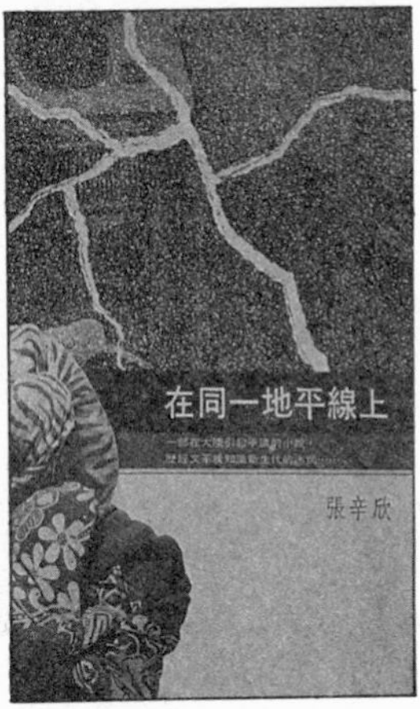

在同一地平線上

張辛欣著　平：125／精：185

你　是男人？還是女人？是在暗地裡絕望而專注地愛著？還是在表面上平靜甚至和睦地廝守著？

男人與女人，面對同一個生存競爭的世界，他們如何站在同一地平線上？

這次你演哪一半

張辛欣著　平：140／精：200

也許上帝早已派定，但我們總期待扮演另一種角色。一個女子，在偶然機緣下扮演「爸爸」的角色，她如何去詮釋這個角色？這個角色又將帶給她何種新的心情？

天橋

李曉著　平：130／精：190

在一個被扭曲了的人生舞台上，一齣齣荒謬的喜劇正在上演著。沒有是與非、善與惡的角色界定；一切的努力，只爲能在這個舞台上盡情地演出。

走出城市

鄭萬隆著　平：170／精：230

孕　育於白山黑水間的民族思情，引你感受這世間的生與死、人性與非人性、欲望與機會、痛苦和期待……

夏天酸溜溜的日子

扎西達娃著　平：160／精：220

荒　原上一縷幽靈般飄舞的旋風，大街上一只孤獨的放生羊，一張老人的臉，一支悲愴高吭的民歌……，在這些零星殘缺的生活片斷中，隱藏著某種綿延無盡的情緒，神秘莫測的意象和絕望的力量。

國立中央圖書館出版品預行編目資料

夏天酸溜溜的日子／扎西達娃著。--
初版。--臺北市：三民，民79
面；　公分.--(山河叢刊;5)
ISBN 957-14-0073-4 (精裝)
ISBN 957-14-0074-2 (平裝)

857.63　　79001269

著　者　扎西達娃
發行人　劉振强
出版者　三民書局股份有限公司
印刷所　三民書局股份有限公司
地址／台北市重慶南路一段六十一號
郵撥／〇〇〇九九九八——五號
初　版　中華民國七十九年十二月
編　號　S 85202①
基本定價　肆元捌角玖分
行政院新聞局登記證局版臺業字第〇二〇〇號

ISBN 957-14-0073-4 (精裝)

滄海叢刊

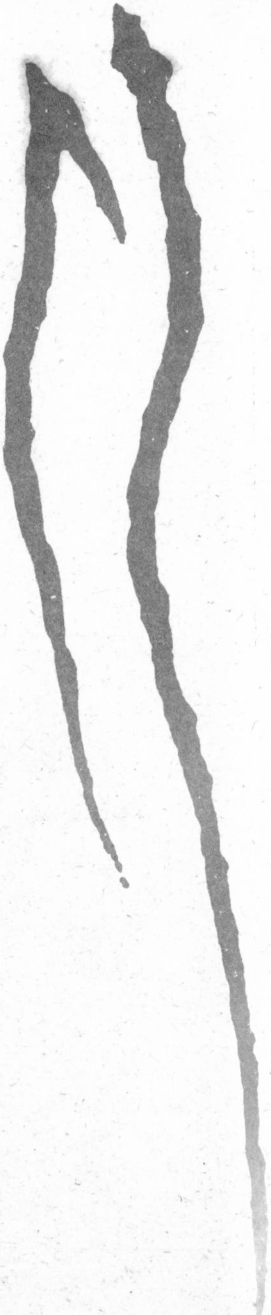